Casamento de Conveniência

OBRAS DA AUTORA PUBLICADAS PELA RECORD

A boa moça
Casamento de conveniência
Ovelha negra
Venetia e o libertino
A indomável Sofia

GEORGETTE HEYER

Casamento de Conveniência

Tradução de
Ana Luiza Dantas Borges

2ª edição

EDITORA RECORD
RIO DE JANEIRO • SÃO PAULO
2021

EDITORA-EXECUTIVA
Renata Pettengill

SUBGERENTE EDITORIAL
Mariana Ferreira

ASSISTENTE EDITORIAL
Pedro de Lima

AUXILIAR EDITORIAL
Juliana Brandt

REVISÃO
Ana Lucia Souza

CAPA
Renan Araújo

DIAGRAMAÇÃO
Beatriz Carvalho
Mayara Kelly

TÍTULO ORIGINAL
The Convenient Marriage

CIP-BRASIL. CATALOGAÇÃO NA PUBLICAÇÃO
SINDICATO NACIONAL DOS EDITORES DE LIVROS, RJ

H531c
2ª ed.

Heyer, Georgette, 1902-1974
Casamento de conveniência / Georgette Heyer; tradução de
Ana Luiza Dantas Borges. – 2ª ed. – Rio de Janeiro: Record, 2021.
23 cm.

Tradução de: The Convenient Marriage
ISBN 978-85-01-11376-4

1. Ficção inglesa. I. Borges. Ana Luiza Dantas II. Título.

CDD: 823
CDU: 82-3(410)

21-68668

Camila Donis Hartmann – Bibliotecária – CRB-7/6472

TÍTULO EM INGLÊS: The Convenient Marriage

Copyright © Georgette Heyer 1934

Texto revisado segundo o novo Acordo Ortográfico da Língua Portuguesa.

Todos os direitos reservados. Proibida a reprodução, no todo ou em parte, através de
quaisquer meios. Os direitos morais da autora foram assegurados.

Direitos exclusivos de publicação em língua portuguesa somente para o Brasil
adquiridos pela
EDITORA RECORD LTDA.
Rua Argentina, 171 – Rio de Janeiro, RJ – 20921-380 – Tel.: (21) 2585-2000,
que se reserva a propriedade literária desta tradução.

Impresso no Brasil

ISBN 978-85-01-11376-4

Seja um leitor preferencial Record.
Cadastre-se no site www.record.com.br e receba informações sobre nossos lançamentos
e nossas promoções.

Atendimento e venda direta ao leitor:
sac@record.com.br

I

Como Lady Winwood não estava em casa, a visitante matutina perguntou, com certa ansiedade, pela Srta. Winwood, ou, de fato, por qualquer uma das jovens. Em face dos comentários que lhe chegaram aos ouvidos, seria por demais exasperador se nenhuma das mulheres Winwood a recebesse. O porteiro, porém, manteve a porta aberta e disse que a Srta. Winwood estava em casa.

Instruindo o cocheiro de sua carruagem extremamente elegante a esperá-la, a Sra. Maulfrey adentrou o saguão escuro e disse lepidamente:

— Onde está a Srta. Winwood? Não precisa se dar o trabalho de me anunciar.

Todas as jovens, ao que parecia, estavam na saleta. A Sra. Maulfrey balançou a cabeça em sinal de agradecimento e atravessou o hall, que ressoou o bater de seus saltos altos no piso. Ao subir a escada, suas saias de tafetá, modeladas sobre uma grande armação, roçaram nos corrimãos dos dois lados. Pensou, e não pela primeira vez, que a escada era estreita demais e que o tapete estava definitivamente surrado. De sua parte, sentiria vergonha de móveis tão antiquados. Todavia, apesar de alegar ser prima delas, admitia, para si mesma, que não era uma Winwood de Winwood.

A saleta, como o porteiro chamava a sala de estar nos fundos, reservada às meninas, ficava em cima, a dois lances de escada, e era bem conhecida da Sra. Maulfrey. Ela bateu com sua mão enluvada em uma das portas e entrou enquanto a batida ainda ecoava.

As três senhoritas Winwood estavam reunidas ao lado da janela, formando um quadro natural e encantador. Sobre um sofá de cetim amarelo desbotado, estavam a Srta. Winwood e a Srta. Charlotte, os braços das duas entrelaçados ao redor da cintura uma da outra. Eram muito parecidas, mas a Srta. Winwood era considerada a mais bonita. Seu perfil clássico estava de frente para a porta, mas com a entrada ruidosa da Sra. Maulfrey, ela virou-se e apresentou à visita dois olhos de um azul suave e uma boca arqueada, graciosa, que, no momento, formou um "O" de surpresa. Cachos louros penteados, não empoados e presos com uma fita azul emolduravam seu rosto, caindo sobre os ombros em várias mechas ordenadas.

Comparada à Bela da Família, a Srta. Charlotte não era favorecida, mas nem por isso deixava de ser uma Winwood autêntica, com o famoso nariz reto e os mesmos olhos azuis. Os cachos de seu cabelo, não tão louros quanto os de sua irmã, existiam graças a ferros quentes, seus olhos eram de um azul menos profundo e sua tez tendia ao pálido. Mas era considerada uma moça muito bonita.

A Srta. Horatia, a mais nova das três, não tinha nada que declarasse a sua linhagem, exceto o nariz. Seu cabelo era escuro, seus olhos, de um cinza profundo, e suas sobrancelhas, praticamente negras e espessas, eram retas, conferindo-lhe uma expressão séria, quase carrancuda. Nem todo o esforço do mundo conseguiria arqueá-las. Meia cabeça mais baixa do que suas irmãs, tinha, lamentável e forçosamente, de admitir que, já tendo completado 17 anos, a probabilidade maior era a de que não crescesse mais.

Quando a Sra. Maulfrey entrou na sala, Horatia estava sentada em um banco baixo, ao lado do sofá, com o queixo apoiado nas mãos e uma tremenda carranca. Ou, talvez, pensou a Sra. Maulfrey, fosse apenas uma tramoia daquelas sobrancelhas absurdas. Todas as três irmãs estavam usando trajes matutinos, vestidos de musselina bordada sobre anquinhas discretas, com faixas de gaze de seda ao redor da cintura. Interioranas, pensou a Sra. Maulfrey, puxando, com satisfação, sua capa de seda.

— Minhas queridas! — exclamou ela. — Vim assim que soube! Diga-me logo, é verdade mesmo? Rule pediu sua mão?

A Srta. Winwood, que, com elegância, tinha se levantado para receber sua prima, pareceu titubear e empalidecer.

— Sim — replicou ela, em voz baixa. — É verdade sim, Theresa.

Os olhos da Sra. Maulfrey se arregalaram, com respeito.

— Oh, Lizzie! — arfou ela. — Rule! Uma condessa! Vinte mil anuais, eu soube, e acredito que ainda seja mais!

A Srta. Charlotte puxou uma cadeira para que a outra se sentasse, comentando em um tom reprovador:

— Achamos lorde Rule o melhor partido que pode haver. Embora ninguém — acrescentou, pegando com ternura a mão da Srta. Winwood —, por mais refinado que seja, esteja à altura da nossa querida Lizzie!

— Céus, Charlotte! — replicou a Sra. Maulfrey, duramente — Rule é o melhor partido no mercado, e você sabe disso. É o maior golpe de sorte que já vi. E admito que você o merece, Lizzie. Sim, merece, e estou encantada por você. Só em pensar no contrato!

— Acho pensar no contrato particularmente indelicado, Theresa — disse a Srta. Charlotte. — Sem dúvida, mamãe fará um acordo com lorde Rule, mas Lizzie não vai se preocupar com questões tão sórdidas quanto a extensão da fortuna de lorde Rule.

A Srta. Winwood mais nova, que o tempo todo permanecera sentada com o queixo nas mãos, de repente ergueu a cabeça e proferiu uma única palavra, e de impacto:

— Bes-besteira! — disse ela, a voz grave e baixa que estremeceu em um balbucio.

A Srta. Charlotte pareceu ofendida. A Srta. Winwood deu um leve sorriso.

— Realmente, acho que Horry tem razão — disse ela com tristeza. — É simplesmente uma sorte. — Afundou-se de novo no sofá e olhou fixamente pela janela.

A Sra. Maulfrey percebeu que aqueles olhos azuis estavam banhados em lágrimas.

— Ora, Lizzie! — disse ela. — Até parece que acaba de receber uma péssima notícia e não uma proposta de casamento esplêndida!

— Theresa! — repreendeu a Srta. Charlotte, colocando os braços em volta da irmã. — Não deve falar assim. Será que se esqueceu do Sr. Heron?

A Sra. Maulfrey tinha se esquecido do Sr. Heron. Seu queixo caiu ligeiramente, mas ela logo se recompôs.

— Sim, é claro, o Sr. Heron — disse ela. — É muito constrangedor, mas... Trata-se de Rule! Não quero, com isso, dizer que o Sr. Heron não seja uma criatura muito respeitável, mas não passa de um tenente, querida Lizzie, e acho que não vai demorar a ter de voltar para aquela guerra horrível na América... no que não se deve nem pensar, minha querida.

— Não — disse Elizabeth com a voz embargada. — Não se deve pensar nisso.

O olhar escuro de Horatia fixou-se demoradamente e com apreensão, na irmã.

— Acho que se-seria bom se Charlotte ficasse com Ru-Rule — disse ela.

— Horry! — proferiu Charlotte com a voz entrecortada.

— Céus, minha querida, que coisas você diz! — observou a Sra. Maulfrey, indulgentemente. — É Elizabeth que Rule quer.

Horatia sacudiu a cabeça com veemência.

— Não. Só uma Winwood — replicou ela naquele seu tom tenso típico. — Tudo a-arranjado há anos. Nã-não a-acho que ele pôs os o-olhos em Li-Lizzie ma-mais do que uma me-meia dú-dúzia de vezes. I-isso não quer dizer nada.

A Srta. Charlotte soltou as mãos de sua irmã e disse, estremecendo:

— Nada, mas *nada* mesmo me faria casar com lorde Rule, nem mesmo se a proposta tivesse sido feita a mim! A simples ideia de casamento já me causa repulsa. Há muito tempo decidi ser o amparo de mamãe. — Respirou fundo. — Se algum dia um homem conseguir me induzir a aceitar o estado de casada, garanto, querida Horry, que será alguém muito diferente de lorde Rule.

A Sra. Maulfrey não teve dificuldade em interpretar esse comunicado.

— De minha parte, gosto de um conquistador — disse ela. — E Rule é tão bonito!

— Eu acho — disse Horatia obstinadamente — que mã-mãe podia te-ter sugerido Charlotte.

Elizabeth virou a cabeça.

— Você não entende, Horry, querida. Mamãe não teria feito uma coisa dessas.

— Minha tia obrigou-a a isso, Lizzie? — perguntou a Sra. Maulfrey, intrigada.

— Oh, não, não! — respondeu Elizabeth com veemência. — Conhece a ternura de mamãe. Ela é só consideração, só sensibilidade! Foi a minha própria consciência de dever com a família que me levou a dar um passo tão... tão desastroso para a minha felicidade.

— Hi-hipoteca — disse Horatia de modo enigmático.

— Pelham, suponho? — disse a Sra. Maulfrey.

— É claro que é Pelham — replicou Charlotte com um quê de rancor. — Tudo é culpa dele. A ruína nos espera.

— Pobre Pelham! — disse Elizabeth, suspirando por seu irmão ausente. — Acho que é muito extravagante.

— São suas dívidas de jogo, pelo que sei — opinou a Sra. Maulfrey. — Minha tia parece pensar que até mesmo seu dote...
— Deixou a frase, delicadamente, sem conclusão.

Elizabeth corou, mas Horatia disse:

— Não pode culpar Pe-Pel. Está no sangue. Uma de nós tem de se casar com Ru-Rule. Lizzie é a mais velha e a ma-mais bo--bonita, mas Char-Charlotte serviria. Li-Lizzie es-está prometida a Edward Heron.

— "Prometida" não, querida — disse Elizabeth em voz baixa. — Nós apenas achamos que, se ele conseguisse a patente de capitão, talvez mamãe consentisse.

— Mesmo supondo que consiga, minha querida — disse a Sra. Maulfrey, com muito bom senso —, o que, pergunto eu, é o capitão de um regimento em comparação ao conde de Rule? E, pelo que soube, o rapaz tem a mais escassa das fortunas, portanto, quem vai comprar a sua promoção?

Horatia disse, destemidamente:

— Edward me di-disse que se tivesse a boa sorte de ser en-enviado para mais uma batalha, ha-haveria uma chan-chance.

A Srta. Winwood estremeceu levemente e levou uma das mãos ao rosto.

— Não, Horry! — pediu ela.

— Isso não muda muito — disse a Sra. Maulfrey, enfaticamente. — Sei que vai dizer que sou insensível, minha querida Lizzie, mas de nada adiantaria. Ora, como você poderia contar com o soldo de um jovem? É tudo muito triste, mas pense na posição que você vai ocupar, as joias que vai ter!

O prospecto pareceu provocar repulsa na Srta. Winwood, mas ela não disse nada. Coube a Horatia expressar os sentimentos das três irmãs.

— Vulgar! — disse ela. — Vo-você é, sabe, Theresa.

A Sra. Maulfrey enrubesceu e disfarçou ajeitando as saias hirtas.

— É claro que sei que isso não vai pesar na decisão de Lizzie, mas não pode negar que ele é um excelente partido. O que minha tia acha?

— Está profundamente grata — disse Charlotte. — Como, de fato, temos todas de estar, quando consideramos a enrascada em que Pelham nos meteu.

— Onde está Pelham? — perguntou a Sra. Maulfrey.

— Não sabemos ao certo — respondeu Elizabeth. — Achamos que talvez, agora, em Roma. Pobre Pel, não passa de um correspondente medíocre. Mas sinto que logo teremos notícias dele.

— Bem, ele vai ter de vir para o seu casamento, eu suponho — disse a Sra. Maulfrey. — Mas Lizzie, me conte! Rule a cortejou? Não faço a menor ideia de como seja, embora, naturalmente, eu tenha ficado sabendo que foi, de certa forma, arranjado. Mas ele tem sido tão... — Aparentemente, pensou melhor no que estava para dizer e se interrompeu. — Mas isso é irrelevante, e acho que ele será um marido encantador. Deu-lhe a sua resposta, Lizzie?

— Ainda não — replicou Elizabeth, quase inaudivelmente. — Eu... também não tenho noção disso, Theresa. Eu o conheci, é claro. Foi meu parceiro nas duas primeiras danças no baile do Almack's, quando Pelham estava em casa. Foi... foi sempre muito amável, mas nunca sequer imaginei que pretenderia a minha mão. Visitou mamãe, ontem, só para pedir a sua autorização para me cortejar. Ainda não há nada oficial, entenda bem.

— Tudo extremamente correto! — aprovou a Sra. Maulfrey. — Oh, meu amor, não consigo me conter, mesmo que diga que sou insensível, mas só em pensar em Rule fazendo a corte a alguém! Eu daria meus olhos... ou melhor, teria dado — corrigiu-se —, se não tivesse me casado com o Sr. Maulfrey. E o mesmo — acrescentou ela — fariam todas as garotas da cidade! Minhas queridas, vocês não acreditariam na quantidade de garotas que dá em cima dele!

— Theresa, tenho... tenho de pedir que não fale dessa maneira detestável! — disse Charlotte.

Horatia olhava para a prima com interesse.

— Por que disse "só-só em pe-pensar em Rule fazendo a cor--corte a alguém"? Eu acho ele velho.

— Velho? — disse a Sra. Maulfrey. — Rule? Nada disso, querida! Não passou nem um dia dos 35, aposto a minha reputação. E que pernas! Que porte! O sorriso mais insinuante!

— Eu cha-chamo i-isso de velho — disse Horatia, calmamente. — Edward só te-tem 22.

Depois disso, não houve muito a dizer. A Sra. Maulfrey, percebendo que tinha colhido todas as notícias que suas primas podiam partilhar no momento, começou a cogitar em se despedir. Sentiu-se mal por Elizabeth, embora não conseguisse entender a tristeza da moça diante do magnífico prospecto à sua frente, e refletiu que quanto mais cedo o tenente Heron fosse enviado de volta ao seu regimento, melhor. Portanto, quando a porta se abriu e uma mulher franzina e de idade incerta apareceu e anunciou a Elizabeth, com um nervosismo na voz, que o Sr. Heron estava lá embaixo e pedia para ter uma palavra com ela, torceu os lábios e fez uma cara de protesto.

A cor de Elizabeth vacilou, mas ela se levantou do sofá e disse com calma:

— Obrigada, Laney.

A Srta. Laney pareceu partilhar um pouco da reprovação da Sra. Maulfrey. Olhou para Elizabeth de uma maneira desaprovadora e sugeriu:

— Querida Srta. Winwood, acha que deve? Acha que sua mãe gostaria disso?

Elizabeth respondeu com a expressão delicada e digna:

— Tenho a permissão de mamãe, querida Laney, para... para contar ao Sr. Heron a iminente mudança em meu estado civil. Theresa, sei que não falará da amável oferta de lorde Rule até que seja formalmente anunciada.

— Que criatura nobre! — disse Charlotte com um suspiro, quando a porta se fechou delicadamente atrás da Srta. Winwood. — Como é desanimador pensar nas provações que afligem o sexo feminino!

— Ed-Edward também está a-aflito — disse Horatia, prática como sempre. Seus olhos penetrantes pousaram em sua prima. — Theresa, se vo-você co-comentar sobre isso, vai se a-arrepender. Temos de fazer al-alguma coisa.

— O que podemos fazer quando a nossa querida Lizzie se oferece voluntariamente ao sacrifício no altar? — disse Charlotte com a voz sombria.

— Provações! Sacrifício! — exclamou a Sra. Maulfrey. — Deus!, Até parece que Rule é um monstro! Ora, haja paciência, Charlotte. Uma casa em Grosvenor Square, outra em Meering, que me disseram que é soberba, com um parque de 10 quilômetros de extensão em volta e três portões de entrada!

— Sim, é uma classe social alta — disse a pequena governanta com sua voz ofegante. — Mas quem a ocuparia melhor do que a querida Srta. Winwood? Quem a vê sabe que está destinada a uma posição elevada.

— Ora! — disse Horatia com desdém, e estalou os dedos. — *Isto* para a gran-grande posição de Ru-Rule!

— Srta. Horatia, por favor, não faça esse gesto grosseiro!

Charlotte expressou-se em defesa de sua irmã.

— Não deve estalar os dedos, Horry, mas tem razão. Será muito bom para lorde Rule desposar uma Winwood.

Nesse meio-tempo, a Srta. Winwood, parando só por um instante na escada, para acalmar a agitação causada pela notícia da chegada do Sr. Heron, desceu à biblioteca no térreo.

Ali, a aguardava um rapaz em um estado de agitação similar.

O Sr. Edward Heron, do décimo regimento de infantaria, atualmente na América, estava estacionado na Inglaterra no serviço de recrutamento. Tinha sido ferido na Batalha de Bunker's Hill e enviado para casa logo depois, seu ferimento sendo grave o bastante para impedir que continuasse a participar — pelo menos, por algum tempo — das hostilidades no exterior. Ao se restabelecer foi designado, para a sua tristeza, para servir no próprio país.

A sua relação com a Srta. Winwood era de longa data. Filho caçula de um senhor rural cujas propriedades faziam limites com as do visconde Winwood, conhecia a Srta. Winwood praticamente desde que nasceu. Era de uma família excelente, embora empobrecida, e se possuísse uma grande fortuna teria sido considerado um bom partido, embora não brilhante, para Elizabeth.

Quando a Srta. Winwood entrou na biblioteca, ele se levantou da cadeira perto da janela e se encaminhou para ela com uma expressão ansiosa de indagação. Era um rapaz bem-apessoado e sua farda vermelha caía-lhe bem. Tinha uma boa altura e ombros largos, e um rosto franco, se bem que pálido por causa do sofrimento prolongado. Seu braço esquerdo estava um pouco enrijecido, mas se declarou com a saúde perfeita e pronto para retornar ao regimento.

Bastou um olhar para o rosto da Srta. Winwood para que percebesse que a ansiedade causada por seu bilhete não tinha sido injustificada. Apertando suas mãos, disse de modo premente:

— O que aconteceu? Elizabeth! Foi algo muito grave?

Os lábios dela estremeceram. Retirou suas mãos das dele e se apoiou no espaldar de uma cadeira.

— Oh, Edward, o pior! — disse ela em um sussurro.

Ele empalideceu mais.

— Seu bilhete me preocupou. Meu Deus, o que foi?

A Srta. Winwood apertou o lenço contra a boca.

— Lorde Rule esteve com mamãe ontem, nesta mesma sala. — Ergueu os olhos em súplica. — Edward, acabou tudo. Lorde Rule pediu a minha mão.

Um silêncio assustador se impôs na sala ensombrecida. A Srta. Winwood ficou com a cabeça baixa diante do Sr. Heron, inclinando-se ligeiramente sobre o espaldar da cadeira.

O Sr. Heron não se mexeu, mas perguntou, a voz ressoando áspera.

— E você respondeu...? — Mas não era uma pergunta. Proferiu a frase mecanicamente, sabendo qual seria a resposta.

Ela fez um gesto de impotência.

— O que posso responder? Você sabe bem qual é a nossa situação.

Ele afastou-se um pouco dela e se pôs a andar de um lado para o outro na sala.

— Rule! –– disse ele. — É muito rico?

— Muito — replicou Elizabeth, desolada.

Palavras subiram à garganta do Sr. Heron, palavras iradas, ofendidas, apaixonadas, mas não proferiu nenhuma delas. A vida lhe dera o golpe mais cruel e tudo o que pôde dizer, com uma voz entorpecida, que não parecia lhe pertencer, foi:

— Entendo.

Percebeu que Elizabeth chorava silenciosamente e aproximou-se dela de imediato, pegando suas mãos e a levando ao sofá.

— Oh, meu amor, não chore! — disse ele, a própria voz embargada. — Talvez não seja tarde demais. Temos de fazer alguma coisa... temos de fazer alguma coisa! — Mas falou sem convicção, pois sabia que nunca teria nada comparável à fortuna de Rule. Pôs os braços em volta de Elizabeth e apoiou a face em seus cachos, enquanto as lágrimas dela corriam por seu paletó escarlate.

Passado um momento, ela se afastou.

— Eu o estou fazendo infeliz também — disse.

Ao ouvir isso, ele caiu de joelhos e ocultou o rosto nas mãos dela. Ela não fez nenhum esforço para retirá-las, simplesmente disse:

— Mamãe foi muito bondosa. Permitiu que eu mesma lhe contasse. É... tem de ser uma despedida, Edward. Não tenho forças para continuar a vê-lo. Oh, seria errado de minha parte dizer que você ficará em meu coração para sempre... sempre?

— Não posso deixar que se vá! — disse ele, com uma violência contida. — Todas as nossas esperanças... nossos planos... Elizabeth, Elizabeth!

Ela não disse nada, e ele ergueu o rosto enrubescido e desfigurado.

— O que posso fazer? Não há nada que eu possa fazer?

Ela tocou no sofá ao seu lado.

— Acha que não tentei pensar em algo? — replicou ela, com tristeza. — Ai de mim! Não soubemos sempre que era apenas um sonho, impossível de ser realizado?

Ele sentou-se de novo, apoiando os braços sobre os joelhos, olhando para as próprias botas.

— É o seu irmão — disse ele. — Dívidas.

Ela assentiu com a cabeça.

— Mamãe me contou muita coisa que eu desconhecia. A situação é mais grave do que eu imaginava. Está tudo hipotecado, e temos de pensar em Charlotte e Horatia. Pelham perdeu 5 mil guinéus em uma reunião em Paris.

— Pelham jamais ganha? — perguntou o Sr. Heron em desespero.

— Não sei — replicou ela. — Ele diz que não tem sorte.

Ele ergueu os olhos.

— Elizabeth, desculpe se isso a magoa, mas você ter de se sacrificar pelo egoísmo de Pelham, por sua falta de juízo...

— Oh, cale-se! — pediu ela. — Conhece a tendência fatal em nós, os Winwood. Pelham não consegue evitar. Tampouco meu pai! Quando Pelham foi receber sua herança, já a encontrou gasta. Mamãe me explicou tudo. Ela está tão triste, Edward. Choramos juntas. Mas ela acha, e não posso duvidar da verdade disso, que é o meu dever com a família aceitar a proposta de lorde Rule.

— Rule! — disse ele com rancor. — Um homem 15 anos mais velho do que você, um homem com aquela reputação! Basta ele jogar a luva a seus pés, e você... Oh, Deus, não suporto nem mesmo pensar nisso! — Seus dedos contraídos desfizeram as mechas feitas com pomada. — Por que escolheu você? — suspirou ele. — As outras todas não são suficientes?

— Acho — replicou ela timidamente — que quer unir-se à nossa família. Dizem que é muito orgulhoso, e o nosso nome é... também é um nome digno de orgulho. — Hesitou, depois prosseguiu, corando: — Vai ser um casamento de conveniência, como é moda na França. Lorde Rule não... não precisa fingir me amar nem eu a ele. — Ergueu os olhos, quando o relógio dourado sobre o console da lareira soou a hora. — Tenho de me despedir de você — disse ela com uma calma desesperançada. — Prometi a mamãe que... só levaria meia hora. Edward... — De repente, abandonou-se ao seu abraço. — Oh, meu amor, lembre-se de mim! — disse soluçando.

Três minutos depois, a porta da biblioteca bateu e o Sr. Heron atravessou o saguão a passos largos em direção à porta, o cabelo em desordem, as luvas e o chapéu de bicos apertados em sua mão.

— Edward! — O sussurro vibrante lhe chegou do patamar de escada. Relanceou os olhos para cima, sem se importar com sua expressão e aparência desvairadas.

A caçula das irmãs Winwood debruçou-se no corrimão e pôs um dedo sobre os lábios.

— Edward! Espere! Suba, preciso falar com você!

Ele hesitou, mas um gesto autoritário de Horatia fez com que retrocedesse até o pé da escada.

— O que é? — perguntou laconicamente.

— Suba! — repetiu Horatia, com impaciência.

Ele subiu a escada devagar. Sua mão foi pega e ele foi levado para a grande sala de estar que tinha vista para a rua.

Horatia fechou a porta.

— Não fale alto demais! O quarto da mamãe é aqui do lado. O que ela disse?

— Não estive com Lady Winwood — respondeu o Sr. Heron, pesaroso.

— Idi-idiota! Falo de Li-Lizzie!

Ele respondeu concisamente.

— Só se despediu.

— Não pode ser! — disse Horatia com determinação. — Ou--ouça, Edward! Tenho um pla-plano!

Ele olhou para ela, uma centelha de esperança em seus olhos.

— Farei qualquer coisa! — disse ele. — Basta mandar.

— Não tem na-nada para você fazer — disse Horatia. — So-sou eu que vou fa-fazer!

— Você? — disse ele sem entender. — Mas o que pode fazer?

— Nã-não sei bem, ma-mas vou tentar. Não se-sei se va-vai dar certo, mas tal-talvez dê.

— Mas o que vai fazer? — insistiu ele.

— Não vou dizer. Só lhe contei isso porque pa-parecia muito in-infeliz. É melhor con-confiar em mim, Edward.

— Confio — assegurou Edward. — Mas...

Horatia empurrou-o para a frente do espelho sobre a lareira.

— Então, arrume o cabelo — disse ela, com severidade. — Ve--veja só i-isso. A-amassou também o chapéu. Pronto! Agora, vá, Edward, antes que ma-mamãe ouça.

O Sr. Heron se viu sendo empurrado para a porta. Virou-se e segurou a mão de Horatia.

— Horry, não sei o que pode fazer, mas se salvar Elizabeth desse casamento...

Duas covinhas se manifestaram, os olhos cinza piscaram.

— Eu sei. Será me-meu mais devotado cri-criado. Bem, irei sa-salvá-la!

— Mais do que isso! — disse ele sinceramente.

— Silêncio, mamãe vai ouvir! — sussurrou Horatia, e o pôs para fora da sala.

II

O Sr. Arnold Gisborne, ultimamente do Queen's College, em Cambridge, era considerado, por seus parentes, bastante afortunado por ter conseguido o posto de secretário do conde de Rule. Estava razoavelmente satisfeito — um emprego em uma casa nobre era um degrau certo para uma carreira pública —, mas ele teria preferido, já que era um rapaz sério, um trabalho que se relacionasse mais com negócios de Estado. Milorde de Rule ocupava ocasionalmente sua cadeira na Câmara dos Lordes, e era conhecido por levantar sua voz agradável e indolente em apoio a uma moção, mas não ocupava um cargo no ministério, e não demonstrava o menor interesse em se envolver com política. Quando tinha de falar, o Sr. Gisborne era incumbido de preparar o seu discurso, o que fazia com energia e entusiasmo, ouvindo, em sua imaginação, as palavras sendo proferidas com a sua própria voz clara. Milorde daria uma lida nas folhas escritas com uma bela letra e diria:

— Admirável, meu caro Arnold, admirável. Mas não é muito o meu estilo, não acha?

E o Sr. Gisborne teria de observar, com tristeza, a mão bem tratada de milorde riscar com a pena suas frases mais acalentadas.

Milorde, percebendo sua tristeza, ergueria os olhos e diria, com seu sorriso encantador:

— Sinto por você, Arnold, acredite. Mas sou um sujeito extremamente banal, entende? Os lordes se chocariam ao me ouvirem proferir sentimentos tão veementes. Não daria certo.

— Milorde, permite-me dizer que gosta de ser considerado banal? — perguntou o Sr. Gisborne com um rigor moderado pelo respeito.

— É claro, Arnold. Pode dizer o que quiser — respondeu ele, amavelmente.

Mas apesar da permissão, o Sr. Gisborne não disse mais nada. Teria sido uma perda de tempo. Milorde era capaz de repreender uma pessoa, mas sempre com aquela expressão divertida em seus olhos cinza entediados, e sempre de maneira cordial. O Sr. Gisborne se contentava com sonhar com o próprio futuro, e, nesse meio-tempo, administrava os negócios de seu patrão com uma meticulosidade escrupulosa. Não aprovava o modo de vida do conde, pois era filho de um decano, tinha sido educado com rigor. O interesse de milorde por mulheres bonitas do tipo libertino, como La Fanciola, da Opera House, ou uma tal Lady Massey, o enchia de reprovação. No começo, reagiu com desdém, depois, quando já era secretário de milorde fazia um ano, isso fez com que se sentisse arrependido.

Não tinha imaginado, quando pôs os olhos no conde pela primeira vez, que aprenderia a gostar, ou mesmo tolerar, aquele almofadinha gozador e preguiçoso, mas acabou sem ter a menor dificuldade em fazer as duas coisas. No fim de um mês, tinha descoberto que assim como os casacos perfumados de milorde encobriam um físico vigoroso, suas pálpebras extenuadas caíam sobre olhos capazes de se tornarem tão perspicazes quanto o cérebro por trás deles.

Rendendo-se ao charme de milorde, aceitava suas excentricidades, se não com aprovação, pelo menos com tolerância.

A intenção do conde de se casar o pegou de surpresa. Só tomou conhecimento de seu plano certa manhã, dois dias depois de ele ter visitado Lady Winwood na South Street. Então, quando se sentou à sua mesa, na biblioteca, Rule apareceu, depois de comer um desjejum tardiamente e, percebendo a pena em sua mão, queixou-se:

— Você está sempre tão ocupado, Arnold. Dou-lhe tanto trabalho assim?

O Sr. Gisborne levantou-se.

— Não, senhor, não o bastante.

— Você é insaciável, meu caro rapaz. — Observou alguns papéis na mão do Sr. Gisborne e deu um suspiro. — O que é agora? — perguntou resignado.

— Achei, senhor, que gostaria de ver a prestação de contas de Meering — sugeriu o Sr. Gisborne.

— De jeito nenhum — replicou milorde, apoiando seus grandes ombros no console da lareira.

— Muito bem, senhor. — O Sr. Gisborne pôs os papéis na mesa e perguntou com hesitação: — Não se esqueceu de que haverá um debate hoje na Câmara de que vai querer participar?

A atenção de milorde se dispersou; examinou sua bota de cano alto (pois estava vestido para montar) com seu monóculo e replicou com a voz um tanto surpresa:

— De que eu o quê, Arnold?

— Tinha certeza de que estaria presente, milorde — replicou o Sr. Gisborne defensivamente.

— Acho que bebeu, meu prezado amigo. Mas me diga: é impressão minha ou há um indício... uma indicação sutil de... acho que devo chamá-lo de bojo... no tornozelo?

O Sr. Gisborne olhou superficialmente para a bota lustrosa.

— Não vejo nada, milorde.

— Ora, ora, Arnold! — disse o conde delicadamente. — Dê-me atenção, por favor!

O Sr. Gisborne percebeu um leve indício gozador nos olhos de milorde e não conseguiu deixar de rir.

— Senhor, acho melhor que vá logo. Já está na hora, na Câmara dos Comuns...

— Senti-me desconfortável — reclamou o conde, ainda olhando para as próprias pernas. — Vou ter de mudar de sapateiro de novo. — Deixou o monóculo pender em sua fita comprida e se virou para o espelho, para arrumar a gravata. — Ah! Lembre-me de que tenho um encontro com Lady Winwood às 15h. É realmente muito importante.

O Sr. Gisborne olhou-o surpreso.

— Mesmo, senhor?

— Sim, muito importante. Pensei no traje novo, o casaco *dos de puce*... ou será muito sombrio para a ocasião? Acho que o veludo azul será mais conveniente. E a peruca *à bourse*? Talvez você prefira a *à catogan*, mas está errado, meu rapaz, tenho certeza de que está errado. Os cachos na frente dão uma impressão de peso. Tenho certeza de que não quer que eu pareça pesado. — Deu um pipa-rote no franzido de renda que caía sobre sua mão. — Oh, ainda não lhe contei, contei? Precisa saber que estou pensando em me casar, Arnold.

O espanto do Sr. Gisborne foi óbvio.

— O senhor? — disse ele, estarrecido.

— Por que não? — perguntou milorde. — Faz alguma objeção?

— Objeção, senhor! Eu? Só estou surpreso.

— Minha irmã — explicou o conde — acha que está na hora de eu ter uma esposa.

O Sr. Gisborne tinha um grande respeito pela irmã do conde, mas ainda não sabia que seus conselhos tinham importância para milorde.

— De fato, senhor — disse ele, e acrescentou, timidamente: — É a Srta. Winwood, senhor?

— A Srta. Winwood — confirmou o conde. — Percebe como é importante eu não me esquecer de me apresentar na South Street às.... eu disse às 15h?

— Não deixarei que se esqueça, senhor — disse o Sr. Gisborne secamente.

A porta foi aberta e surgiu um lacaio de uniforme azul.

— Milorde, uma dama quer vê-lo — disse ele, com hesitação.

O Sr. Gisborne virou-se surpreso para olhar, pois quaisquer que fossem as diversões de Rule lá fora, seus casos não o procuravam em Grosvenor Square.

O conde ergueu os sobrolhos.

— Receio... mas receio mesmo, que você, digamos, é um tanto tolo, meu amigo — disse ele. — Mas talvez já tenha dito que não estou, não disse?

O lacaio pareceu aturdido, e respondeu:

— A dama solicitou que eu dissesse a milorde que a Srta. Winwood pede-lhe o favor de recebê-la.

Houve um momento de silêncio. O Sr. Gisborne reprimiu, com dificuldade, a exclamação que assomou a seus lábios e fingiu se ocupar com a arrumação dos papéis na mesa.

Os olhos do conde, que se estreitaram repentinamente, para constrangimento de seu criado, permaneceram vazios, inexpressivos.

— Entendo — disse ele. — Onde está a Srta. Winwood?

— No salão menor, milorde.

— Muito bem — replicou o conde. — Pode ir.

O lacaio fez uma reverência e saiu. O olhar de milorde pousou, pensativamente, no perfil do Sr. Gisborne.

— Arnold — disse ele em voz baixa. — Você é muito discreto, não é, Arnold?

O Sr. Gisborne encarou-o.

— Sim, senhor. É claro.

— Tenho certeza de que sim — disse o conde. — Talvez, até mesmo... um pouco surdo?

Os lábios do Sr. Gisborne se contraíram.

— Dependendo da ocasião, surpreendentemente surdo, milorde.

— Eu não precisava ter perguntado — disse o conde. — Você é o príncipe dos secretários, meu caro amigo.

— Quanto a isso, o senhor é muito amável. Mas certamente não precisava ter perguntado.

— Foi inépcia minha — murmurou o conde, e saiu.

Atravessou o amplo corredor de mármore, observando, ao passar, uma jovem, obviamente uma dama de companhia, sentada na beirada de uma cadeira reta, agarrando sua bolsinha em forma de saco como se estivesse assustada. A Srta. Winwood, então, não tinha vindo desacompanhada.

Um dos lacaios abriu a porta de mogno maciço que dava para o pequeno salão, e milorde entrou.

Uma dama, não tão alta quanto ele esperava, estava de costas para a porta, aparentemente inspecionando uma pintura pendurada na parede. Virou-se rapidamente quando ele entrou e mostrou-lhe um rosto que certamente não pertencia à Srta. Winwood. Estudou-a por um momento, surpreso.

O rosto sob o chapéu de palha simples também denotava surpresa.

— O senhor é o lorde Ru-Rule? — perguntou ela.

Ele achou engraçado.

— Sempre acreditei que sim — replicou ele.

— Mas a-achei que e-era muito velho! — disse-lhe ela, espontaneamente.

— Isso não foi muito gentil de sua parte — replicou ele, com gravidade. Veio me ver para... bem... satisfazer a curiosidade quanto à minha aparência?

Ela enrubesceu terrivelmente.

— Po-por favor, me-me pe-perdoe! — pediu, gaguejando tremendamente. — Fui mu-muito ru-rude! Ma-mas é que fiquei su--surpresa por um mo-momento!

— Se ficou surpresa, senhorita, só posso me sentir muito lisonjeado — disse o conde. — Mas se não veio me examinar, poderia me dizer a que devo a honra da sua visita?

Os olhos brilhantes o olharam com determinação.

— É cla-claro que não sa-sabe quem sou — replicou ela. — Receio tê-lo enganado... um po-pouco. Achei que se-se soubesse que não era Li-Lizzie, talvez não me recebesse. Mas não fo-foi uma mentira completa di-dizer que eu era a Srta. Win-Winwood — acrescentou ela, ansiosamente. — Porque e-eu sou, sa-sabe? Sou Horry Winwood.

— Horry? — repetiu ele.

— Horatia — explicou ela. — É um nome ho-horrível, não? Recebi-o por ca-causa do Sr. Wal-Walpole. Ele é me-meu padrinho, entende?

— Perfeitamente — assentiu o conde. — Perdoe-me por ser tão parvo, mas acredite, continuo completamente no escuro.

O olhar de Horatia vacilou.

— É... é muito di-difícil de explicar — disse ela. — E acho que deve estar te-terrivelmente chocado. Mas eu trouxe a mi-minha criada, senhor!

— Isso torna tudo muito menos chocante — replicou ele de modo confortador. — Mas não seria muito mais fácil me explicar do que se trata se se sentasse? Posso guardar sua capa?

— O-obri-brigada — disse Horatia, cedendo. Lançou um sorriso amável a seu anfitrião. — Não é uma coisa tã-tão difícil quanto eu a-achei que seria. Antes de vê-lo, qua-quase pe-perdi a coragem. Sabe, mi-minha mãe nã-não faz a me-menor ideia de que es-estou aqui. Mas não me o-ocorreu na-nada mais a fazer. — Apertou as

mãos e respirou fundo. — É sobre Li-Lizzie... minha ir-irmã. Pe-
-pediu a mão dela, não?

Um pouco surpreso, o conde admitiu inclinando a cabeça.
Horatia prosseguiu, falando rapidamente.

— Po-poderia... se im-impor-importaria de me-me aceitar no
lu-lugar de-dela?

O conde estava sentado em uma cadeira na sua frente, balançando distraidamente o monóculo, o olhar fixo no rosto dela, com
uma expressão de interesse cortês. O monóculo parou de balançar
de súbito, e ele o deixou cair. Horatia, olhando ansiosamente para
ele, viu que ele franziu as sobrancelhas, surpreso, e se apressou
em acrescentar:

— É cla-claro que sei que deveria ser Charlotte, por-porque
é mais velha do-do que eu. Ma-mas ela disse que na-nada a-a
induzi-ziria a se casar com o se-senhor.

Os lábios dele estremeceram.

— Nesse caso — disse ele —, foi uma sorte eu não ter pedido
a mão da Srta. Charlotte em casamento.

— Sim — concordou Horatia. — La-lamento ter de dizer isto,
mas receio que Charlotte é ave-avessa à i-ideia de fa-fazer esse
sacrifi-fício, até mesmo por Li-Lizzie. — Os ombros de Rule se
sacudiram ligeiramente. — Eu di-disse alguma coisa que não de-
-devia? — perguntou Horatia em dúvida.

— Pelo contrário — replicou ele. — A sua conversa é muito
salutar, Srta. Winwood.

— Está me-me gozando — disse Horatia, acusatoriamente. —
Re-receio que me ache abobada, senhor, mas, na verdade, esto-tou
fa-falando muito sério.

— Acho que é adorável — disse Rule. — Mas acho também que
há um mal-entendido. Tive a impressão de que a Srta. Winwood...
bem... estaria disposta a receber minhas atenções.

— Sim — concordou Horatia. — Es-está disposta, é-é claro, mas i-isso a deixa mui-muito infeliz. Por i-isso eu vim. Es-espero que-que não se incomode.

— De jeito nenhum — replicou o conde. — Mas posso saber por que todos os membros da sua família têm uma impressão tão desagradável a meu respeito?

— Oh, não! — replicou Horatia com veemência. — Ma-mãe gosta muito do senhor, e eu mesma nã-não o acho nem um pouco de-desagradável. E se ti-tivesse pedido a mi-minha mão em vez da de Lizzie, eu te-teria gostado mui-muito.

— Mas por que quer que eu peça a sua mão? — perguntou Rule.

As sobrancelhas de Horatia se aproximaram uma da outra sobre seu nariz.

— Deve pa-parecer muito estranho — admitiu ela. — Sabe, Li-Lizzie deve se ca-casar com Edward Heron. O senhor o co-conhece?

— Creio que ainda não tive o prazer.

— Bem, e-ele é um a-amigo muito es-especial e ama Li-Lizzie. Mas sa-sabe como é com fi-filhos caçulas, e o pobre Edward nem mes-mesmo é capitão ain-ainda.

— Devo entender que o Sr. Heron está no exército? — perguntou o conde.

— Oh, sim. No dé-décimo regimento de infantaria. Se o se--senhor não tivesse pedido a mão de Li-Lizzie, te-tenho certeza de que ma-mamãe te-teria consentido na relação dos do-dois.

— Lamento muito ter feito isso — disse Rule com gravidade. — Mas, pelo menos, posso remediar o erro.

— Oh, então me a-aceita no lu-lugar dela? — disse Horatia animadamente.

— Não — replicou Rule, com um leve sorriso. — Não vou fazer isso. Mas não me casarei com a sua irmã. Não é necessário que se ofereça em troca, minha pobre criança.

— Ma-mas é si-sim! — disse Horatia enfaticamente. — U-uma de nós tem de se ca-casar com o senhor!

O conde olhou para ela por um instante. Em seguida, se levantou, calmamente, como sempre, e se apoiou no espaldar da cadeira.

— Acho que deve me explicar tudo — disse ele. — Parece que estou mais lerdo do que o normal esta manhã.

Horatia juntou as sobrancelhas.

— Bem, vo-vou tentar — replicou ela. — Estamos terrivelmente pobres. Charlotte diz que é tudo culpa de Pe-Pelham, e acho que é, mas não a-adianta culpá-lo, porque e-ele não con-consegue evitar. É o jo-jogo, entende. O se-senhor joga?

— Às vezes — respondeu o conde.

Os olhos cinza faiscaram.

— Eu também — disse Horatia inesperadamente. — Não de verdade, é cla-claro, mas com Pel-Pelham. Ele me ensi-sinou. Charlotte di-diz que é errado. Ela é a-assim, sabe, o que a tor-torna impaciente com P-Pel. E te-tenho de confessar que-que também fico im-impaciente quando Li-Lizzie tem de ser sacri-crificada. Mamãe tam-também fica triste, mas e-ela diz que de-devemos todos agradecer. — Ruborizou-se e disse de modo rude: — É vulgar se preocupar com contratos, mas o se-senhor é-é muito rico, não é?

— Muito — replicou o conde, sem perder a fleuma.

— Sim — assentiu Horatia. — Be-bem, en-entende, não?

— Entendo — concordou Rule. — Você será o Sacrifício.

Ela ergueu os olhos para ele, timidamente.

— Não vai ter importância para o senhor, vai? Ex-exceto que não sou nenhuma beldade, como Li-Lizzie. Mas tenho o nariz, senhor.

Rule examinou o nariz.

— Sem dúvida, tem o nariz — disse ele.

Horatia parecia determinada a confessar suas imperfeições.

— E talvez se acostume com as minhas so-sobrancelhas...?

O sorriso moveu-se furtivamente por trás dos olhos de Rule.

— Acho que sem dificuldades.

— Elas não vão arquear, sabe? — disse ela com tristeza. — E preciso co-contar que aban-bandonamos a esperança de que eu cre-cresça mais.

— Seria realmente uma pena se crescesse — disse o conde.

— A-acha mesmo? — surpreendeu-se Horatia. — É uma gran--grande aflição para mim, po-pode estar cer-certo. — Respirou fundo e acrescentou com dificuldade: — De-deve ter no-notado que sou um po-pouco... gaga.

— Sim, notei — respondeu o conde com delicadeza.

— Se a-acha que não po-pode su-suportar isso, vo-vou entender per-perfeita-tamente — disse Horatia com a voz baixa e ansiosa.

— Gosto disso — disse o conde.

— É mui-muito estranho de su-sua parte — admirou-se Horatia. — Mas tal-talvez te-tenha dito isso para me dei-deixar à vontade.

— Não — replicou o conde. — Eu disse porque é verdade. Pode me dizer quantos anos tem?

— I-isso impor-porta? — perguntou Horatia, com um pressentimento.

— Sim, acho que sim — replicou o conde.

— Receei que-que importasse — disse ela. — Com-completei 17 anos.

— Dezessete anos! — repetiu o conde. — Minha cara, eu não poderia fazer isso!

— Sou jovem demais?

— Jovem demais, criança.

Horatia suportou suas palavras corajosamente.

— Vou ficar mais velha — arriscou-se a dizer. — Não que-quero pre-pressioná-lo, mas sou considerada sen-sensata.

— Sabe a minha idade? — perguntou o conde.

— Não, ma-mas a minha prima, a Sra. Mau-Maulfrey, diz que não passou nem um di-dia dos 35 anos.

— E isso não lhe parece um pouco velho? — sugeriu ele.

— Bem, é velho... tal-talvez... mas ninguém diz que te-tem tu--tudo isso — replicou Horatia amavelmente.

Ao ouvir isso, escapou-lhe uma risada.

— Obrigado — fez uma mesura. — Mas acho que 35 é um marido nada atraente para 17.

— Po-por favor, não diga i-isso, senhor! — replicou Horatia com veemência. — Ga-garanto-lhe que, de mi-minha parte, não te-tem a menor im-importância. De fa-fato, acho que gos-gostaria de me casar com o senhor.

— Gostaria? — disse ele. — A senhorita me honra muito. — Ele foi até ela, que se levantou. Ele pegou sua mão e a levou aos lábios por um momento. — Então, o que quer que eu faça?

— Há um pequeno detalhe — confidenciou Horatia. — Não faz mal eu lhe pe-pedir isso já que estamos fa-fazendo uma barganha, não é?

— Estamos? — disse o conde.

— Sabe que es-estamos! — replicou Horatia. — Que-quer se casar na mi-minha família, não quer?

— Estou começando a achar que sim — disse o conde.

Horatia franziu o cenho.

— Entendo que fo-foi por isso que fez a propos-posta a Li-Lizzie.

— Foi — assegurou-lhe ele.

Ela pareceu satisfeita.

— E não quer u-uma espo-posa que interfira na su-sua vida. Bem, prometo que não vo-vou interferir.

O conde olhou para ela de maneira enigmática.

— E em troca?

Ela aproximou-se mais.

— Po-poderia fa-fazer alguma coisa por Edward? — pediu ela. — Concluí que só te-tem uma saída pa-para ele. Um pro-protetor!

— E... é... seria eu o protetor? — perguntou o conde.

— O senhor se im-importaria mu-muito?

Um músculo no canto da boca de Rule se contraiu, mas ele respondeu com apenas um indício de tremor na sua voz.

— Ficarei feliz em prestar-lhe um favor, senhorita, e farei o que puder.

— Mu-muito obriga-gada — disse Horatia, seriamente. — Assim, ele e Lizzie po-poderão se casar, entende? E o senhor va-vai dizer à mamãe que quer me te-ter logo, nã-não vai?

— Talvez eu não use exatamente essas palavras — disse o conde —, mas me empenharei em esclarecer a questão para ela. Mas não vejo bem como posso propor essa troca sem mencionar a sua visita.

— Oh, não pre-precisa se preocupar com isso! — replicou Horatia animadamente. — Eu mesm-ma conto pa-para e-ela. Acho que é me-melhor eu ir ago-gora. Ninguém sa-sabe onde es-estou, e tal-talvez fiquem pre-preocupados.

— Antes, temos de brindar à nossa barganha, não acha? — disse o conde, e tocou uma pequena campainha dourada.

Um lacaio apareceu.

— Traga-me... — o conde relanceou os olhos para Horatia — ratafia e duas taças — disse ele. — E que o meu coche esteja à porta em dez minutos.

— Se o coche é pa-para mim — disse Horatia —, é só um pa--passo até South Street, se-senhor.

— Mas permita-me conduzi-la — disse o conde.

O mordomo trouxe a ratafia e pôs a bandeja de prata sobre a mesa. Foi dispensado com um movimento de cabeça, e saiu ressentido. Gostaria de ter visto com os próprios olhos milorde beber uma taça de ratafia.

O conde serviu duas taças e deu um a Horatia.

— À barganha! — disse ele, e bebeu heroicamente.

Os olhos de Horatia piscaram felizes.

— Te-tenho certeza de que nos da-daremos muito be-bem juntos! — declarou ela, e levou a taça aos lábios.

Cinco minutos depois, o conde voltou a entrar na biblioteca.

— Ah... Arnold — disse ele. — Achei algo para você fazer.

— Sim, senhor? — disse o Sr. Gisborne, levantando-se.

— Tem de me conseguir uma patente de capitão — disse Rule. — No... décimo regimento de infantaria, acho, mas sei que vai descobrir.

— Uma capitania no décimo da infantaria, senhor? — repetiu o Sr. Gisborne. — Para quem, senhor?

— Como é mesmo o nome? — perguntou-se o conde. — Hawk... Hernshaw... Heron. Acho que era Heron. Para o Sr. Edward Heron. Conhece um Edward Heron?

— Não, senhor, não conheço.

— Não conhece — disse Rule com um suspiro. — Eu tampouco. Isso nos deixa em uma situação difícil. Mas confio muito em você, Arnold. Vai descobrir tudo sobre Edward Heron.

— Farei o que puder, senhor — replicou o Sr. Gisborne.

— Receio ter-lhe arranjado um problema — desculpou-se Rule, preparando-se para partir. À porta, olhou para trás. — A propósito, Arnold, acho que talvez tenha compreendido mal. É a Srta. Winwood mais nova que me concedeu a honra de aceitar a minha mão.

O Sr. Gisborne sobressaltou-se.

— A Srta. Charlotte Winwood, senhor? A caçula Winwood, creio eu, mal terminou os estudos.

— Certamente não a Srta. Charlotte Winwood — disse o conde. — Soube por fontes seguras que nada faria a Srta. Charlotte se casar comigo.

— Meu Deus, milorde! — exclamou o Sr. Gisborne, confuso.

— Obrigado, Arnold. Você me conforta — disse o conde, e saiu.

III

A chegada da caçula Winwood à South Street foi assistida pelas duas irmãs, pela janela da sala de estar. Sua ausência tinha sido certamente notada, mas como o porteiro tinha informado à governanta, em grande agitação, que a Srta. Horatia havia saído acompanhada de sua criada, não se preocuparam tanto. Era estranha a atitude de Horatia, e muito extravagante, mas com certeza só teria escapulido para comprar fitas cor de papoula que tinha desejado ao ver na vitrine de uma chapeleira, ou uma peça de chintz para um robe. Esta foi a teoria de Elizabeth, proferida com a voz tranquila e suave, que satisfez Lady Winwood, deitada no sofá com seu frasco de sais à mão.

O aparecimento do coche, puxado por uma excelente parelha de cavalos, com arreios reluzentes, não despertou mais que um interesse fugaz, até ficar claro que esse carro suntuoso iria parar à porta do número 20.

— Deus! — exclamou Charlotte —, quem pode ser? Mamãe, uma visita! — Pressionou o rosto contra a vidraça e acrescentou:
— Há um timbre na sela, mas não consigo distingui-lo... Lizzie, acho que é lorde Rule!

— Oh, não! — Elizabeth alvoroçou-se e apertou uma das mãos sobre o coração.

A essa altura, o cocheiro tinha descido e abria a porta do coche. Charlotte arregalou os olhos.

— É Horry! — exclamou ofegando.

Lady Winwood pegou seu frasco de sais.

— Charlotte, meus nervos! — disse ela com a voz fraca.

— Mas mamãe, é ela! — insistiu Charlotte.

Elizabeth teve uma premonição.

— Oh, o que ela andou fazendo? — disse, afundando-se numa cadeira e empalidecendo. — Espero que nada... nada terrível!

Passos impetuosos foram ouvidos na escada. A porta foi aberta com precipitação e Horatia surgiu diante delas, corada e com os olhos brilhando, balançando seu chapéu pela fita.

As mãos de Lady Winwood remexeram em sua echarpe medici.

— Querida, a poção! — gemeu ela. — Ai, minha pobre cabeça!

— Por favor, Horry, feche a porta! — disse Charlotte. — Como pode estar tão animada sabendo como são os nervos de mamãe?

— Oh, desculpe! — replicou Horatia, e fechou cuidadosamente a porta. — Eu me esqueci. Li-Lizzie, está tu-tudo arranjado: você *vai* se casa-sar com Edward!

Lady Winwood tinha se sentado.

— Deus meu! A criança está delirando! Horatia, o que... *o que* você andou fazendo?

Horatia tirou a capa e sentou-se no banco ao lado do sofá da mãe.

— Fu-fui ver lorde Ru-Rule! — contou ela.

— Eu sabia! — exclamou Elizabeth, com um tom de cassandra.

Lady Winwood caiu de novo sobre as almofadas, com os olhos fechados. Charlotte, observando sua rigidez, alarmou-se e gritou:

— Garota desnaturada! Não tem consideração por nossa querida mãe? Lizzie, amoníaco!

A amoníaco, os sais e um pouco de água de flor aplicados nas têmporas reviveram a aflita Lady Winwood. Ela abriu os olhos e reuniu forças para dizer:

— O que a criança disse?

Charlotte, segurando ternamente a mão frágil da mãe, disse:

— Mamãe, não se atormente, por favor!

— Não pre-precisa se afligir, ma-mamãe — disse Horatia contritamente. — É ver-verdade que fui ver lo-lorde Rule, mas...

— Então, é o fim de tudo! — interrompeu Lady Winwood de maneira fatalista. — Podemos nos preparar para a Prisão dos Devedores. Não me importo comigo mesma, pois meus dias estão contados, mas minha bela Lizzie, minha doce Charlotte...

— Mamãe, se pe-pelo menos me es-escutasse até o fi-fim! — interrompeu Horatia. — Expli-pliquei tudo a lorde Rule e...

— Ó céus! — disse Elizabeth. — Não... não sobre Edward?

— Sim, Edward. É claro que lhe contei sobre Ed-Edward. E e-ele não vai se ca-casar com vo-você, Li-Lizzie, mas pro-prometeu ser o prote-tetor de Edward...

Lady Winwood tinha recorrido de novo aos sais e desejou, com a voz débil, saber o que tinha feito para merecer tal desgraça.

— E expliquei como na-nada faria Charlo-lotte se casar com e-ele, e ele não pa-pareceu se in-incomodar com i-isso.

— Vou morrer de humilhação — disse Charlotte determinada!

— Oh, Horry, querida! — disse Elizabeth, com um suspiro, entre lágrimas e risos.

— E lhe per-perguntei se não se casaria comigo em vez de com Li-Lizzie. E e-ele aceitou! — concluiu ela com ares de triunfo.

Sua mãe e irmãs ficaram sem fala. Até mesmo Lady Winwood considerou que, evidentemente, a situação tinha superado o poder de seus sais, pois deixou o frasco escorregar de sua mão para o chão enquanto olhava apalermada para a filha caçula.

Foi Charlotte a primeira a recuperar a voz.

— Horatia, você está dizendo que teve a indelicadeza, a impropriedade, a... petulância de pedir a lorde Rule que se casasse com você?

— Sim — admitiu Horatia francamente. — Tive de pe-pedir.

— E... e... — Charlotte buscou as palavras certas — ele consentiu em... se casar com você no lugar de *Lizzie*?

Horatia confirmou com um movimento da cabeça.

— Ele não pode ter deixado de notar a gagueira— prosseguiu Charlotte.

Horatia ergueu o queixo.

— Fa-falei com ele sobre a ga-gagueira e e-ele disse que gos--gostava de-dela!

Elizabeth levantou-se de sua cadeira e abraçou Horatia.

— Oh, como ele não gostaria? Minha querida, eu nunca permitiria que se sacrificasse por mim!

Horatia consentiu no abraço.

— Bem, para dizer a verda-dade, Lizzie, eu gos-gostaria de me casar com e-ele. Mas não te-tenho certeza de que vo-você está cer--certa de não querê-lo. — Procurou encarar sua irmã. — Vo-você re-realmente gosta mais de Edward?

— Oh, meu amor!

— Bem, não con-consigo entender — disse Horatia.

— Lorde Rule não pode ter falado sério — disse Charlotte sem rodeios. — Podem estar certas que ele acha Horry uma simples criança.

— Nã-não! Não a-acha! — disse Horatia, enfurecendo-se. — Ele falou sério e vai vir fa-falar com mamãe ho-hoje às 15h.

— Não esperem que eu encare lorde Rule! — disse Lady Winwood. — Vou desmaiar!

— Ele vai vir? — quis saber Charlotte. — Que mal irremediável a impropriedade de Horry terá gerado? Temos de perguntar a nós mesmas: lorde Rule vai desejar se unir a uma família em que um dos membros mostrou-se tão desprovido de sentimentos de modéstia e recato feminino?

— Charlotte, não deve falar assim! — interferiu Elizabeth com uma severidade inusitada. — O que ele pode pensar a não ser que a nossa querida irmã é uma criança impulsiva?

— Tomara — replicou Charlotte, rispidamente. — Mas se ela divulgou a sua ligação com Edward Heron, receio que seja o fim de tudo. Nós que conhecemos e estimamos a querida Horry não reparamos em seus defeitos, mas que cavalheiro se comprometeria a se casar com ela, em vez de com a beldade da família?

— Também pensei nisso — admitiu Horatia. — E-ele disse que a-acha que se acos-costumará com as minhas so-sobrancelhas ho-horrorosas com facilidade. E vou lhe di-dizer mais u-uma coisa, Char-Charlotte! Ele di-disse que se-seria uma pena se e-eu crescesse mais!

— Como é humilhante pensar que lorde Rule possa ter se divertido à custa de uma Winwood! — disse Charlotte.

Mas parecia que lorde Rule não estivera se divertindo. Às 15h, ele subiu os degraus do número 20 da South Street e perguntou por Lady Winwood.

Apesar de sua dramática recusa em enfrentar o conde, Lady Winwood foi convencida a aguardá-lo na sala de estar, fortalecida pelos sais e uma nova polonesa com fitas de sarja de seda que tinha chegado de seu costureiro a tempo de impedir um colapso nervoso.

Sua conversa com lorde Rule levou meia hora, no fim do que o mordomo foi despachado para informar à Srta. Horatia que sua presença na sala era desejada.

— Arrá! — gritou Horatia, lançando um olhar malicioso a Charlotte e ficando em pé com um pulo.

Elizabeth pegou as mãos da irmã.

— Horry, não é tarde demais! Se esse arranjo lhe é repugnante, fale, pelo amor de Deus, e recorrerei à generosidade de lorde Rule.

— Repugnante? Bes-besteira! — disse Horatia, e saiu eufórica.

— Horry, Horry, deixe-me, pelo menos, ajeitar a sua faixa! — gritou Charlotte.

— Tarde demais — disse Elizabeth. Apertou as mãos no peito.

— Ai, se eu tivesse certeza de que isso não é nenhum sacrifício de irmãos...

— Se quer saber o que acho — disse Charlotte —, Horry está muito satisfeita consigo mesma.

Horatia abriu a porta da sala de estar e se deparou com sua mãe em pé, os sais esquecidos sobre uma mesa de ouropel do lado da lareira. No meio da sala, estava Rule, também em pé, observando a porta, uma das mãos, em que cintilava uma grande safira quadrada, pousada sobre o espaldar de uma cadeira.

Parecia ainda mais majestoso e inacessível em veludo azul e cordões dourados do que na roupa de montaria, e, por um instante, Horatia examinou-o em dúvida. Então o viu sorrir e foi tranquilizada.

Lady Winwood deslizou na sua direção e a abraçou.

— Querida! — disse ela, visivelmente triunfante. — Milorde, que minha filha querida responda ela própria. Horatia, meu amor, lorde Rule concede a honra de pedir a sua mão.

— Eu di-disse que ele ia pedir, ma-mamãe! — disse Horatia, incorrigivelmente.

— Horatia, por favor! — implorou a senhora, que sofria pacientemente. — A mesura, querida!

Horatia abaixou-se, obedientemente, fazendo uma mesura. Quando se levantou, o conde pegou sua mão, olhando-a com um riso nos olhos.

— Senhora, posso ter esta mãozinha?

Lady Winwood deu um suspiro trêmulo e enxugou uma lágrima indulgente com seu lenço.

— Si-sim! — aprovou Horatia. — Na ver-verdade, po-pode, senhor. É muito genti-til dando-me o pra-prazer de pe-pedir a mi-minha mão.

Lady Winwood olhou em volta, apreensivamente, buscando seus sais, mas percebeu que o conde estava rindo e mudou de ideia.

— Minha filhinha...! — disse ela indulgentemente. — Como vê, milorde, ela é completamente pura.

Ela não deixou o par recém-comprometido a sós, e o conde fez suas despedidas com igual retidão. A porta da frente mal tinha se fechado às suas costas, e Lady Winwood abraçou Horatia ternamente.

— Criança querida! — disse ela. — Você tem muita, muita sorte! Um homem tão bem-apessoado! Que elegância!

Charlotte pôs a cabeça pela porta.

— Podemos entrar, mamãe? Ele realmente pediu a mão de Horry?

Lady Winwood enxugou de novo, com uma batidinha, os olhos.

— Ele é tudo o que eu poderia desejar! Que sofisticação! Que *ton*!

Elizabeth tinha pego a mão de Horatia, mas Charlotte, sempre prática, disse:

— Bem, de minha parte, acho que ele deve estar caduco. E por mais repulsivo que seja o assunto, suponho que o contrato...?

— Ele é a generosidade em pessoa! — disse Lady Winwood com um suspiro.

— Então, lhe desejo felicidades, Horry — disse Charlotte. — Se bem que devo dizer que a considero jovem demais e imprudente demais para ser a mulher de um cavalheiro, seja ele quem for. E vamos torcer para que Theresa Maulfrey seja sensata o bastante para refrear seus comentários sobre esse trato canhestro.

De início, não pareceu que a Sra. Maulfrey fosse capaz de conter sua língua. Ao ser comunicada do noivado, foi a South Street, exatamente como suas primas sabiam que faria, ansiosa por ouvir a história toda. Ficou flagrantemente insatisfeita com a história prudente de Elizabeth de um "equívoco" e pediu para saber toda a verdade. Lady Winwood, levantando-se para a ocasião, comunicou que a questão tinha sido acertada por ela e o conde, que tinha conhecido Horatia e se sentido imediatamente atraído por ela.

A Sra. Maulfrey teve de se contentar com isso, e depois de condoer-se de Elizabeth por ter perdido um conde para ter um reles tenente em troca, e de Charlotte em se tornar uma solteirona, enquanto uma pirralhinha recém-saída dos estudos fazia o casamento da temporada, partiu, deixando uma sensação de alívio e um forte aroma de violeta atrás de si.

Charlotte opinou sombriamente que nada de bom poderia vir do casamento escandalosamente arquitetado de Horatia.

Mas Charlotte ficou sozinha em seu pessimismo. Um Sr. Heron radiante, agarrando fervorosamente as mãos de Horatia, agradeceu-lhe do fundo do seu coração e lhe desejou felicidades. O Sr. Heron tivera a honra de conhecer lorde Rule em uma reunião extremamente seleta em South Street, e milorde tinha-se levantado para conduzir o rapaz à parte e conversar com ele sobre seu futuro. O Sr. Heron não hesitou em declarar que o conde era um homem realmente muito bom, e mais nenhuma observação sobre sua reputação ou sua idade avançada passou por seus lábios. Elizabeth, que se sentiu obrigada a reunir coragem para se encontrar com seu antigo pretendente, também viu a provação de seus terrores se desfazer. Milorde beijou-lhe a mão, e, ao largá-la, disse com sua fala arrastada, suave e nada desagradável:

— Posso crer, Srta. Winwood, que não sou mais um monstro?

Elizabeth corou e baixou a cabeça.

— Oh... Horry! — suspirou, com um sorriso trêmulo em seus lábios. — Na verdade, milorde, nunca foi isso.

— Mas devo-lhe um pedido de desculpa, senhorita — disse ele, solenemente —, pois a tornei terrivelmente infeliz.

— Se vai falar em desculpas, senhor...! Logo o senhor que tem sido tão generoso! — Ergueu os olhos para ele e tentou lhe agradecer o que tinha feito pelo Sr. Heron.

Claramente, ele não escolheu ser agradecido; não demonstrou muita atenção ao agradecimento, com seu riso indolente, e, de alguma maneira, ela não conseguiu prosseguir. Ele ficou do seu lado por alguns minutos, e ela pôde observá-lo. Depois, disse ao Sr. Heron, seriamente, que achava que talvez Horry estivesse muito feliz.

— Horry está feliz — replicou Sr. Heron com um risinho.

— Ah, sim, mas, entenda, querido, Horry é apenas uma criança. Sinto... sinto certa apreensão, não posso negar. Lorde Rule não é uma criança. — Franziu o cenho. — Horry faz cada uma! Se pelo menos ele for gentil e paciente com ela!

— Ora, meu amor — disse o Sr. Heron, com indulgência —, não acho que deva se preocupar com isso. Milorde é a delicadeza em pessoa, e não tenho dúvidas de que será bastante paciente.

— A delicadeza em pessoa — repetiu ela. — É verdade, mas ainda assim... Sabe, Edward, que acho que sinto medo dele. Às vezes, se você reparar bem, ele tem uma mania de fechar os lábios que confere a seu rosto uma expressão de... eu diria, de inflexibilidade, completamente estranha ao que conhecemos dele. Mas se ele vier a amar Horry!

Somente a Srta. Winwood inclinava-se a nutrir tais questionamentos. Lady Winwood nem pensava nisso, deleitando-se com a inveja que despertava por sua nova relação. Todos estavam ansiosos para felicitá-la; todos sabiam que era um triunfo seu. Até mesmo o Sr. Walpole, que, nessa época, estava em Arlington Street, foi fazer-lhe uma visita matutina e colher alguns detalhes. O rosto do Sr. Walpole exibia um sorriso de aprovação, se bem que lamentasse que sua afilhada se casasse com um tóri. Então, o Sr. Walpole, apesar de ser um *whig* tão ferrenho, concordou que

Lady Winwood tinha razão em não dar importância às opiniões políticas de Rule. Juntou as pontas dos dedos, cruzando as pernas cobertas por meia de seda, e escutou com seu ar cortês tudo o que Lady Winwood tinha a dizer. Ela sentia grande apreço pelo Sr. Walpole, a quem conhecia há muitos anos, mas foi prudente no que lhe contou. Ninguém tinha um coração mais bondoso do que esse senhor magro e perspicaz, mas de um faro aguçado para um motivo de escândalo e uma pena satírica. Se ele apenas ouvisse falar da escapada de Horatia, seria o bastante para que milady Ossory e milady Aylesbury recebessem a história na próxima entrega do correio.

Felizmente, o rumor da proposta de Rule a Elizabeth não chegou a Twickenham, e além da surpresa por Lady Winwood ter providenciado o casamento de Horatia antes do da divina Elizabeth (que era a sua favorita), não disse nada que colocasse uma mãe ansiosa em guarda. De modo que Lady Winwood confidenciou--lhe que, embora nada fosse declarado ainda, Elizabeth também abandonaria o ninho. O Sr. Walpole ficou interessadíssimo, mas franziu ligeiramente os lábios ao ouvir sobre o Sr. Edward Heron. Certamente, de uma boa família (é claro que o Sr. Walpole sabia disso!), mas teria gostado de alguém de mais prestígio social para sua pequena Lizzie. O Sr. Walpole realmente gostou de ver suas jovens amigas fazendo bons casamentos. Na verdade, sua satisfação com o noivado de Horatia conseguiu fazê-lo esquecer um certo dia desastroso em Twickenham, quando ela havia-se mostrado indigna das glórias de seu pequeno castelo gótico, e deu um tapinha carinhoso em sua mão, dizendo que ela aparecesse, em breve, para beber um *syllabub** em Strawberry. Horatia, prometendo não ser antissocial ("pois ele deve estar beirando os 60 anos, meu amor, e vive recluso, mas a sua boa opinião conta mais do que a

---

* Creme adocicado batido com vinho. (*N. da T.*)

de qualquer outro"), agradeceu recatadamente e torceu para que não esperassem que ela admirasse e acarinhasse sua cadelinha horrorosa, Rosette, que era mimada de maneira detestável e ficava latindo atrás das pessoas.

O Sr. Walpole disse que ela era muito jovem para se casar, e Lady Winwood replicou com um suspiro, que sim, era verdade: estava perdendo sua queridinha antes mesmo que tivesse estado na corte.

Foi uma observação insensata, pois deu ao Sr. Walpole a oportunidade para contar, como gostava de fazer, como seu pai o tinha levado, quando era pequeno, para beijar a mão de George I. Horatia escapuliu quando ele estava no meio da história, deixando sua mãe para assumir sozinha uma falsa expressão de interesse.

Em outro bairro, se bem que há um passo de South Street, as notícias do noivado de Rule geraram reações diferentes. Havia uma casa alta e estreita em Hertford Street onde uma bela viúva recebia seu círculo, mas que de maneira nenhuma era o tipo de residência que Lady Winwood frequentaria. Caroline Massey, viúva de um rico comerciante, tinha conquistado sua posição na sociedade elegante à força de enterrar a relação do falecido Sir Thomas com o centro financeiro de Londres em um decente esquecimento, contando com sua própria origem respeitável e beleza considerável. A fortuna de Sir Thomas, embora conquistada desabonadoramente, também foi útil. Permitiu que sua viúva morasse em uma casa muito bonita, na melhor parte da cidade, recebesse de uma maneira pródiga e agradável, e granjeasse a proteção de uma benfeitora condescendente o bastante para introduzi-la na sociedade. As atenções dessa benfeitora há muito tinham cessado de ser necessárias a Lady Massey. De certa maneira, mais familiar a ela própria (diziam várias damas indignadas), tinha conseguido se tornar uma celebridade. E a despeito de algumas portas permanecerem obstinadamente fechadas para ela, seu círculo era suficiente para isso não ter tanta importância. Seu séquito ser composto, em sua maioria, por homens, provavelmente não a perturbava. Não era uma mulher do tipo que anseia por companhia feminina, embora uma mulher pálida e resignada, que diziam ser sua prima, residisse com ela. A presença da Srta. Janet era uma concessão às convenções. No entanto, para fazer-lhes justiça, não era a moral de Lady Massey que ficava entalada na garganta de certas damas aristocratas. Todos tinham seus próprios *affaires*, e apesar de correr o boato de intimidade entre ela e lorde Rule, contanto que ela conduzisse suas relações amorosas com discrição, somente moralistas rígidos do tipo da Sra. Winwood levantariam as mãos para os céus horrorizados. Era a mácula fatal no centro financeiro que sempre excluiria Lady Massey do círculo mais íntimo da alta sociedade. Ela não era elegante. Dizia-se sem rancor, até mesmo com um compassivo dar de ombros dos bem-nascidos, mas era condenatório. Lady Massey, sabendo disso, nunca traiu com uma palavra ou olhar que tinha consciência dessa quase indefinível barreira, e nem mesmo a resignada prima sabia que se tornar um dos seletos era quase uma obsessão para ela.

Havia uma única pessoa que percebia, e que parecia tirar um prazer sardônico disso. Robert, barão de Lethbridge, geralmente extraía diversão das fraquezas de seus amigos.

Dois dias depois da segunda visita do conde de Rule à casa Winwood, Lady Massey ofereceu uma noite de carteado* em Hertford Street. Essas reuniões eram sempre muito concorridas, pois podia-se ter certeza de ali encontrar um bom jogo e uma anfitriã encantadora, cuja adega (graças ao nada refinado, mas *expert*, Sir Thomas) era excelentemente fornida.

O salão no primeiro andar era um cômodo encantador, que acentuava as qualidades de sua dona. Ela havia comprado re-

---

* *"Card-party"*: festa oferecida para o carteado — *piquet, loo, whist*, vinte e um —, em que se deslocavam as mesas para o centro da sala e vinho, frutas, queijo e pão eram servidos em salvas de prata e cristais refinados. (*N. da T.*)

centemente, em Paris, algumas peças douradas muito bonitas de mobiliário, e tinha retirado todas as tapeçarias antigas das paredes e as substituído por novas de seda cor de palha, de modo que a sala, que antes era rosa, agora era de um amarelo-claro. Ela própria usava um vestido de brocado de seda com armação nos quadris e uma saia de baixo enlaçada por guirlandas bordadas. Seu cabelo estava preso para cima em um *pouf au sentiment*, com plumas em espiral, pelas quais pagara cinquenta luíses cada, no Bertin's, e rosas perfumadas, colocadas aqui e ali na montagem empoada. Esse penteado havia sido motivo de inveja de várias damas aspirantes à sociedade, e havia deixado a Sra. Montague-Damer em situação embaraçosa. Também ela havia optado por um modelo francês e esperado causar admiração. Mas o elaborado *pouf au sentiment* tinha feito seu *chien couchant* parecer ridículo, e estragou a sua noite.

A reunião no salão seguiu o rigor da moda; pessoas malvestidas não tinham lugar na casa de Lady Massey, embora pudesse receber figuras excêntricas como Lady Amelia Pridham, a senhora extremamente gorda e sem papas na língua, usando um cetim castanho puxado para o amarelo, que, nesse instante, arrumava moedas à sua frente. Havia quem se admirasse de Lady Amelia frequentar Hertford Street, mas ela, além de ser de uma extrema boa índole, iria a qualquer casa onde soubesse que haveria um bom *basset*.*

O basset era o jogo da noite, e cerca de 15 pessoas estavam sentadas ao redor de uma grande mesa redonda. Foi quando lorde Lethbridge segurou a carta que tinha escolhido e fez uma declaração um tanto sensacionalista. Ao colocar o dinheiro no feltro, comentou com um quê ligeiramente malicioso na voz:

— Não vejo Rule aqui. Sem dúvida o suposto noivo concede toda a atenção a South Street.

---

* Antigo jogo de cartas semelhante ao faraó. (*N. da T.*)

No outro lado, Lady Massey ergueu rapidamente os olhos de suas cartas, mas não disse nada.

Um janota, com um enorme chinó empoado de azul e feições finas em uma tez pálida, doentia, gritou:

— O que foi?

Os olhos castanho-claros implacáveis de lorde Lethbridge demoraram-se por um momento no rosto de Lady Massey. Depois se voltaram ligeiramente para o janota espantado.

— Está me dizendo — disse ele com um sorriso — que sou eu que estou lhe dando a notícia, Crosby? Achei que você, mais do que qualquer um, já saberia. — Seu braço vestido de cetim estava sobre a mesa, as cartas na mão branca. A luz das velas no imenso candelabro em cima iluminava a joia na renda em seu pescoço, e fazia com que seus olhos cintilassem de maneira estranha.

— Do que está falando? — perguntou o almofadinha, semierguido em sua cadeira.

— De Rule, caro Crosby! — replicou Lethbridge. — Do seu primo Rule.

— O que tem Rule? — inquiriu Lady Amelia, empurrando, com pesar, uma de suas moedas para o outro lado da mesa.

O olhar de Lethbridge passou de novo por Lady Massey.

— Ora, apenas que está prestes a entrar para o rol dos homens casados — replicou ele.

Todos se agitaram interessados.

— Deus do céu! Achei que ficaria solteiro para sempre! Não acredito! E quem é a felizarda, Lethbridge?

— A felizarda é a caçula Winwood — respondeu Lethbridge. — Um caso de amor, entende? Acho que ela ainda nem terminou os estudos.

O almofadinha, Sr. Crosby Drelincourt, ajeitou mecanicamente o laço despropositado que usava no lugar de uma gravata.

— Ora, isso é fofoca! — disse ele, constrangido. — Onde a ouviu?

Lethbridge ergueu as sobrancelhas finas, oblíquas.

— Oh, ouvi-a da pequena Maulfrey. Vai estar no *Gazette* amanhã.

— Muito interessante — disse um cavalheiro imponente em um veludo clarete —, mas voltemos ao jogo, Lethbridge, ao jogo!

— O jogo — concordou Lethbridge, e lançou um olhar de relance para as cartas sobre a mesa.

Lady Massey, que havia ganhado a rodada, estendeu a mão de súbito e empurrou a rainha à sua frente.

— Parole! — disse ela com a voz ansiosa, instável.

Lethbridge virou duas cartas e lhe lançou um olhar gozador.

— Ás vence, rainha perde — disse ele. — Não teve sorte, milady.

Ela deu um risinho.

— Asseguro-lhe que não tem importância. Perde-se hoje, ganha-se amanhã. Sempre alterna.

O jogo prosseguiu. Somente mais tarde, quando as pessoas se distribuíram em pequenos grupos para conversar e saborear os excelentes comes e bebes, o noivado de Rule foi lembrado. Foi Lady Amelia, virando-se para Lethbridge, com um copo de *negus*[*] em uma das mãos e um biscoito doce na outra, que disse em sua maneira direta:

— Você é um demônio, Lethbridge. O que lhe deu para me sair com essa, homem?

— Por que não? — replicou ele, calmamente. — Achei que interessaria a todos vocês.

Lady Amelia terminou sua bebida e olhou para a anfitriã, no outro lado da sala.

— Divertido — comentou ela. — Ela pensa em conquistar Rule?

Lethbridge encolheu os ombros.

— Por que me pergunta? Não sou seu confidente.

— Hum! Tem uma capacidade de perceber as coisas, Lethbridge. Tola criatura. Rule não é tão bobo. — Seu olhar cínico errou em

---

[*] Bebida feita de vinho, água quente, limão, açúcar e noz-moscada. (*N. da T.*)

busca do Sr. Drelincourt e o encontrou, isolado, mexendo no lábio inferior. Ela deu um risinho. — Não aceitou bem, não foi?

Lorde Lethbridge acompanhou a direção de seu olhar.

— Admita, proporcionei-lhe um pouco de diversão, milady.

— Deus, parece um mosquito, meu caro. — Ela percebeu o pequeno Sr. Paget, curioso, ao seu cotovelo, e bateu em suas costelas com o leque. — Quais são as chances de Crosby agora?

O Sr. Paget abafou um risinho.

— Ou da nossa bela anfitriã, senhora!

Ela encolheu seus largos ombros alvos.

— Oh, se quer se intrometer nos assuntos de uma tola...! — disse ela e se afastou.

O Sr. Paget transferiu a atenção a lorde Lethbridge.

— Céus, milorde, juro que ela ficou lívida sob o ruge! — Lethbridge aspirou rapé. — Foi cruel, milorde. Ah, se foi!

— Acha? — perguntou Lethbridge de modo extremamente gentil.

— Oh, positivamente, senhor, positivamente! Não há a menor dúvida de que ela nutria esperanças com Rule. Mas nunca daria certo, sabe? Acho que o conde é excessivamente orgulhoso.

— Excessivamente — repetiu Lethbridge, com tal aspereza na voz que o Sr. Paget sentiu-se desconfortável, pensando ter dito algo inoportuno.

Ficou tão obcecado com essa ideia que confiou a conversa a Sir Marmaduke Hoban, que deu uma gargalhada e disse:

— Terrivelmente inoportuno! — e se afastou para se servir de mais bebida.

O Sr. Crosby Drelincourt, primo e suposto herdeiro de lorde Rule, não se mostrou inclinado a discutir a notícia. Foi cedo para casa, um apartamento na Jermyn Street, vítima dos pressentimentos mais sombrios.

Passou a noite apático, despertou extraordinariamente cedo e mandou que lhe trouxessem o *London Gazette*. Seu criado levou-o com a xícara de chocolate que tinha o hábito de tomar ao acordar. O Sr. Drelincourt pegou o jornal e o abriu com os dedos agitados. A comunicação o encarou impressa de maneira a não deixar nenhuma dúvida.

O Sr. Drelincourt fitou-a com uma espécie de aturdimento, a touca de dormir sobre um dos olhos.

— Seu chocolate, senhor — disse o criado, de maneira desinteressada.

O Sr. Drelincourt foi tirado de seu estado momentâneo de estupor.

— Tire essa coisa daqui! — gritou ele, e jogou o *Gazette* no chão. — Vou me levantar!

— Sim, senhor. Vai vestir o traje azul para a manhã?

O Sr. Drelincourt praguejou.

O criado, acostumado com o temperamento do Sr. Drelincourt, permaneceu imóvel, mas conseguiu, enquanto seu patrão vestia as meias, dar uma espiada no *Gazette*. O que viu provocou-lhe um sorriso sutil, acre. Afastou-se a fim de preparar a lâmina para barbear o Sr. Drelincourt.

A notícia tinha chocado profundamente o Sr. Drelincourt, mas a força do hábito dominava, e, depois de ser barbeado, recuperou o controle, o bastante para retomar o interesse na questão importantíssima da roupa que vestiria. O resultado do cuidado que dedicava à sua pessoa era certamente assombroso. Quando, finalmente, ficou pronto para sair à rua, usava um casaco azul com cauda comprida e botões de prata imensos, sobre um colete curto, e calções atados nos joelhos com rosetas. Um laço servia de gravata, suas meias eram de seda, os sapatos tinham fivelas de prata e saltos tão altos que o obrigavam a andar com passinhos curtos; a peruca estava escovada *en hérisson* até um ponto na frente, encaracolada sobre as orelhas, e, atrás, um rabo preso em um saco de seda preta. Um pequeno chapéu redondo encimava essa estrutura, e, para completar a toalete, correntes e sinetes, e portava uma bengala comprida, ornada com borlas.

Apesar de fazer uma bela manhã, o Sr. Drelincourt chamou uma liteira e deu o endereço da casa do primo, em Grosvenor Square. Sentou-se com cuidado, baixando a cabeça para evitar arrastar o chinó no teto; os homens ergueram as varas e partiram na direção norte com a sua carga requintada.

Ao chegar em Grosvenor Square, o Sr. Drelincourt pagou os homens e subiu os degraus até a porta suntuosa da casa de Rule. Foi introduzido pelo porteiro, que deu a impressão de ter desejado fechar a porta na cara pintada do visitante. O Sr. Drelincourt não era benquisto pela criadagem de Rule, mas sendo uma pessoa, de certa maneira, privilegiada, chegava e saía a seu bel-prazer. O porteiro disse que milorde ainda estava tomando o café, mas o Sr. Drelincourt ignorou essa informação com um gesto afetado de sua mão branca como um lírio. O porteiro o encaminhou a um lacaio, e refletiu, com satisfação, que alguém estava irritadíssimo.

O Sr. Drelincourt raramente esperava seu primo sem deitar o olhar, de maneira aprovadora, nas belas proporções de suas salas, na elegância de seus móveis. Tinha passado, de certa maneira, a considerar seus os bens de Rule, e nunca entrava naquela casa sem pensar no dia em que seria sua. Hoje, entretanto, conseguiu refrear a indulgência do sonho e acompanhou o lacaio até a pequena sala do desjejum, nos fundos da casa, com nada na cabeça além da sensação de uma profunda injustiça.

Milorde, em um robe de brocado de seda, estava sentado à mesa com uma caneca e um bife à sua frente. Seu secretário também estava presente, tentando dar conta de vários convites ao conde, pois quando Drelincourt entrou, com seu ar empertigado, ele dizia em desespero:

— Mas, senhor, certamente se lembra de que se comprometeu com a duquesa de Bedford para hoje à noite!

— Gostaria — replicou Rule — que se livrasse dessa ideia, caro Arnold. Não consigo atinar de onde a tirou. Nunca me lembro de nada desagradável. Bom dia, Crosby. — Ergueu a caneca, para ver melhor as cartas na mão do Sr. Gisborne. — Esta em papel rosa, Arnold. Tenho uma predileção pela escrita em papel rosa. Do que se trata?

— Um convite para uma festa na casa da Sra. Wallchester, senhor — respondeu o Sr. Gisborne em um tom reprovador.

— Meu instinto nunca falha — disse o conde. — Será a rosa. Crosby, não há nenhuma necessidade de que fique em pé. Veio para o desjejum? Oh, não se vá, Arnold, não se vá.

— Por favor, Rule, gostaria de ter uma conversa em particular com você — disse o Sr. Drelincourt, que havia dispensado ao secretário uma mesura das mais insignificantes.

— Não seja tímido, Crosby — disse o conde, gentilmente. — Se é dinheiro, Arnold saberá tudo a respeito.

— Não é — replicou o Sr. Drelincourt, contrariado.

— Com sua licença, senhor — disse o Sr. Gisborne, dirigindo-se à porta.

O Sr. Drelincourt pôs o chapéu e a bengala em um canto e puxou uma cadeira da mesa.

— Café da manhã não, não! — disse de modo um tanto irritado.

O conde observou-o pacientemente.

— Então, o que é agora, Crosby? — perguntou.

— Vim para... — replicou o Sr. Drelincourt — vim para falar com você sobre esse... esse noivado.

— Não há nada privado sobre isso — observou Rule, voltando-se para o bife já frio.

— Não, de fato! — disse Crosby, com um vestígio de indignação na voz. — Suponho que seja verdade.

— Oh, sim, é verdade — disse o conde. — Pode me felicitar, meu caro Crosby.

— Quanto a isso... ora, certamente! Certamente, desejo-lhe muitas felicidades — disse Crosby, enfurecido. — Mas nunca me disse uma palavra sobre isso. Fui pego de surpresa. Só posso achar tudo muito estranho, primo, considerando-se a natureza singular da nossa relação.

— A...? — Milorde parecia perplexo.

— Ora, Rule! Como seu herdeiro, devo, supostamente, exigir ser informado de suas intenções.

— Peço desculpas — disse o conde. — Tem certeza de que não quer comer alguma coisa, Crosby? Você não parece nada bem, meu caro amigo. De fato, sinto-me propenso a recomendar outra cor de pó para o seu cabelo que não este azul. Um tom encantador, Crosby. Não deve achar que não gosto dele, mas a palidez refletida em sua tez...

— Se pareço pálido, primo, deve culpar o comunicado extraordinário no *Gazette* de hoje. Foi um choque. Não posso negar que levei um choque.

— Mas Crosby — disse o conde de modo queixoso —, estava mesmo certo de que sobreviveria a mim?

— Pela lei natural, posso esperar que sim — replicou o Sr. Drelincourt, excessivamente dominado pela decepção para pesar suas palavras. — Dou-lhe mais dez anos, não se esqueça.

Rule sacudiu a cabeça.

— Se eu fosse você, não confiaria nisso — disse ele. — Sou de uma linhagem aflitivamente saudável, sabe?

— É verdade — concordou o Sr. Drelincourt. — É uma felicidade para todos os seus parentes.

— Acho que é — disse o conde com gravidade.

— Por favor, não me entenda mal, Marcus! — rogou seu primo. — Não deve supor que a sua morte me provocaria outra coisa que não uma profunda consternação, mas entende que um homem pense em seu futuro.

— Um futuro tão remoto! — disse o conde. — Isso me deixa realmente melancólico, meu caro Crosby.

— Esperemos que seja remoto — replicou Crosby —, mas não pode ter deixado de observar como a vida humana é incerta. Basta pensar no jovem Frittenham, morto na flor da idade, quando sua carruagem virou! Quebrou o pescoço, sabe, e tudo por uma aposta.

O conde largou o garfo e a faca e olhou para o primo achando uma certa graça.

— Só de pensar nisso! — repetiu. — Confesso, Crosby, que o que diz acrescentará... é... pungência à minha próxima corrida. Começo a ver que sua sucessão aos meus sapatos... A propósito, primo, você que é tão conhecedor desse assunto, peço que me diga o que acha deles. — Estendeu uma perna para que o Sr. Drelincourt olhasse.

O Sr. Drelincourt disse com exatidão:

— À la d'Artois, do Joubert's. Não são do meu gosto, mas são apropriados... muito apropriados, na verdade.

— É uma pena não serem do seu gosto — disse o conde —, pois percebo que pode ser chamado a pôr os pés neles a qualquer momento.

— Oh, certamente não, Rule! Certamente não! — protestou o Sr. Drelincourt, generosamente.

— Mas pense em como a vida humana é incerta, Crosby! Você mesmo o disse ainda há pouco. A qualquer momento, posso ser lançado de uma carruagem.

— Certamente eu não quis dizer...

— Ou — prosseguiu Rule, melancolicamente — cair vítima de um desses ladrões degoladores de que, me disseram, a cidade está cheia.

— Certamente — disse o Sr. Drelincourt um pouco inflexivelmente. — Mas não antecipei...

— Salteadores também — cismou o conde. — Pense no pobre Layton com uma bala no ombro, em Hounslow Heath, há menos de um mês. Podia ter sido eu, Crosby. Ainda pode ser.

O Sr. Drelincourt levantou-se ofendido.

— Vejo que está decidido a fazer pilhéria disso. Meu Deus, não desejo a sua morte! Eu ficaria extremamente triste. Mas essa decisão repentina de se casar quando todo mundo já tinha desistido da ideia me pegou de surpresa, juro que pegou! E com uma garota nova, pelo que soube.

— Meu caro Crosby, por que não dizer muito nova? Tenho certeza de que sabe a idade dela.

O Sr. Drelincourt deu uma aspirada.

— Mal acreditei, primo, admito. Uma meninota, e você com mais de trinta! Espero que não viva para se arrepender.

— Tem certeza — disse o conde — de que não quer um pouco desta carne excelente?

Seu primo afetou um sacudir de ombros artístico.

— Nunca, mas nunca mesmo, como carne a esta hora da manhã! — replicou o Sr. Drelincourt enfaticamente. — Para mim, não existe nada mais repugnante. Evidentemente, sabe como as pessoas vão rir desse casamento estranho: 17 e 35! Por minha honra, eu não iria querer parecer tão ridículo! — Deu um risinho abafado e irritado, e acrescentou com veneno: — É claro que ninguém precisa se perguntar qual o papel da jovem nisso tudo! Todos sabemos da situação dos Winwood. Ela se deu muito bem, muito bem mesmo!

O conde recostou-se na cadeira, uma das mãos no bolso dos calções, a outra remexendo no monóculo.

— Crosby — disse ele, com delicadeza —, se você, algum dia, repetir essa observação, receio, e receio mesmo, que irá me preceder na morte.

Houve um silêncio constrangido. O Sr. Drelincourt olhou para o primo e viu que, sob as pálpebras pesadas, aqueles olhos enfadados haviam perdido completamente o seu sorriso. Reluziam de uma maneira muito desagradável. O Sr. Drelincourt pigarreou e disse, com a voz falhando um pouco:

— Meu caro Marcus...! Asseguro-lhe que não tive nenhuma intenção de ofender! Como é desconfiado!

— Perdoe-me — disse o conde, ainda com a expressão sinistra alarmante.

— Oh, certamente! Não me importo — replicou o Sr. Drelincourt. — Considere tudo esquecido, primo, e saiba que você me entendeu mal, completamente errado.

O conde continuou olhando para ele por mais um momento. A severidade abandonou sua expressão e, de repente, riu.

O Sr. Drelincourt pegou seu chapéu e bengala e estava para se despedir quando a porta se abriu energicamente e uma mulher entrou. Era de altura mediana, usando um vestido de cambraia verde-limão, com listras brancas, no estilo conhecido como *vive bergère,* e um chapéu de palha muito gracioso, com fitas, sobre a cabeça. Uma echarpe sobre um braço e uma sombrinha com o cabo comprido completavam sua toalete. Em uma das mãos, levava, como o Sr. Drelincourt viu de relance, um exemplar do *London Gazette.*

Era uma mulher extremamente elegante, com olhos expressivos, ao mesmo tempo aguçados e afetuosamente sorridentes, e se parecia de maneira impressionante com o conde.

No umbral, olhou em volta, e viu o Sr. Drelincourt.

— Oh, Crosby! — disse ela, sem dissimular sua contrariedade.

Rule levantou-se e pegou sua mão.

— Minha querida Louisa! Também veio para o desjejum? — perguntou.

Ela beijou-o de maneira fraternal e replicou com energia:

— Comi o meu há duas horas, mas pode me servir um pouco de café. Vejo que está de saída, Crosby. Por favor, não se prenda por mim. Meu Deus, por que usa essas roupas estranhas, criatura? E esta peruca ridícula não lhe cai bem, pode ter certeza!

O Sr. Drelincourt, sentindo-se incapaz de lidar apropriadamente com a prima, fez simplesmente uma mesura e lhe desejou um bom-dia. Assim que ele saiu, Lady Louisa Quain largou seu exemplar do *Gazette* diante de Rule.

— Não preciso perguntar por que esse patife detestável veio lhe ver — comentou ela. — Mas meu querido Marcus, isso é extremamente enervante! Cometeram o erro mais disparatado! Você viu?

Rule pôs-se a verter café na xícara que ainda não usara.

— Querida Louisa, se dá conta de que ainda nem são 11 horas e que já tive de receber Crosby? Que tempo tive para ler o *Gazette*?

Ela pegou a xícara de sua mão, notando que não conseguia entender como ele continuava bebendo *ale* no café da manhã.

— Vai ter de colocar um segundo anúncio — informou ela. — Não sei como puderam cometer um erro tão estúpido. Meu querido, confundiram os nomes das irmãs! Aqui está! Leia você mesmo: "A honorável Horatia Winwood, filha mais nova de..." Francamente, se não fosse tão humilhante, seria até divertido! Mas como conseguiram confundir "Horatia" com "Elizabeth"?

— Sabe — disse Rule, em tom de justificativa —, Arnold enviou o anúncio ao *Gazette*.

— Bem, eu nunca teria acreditado que o Sr. Gisborne fosse capaz de cometer uma asneira dessa! — declarou ela.

— Talvez eu deva explicar, minha querida Louisa, que ele recebeu ordens minhas — disse Rule, em tom ainda mais apologético.

Lady Louisa, que tinha ficado examinando o anúncio com um misto de desgosto e diversão, deixou o *Gazette* cair de sua mão e girou na cadeira para olhar espantada para o irmão.

— Santo Deus, Rule, o que você está querendo dizer? — perguntou ela. — Não vai se casar com Horatia Winwood!

— Sim, vou — replicou o conde, calmamente.

— Rule, você enlouqueceu? Tinha-me dito que pedira a mão de Elizabeth!

— Minha memória é um horror para nomes! — lamentou o conde.

Lady Louisa pôs a mão aberta sobre a mesa.

— Que absurdo! — exclamou ela. — Sua memória é tão boa quanto a minha!

— Minha querida, não gostaria de pensar que fosse assim — disse o conde. — Sua memória, às vezes, é boa demais.

— Oh! — exclamou ela, examinando-o criticamente. — Bem, é melhor que desabafe tudo. Pretende realmente se casar com essa criança?

— Bem, ela certamente pretende se casar comigo — replicou o conde.

— Como? — perguntou Lady Louisa, sem fôlego.

— Veja — disse o conde, voltando a se sentar —, embora tivesse de ser Charlotte, ela não quis fazer esse sacrifício, nem mesmo por Elizabeth.

— Ou você não está em seu juízo perfeito ou eu! — declarou Lady Louisa, resignada. — Não sei do que está falando e nem como pretende se casar com Horatia, que ainda é uma criança, pois estou certa de nunca ter posto os olhos nela... no lugar da divinamente bela Elizabeth...

— Ah, mas vou me acostumar com as sobrancelhas — interrompeu Rule. — E ela tem o Nariz.

— Rule — disse ela com cautela —, não me espicace demais! Onde viu essa criança?

Ele a olhou com um sorriso ao redor da boca.

— Se eu lhe contar, não vai acreditar.

Ela levantou os olhos.

— Quando lhe ocorreu essa ideia de se casar com ela? — perguntou.

— Oh, não me ocorreu — replicou o conde. — Não foi ideia minha, de jeito nenhum.

— De quem, então?

— De Horatia, minha querida. Achei que tinha explicado.

— Está me dizendo, Marcus, que a garota lhe pediu em casamento? — disse Lady Louisa, sarcasticamente.

— No lugar de Elizabeth — assentiu o conde. — Elizabeth, sabe, vai se casar com o Sr. Heron.

— E quem é esse Sr. Heron? — gritou Lady Louisa. — Juro, nunca vi tamanha confusão! Confesse, está tentando me confundir.

— Em absoluto, Louisa. Você não está entendendo nada da situação. Uma delas tem de se casar comigo.

— Nisso acredito — replicou ela, secamente. — Mas e essa loucura em relação a Horatia? Qual é a verdade?

— Simplesmente que Horatia se ofereceu para mim no lugar de sua irmã. O que... não preciso lhe dizer, só estou contando a você.

Lady Louisa não estava habituada a ceder à perplexidade e não se permitia exclamações emotivas infrutíferas.

— Marcus, a garota é promíscua? — perguntou ela.

— Não — respondeu ele. — Não é, Louisa. Estou quase certo de que é uma heroína.

— Ela não quer se casar com você?

Os olhos do conde brilharam.

— Bem, estou velho, sabe, embora ninguém diga ao me ver. Mas ela me assegurou de que gostaria de se casar comigo. Se minha memória não me falha, profetizou que nos daremos muito bem juntos.

Lady Louisa, observando-o, disse abruptamente:

— Rule, é um casamento por amor?

Seus sobrolhos se ergueram, ele pareceu achar graça.

— Querida Louisa! Na minha idade?

— Então se case com a Bela — disse ela. — Ela vai entender melhor.

— Está enganada, minha cara. Horatia entende perfeitamente. Compromete-se a não interferir na minha vida.

— Aos 17 anos! É uma tolice, Marcus. — Levantou-se, ajeitando a echarpe em volta de si. — Vou ver com meus próprios olhos.

— Faça isso — disse ele, cordialmente. — Penso... mas talvez eu esteja sendo parcial, que a achará adorável.

— Se você acha isso — disse ela, seu olhar se suavizando —, vou gostar dela... mesmo que seja estrábica!

— Estrábica não — disse o conde. — Gaga.

IV

A pergunta que Lady Louisa queria fazer, mas não fez, foi: "E Caroline Massey?" As relações de seu irmão com a bela Massey lhe eram bem conhecidas e, de modo geral, não temia a conversa franca. Sabia que, provavelmente, nada do que dissesse teria qualquer influência sobre a conduta dele, porém acabou admitindo para si mesma que lhe faltara coragem para abordar o assunto. Achava que gozava da confiança de Rule, mas ele nunca tinha discutido suas aventuras amorosas com ela, e era capaz de repreendê-la de maneira muito desagradável, se violasse território proibido.

Apesar de não se vangloriar de sua influência nisso, foi ela que o incitara a se casar. Disse que se existia uma coisa que não seria capaz de suportar, essa coisa seria ver Crosby assumindo as coisas de Rule. Foi ela que indicara a Srta. Winwood como uma esposa conveniente. Gostava de Elizabeth, e sua perspicácia não avaliou somente sua beleza celestial, mas também seu temperamento doce. É claro que possuir uma esposa tão encantadora o curaria da relação detestável com Massey. Mas agora parecia que Rule não estava se importando com quem se casaria, o que era um mau presságio em relação à futura influência de sua mulher sobre ele. Além do mais, uma pirralha de 17 anos! Não poderia ser mais desfavorável.

Fez uma visita a Lady Winwood e conheceu Horatia. Deixou South Street com um pensamento completamente diferente. Aquela criança de sobrancelhas negras não era nenhuma menininha tola e afetada. Santo Deus!, pensou ela, como a menina o aturdiria! Era melhor, muito melhor do que tinha planejado. A docilidade de Elizabeth não responderia ao propósito com tanta eficiência quanto a turbulência de Horatia. Ora, disse para si mesma, ele não vai ter paz nem por um momento, nem tempo, para aquela criatura odiosa, a Massey!

Que Rule tenha previsto o futuro agitado que tanto deleitou sua irmã, parece improvável. Continuou a frequentar Hertford Street e não deu o menor sinal de intenção de se separar.

Lady Massey o recebeu em seus aposentos rosa e prateados dois dias depois do anúncio de seu noivado. Usava um *negligé* de renda e cetim e estava reclinada em um sofá forrado de brocado. Nenhum criado o anunciou. Foi entrando no cômodo como se fosse dele e, ao fechar a porta, comentou com humor:

— Querida Caroline, você tem um novo porteiro. Mandou-lhe fechar a porta na minha cara?

Ela estendeu a mão para ele.

— Ele fez isso, Marcus?

— Não — replicou o conde. — Não. Esse destino degradante ainda não foi o meu. — Ele pegou sua mão e a levou aos lábios. Os dedos dela apertaram-se ao redor dos dele e o puxaram para ela.

— Achei que estávamos sendo muito formais — disse ele, sorrindo. E a beijou.

Ela manteve a mão dele na sua, mas replicou meio irônica, meio queixosa:

— Talvez devamos ser formais... agora, milorde.

— Então, mandou mesmo o porteiro bater a porta na minha cara? — disse o conde, com um suspiro.

— Não, não mandei. Mas vai se casar, não vai, Marcus?

— Sim — admitiu Rule. — Mas não neste instante, você sabe.

Ela sorriu, mas brevemente.

— Podia ter-me dito — disse ela.

Ele abriu sua caixa de rapé e nela pôs o indicador e o polegar.

— Podia, é claro — respondeu, pegando sua mão. — Uma nova mistura, minha cara — disse. Pôs o rapé em seu pulso alvo e o aspirou.

Ela retirou a mão.

— Não podia ter-me contado? — repetiu.

Ele fechou a caixa e relanceou os olhos para ela, ainda bem-humorado, mas com um quê por trás do olhar que a fez se deter. Uma ligeira irritação a tomou. Percebeu perfeitamente que ele não discutiria o seu casamento com ela.

— Vai dizer que não é da minha conta, suponho — disse ela, tentando manter a voz leve.

— Nunca sou rude, Caroline — objetou o conde, com brandura.

Ela sentiu-se frustrada, mas sorriu.

— Não, de fato. Dizem que é o homem de fala mais macia em toda a Inglaterra. — Ela olhou para seus anéis, movendo a mão para a luz. — Mas não sabia que estava pensando em se casar. — Ergueu os olhos para ele. — É que — prosseguiu ela, em tom gozador solene — pensei que me amasse... só a mim!

— E o que isso tem a ver com casamento? — perguntou o conde. — Estou inteiramente a seus pés, minha querida. Os pés mais bonitos que me lembro de ter visto.

— E viu muitos, pelo que sei — disse ela com certa frieza.

— Dezenas — replicou o conde, animadamente.

Ela não pretendia dizer isso, mas as palavras escaparam antes de ter tempo de conter a língua.

— Mas apesar de estar a meus pés, Marcus, você pediu a mão de outra mulher.

O conde tinha colocado o monóculo para inspecionar um objeto de opalina de Dresden sobre o console da lareira.

— Se comprou isto pensando ser um Kändler, meu amor, receio que tenha sido enganada — observou ele.

— Eu ganhei — disse ela, com impaciência.

— Que indecoroso! — disse o conde. — Vou enviar-lhe um belo casal dançando para substituí-lo.

— É extremamente amável, Marcus, mas estávamos falando de seu casamento — disse ela, irritada.

— *Você* estava falando nisso — corrigiu ele. — Eu estava tentando... é... mudar de assunto.

Ela levantou-se do sofá e deu um passo impaciente na sua direção.

— Suponho — disse ela, ofegando — que ache que a bela Massey não é digna dessa honra.

— Para ser franco, minha cara, a minha modéstia me proíbe supor que a bela Massey contemplaria... é... a ideia de se casar comigo.

— Talvez não — replicou ela. — Mas acho que não foi esta a razão.

— Casamento — disse o conde, pensativamente — é um assunto tão sem graça.

— É, milorde? Até mesmo o casamento com o conde de Rule?

— Até mesmo comigo — concordou Rule. Olhou para ela, com uma expressão sem nenhum vestígio de sorriso. — Sabe, minha querida, para usar suas próprias palavras, você teria de me amar... só a mim.

Ela ficou perplexa. Sob o pó, o rubor subiu à face. Virou-se, e com uma risada se pôs a arrumar as rosas nos seus vasos.

— Isso, certamente, seria muito tedioso — disse ela. Olhou de lado para ele. — Estará, porventura, com ciúme, milorde?

— De jeito nenhum — replicou o conde placidamente.

— Mas acha que se eu fosse sua mulher, sentiria ciúme?

— Você é tão encantadora, minha querida, que certamente eu sentiria — replicou o conde fazendo uma reverência.

Era uma mulher inteligente demais para insistir. Achou que já havia ido longe demais, e por mais irritada que estivesse com o seu casamento, não tinha a menor vontade de afastá-lo. Houve um tempo em que nutrira grandes esperanças de se tornar a condessa de Rule, embora estivesse perfeitamente ciente de que tal aliança seria condenada pela sociedade elegante. Sabia, agora, que Rule a tinha deixado sem ação. Percebera um flash de inflexibilidade e se deu conta de que havia algo oculto sob a aparência descontraída, tão incalculável quanto inesperado. Havia imaginado que o tinha na mão. Agora, pela primeira vez, fora abalada pela dúvida, e percebeu que precisaria pisar com cuidado, se não quisesse perdê-lo.

E certamente não queria. O falecido Sir Thomas tinha, de sua maneira desagradável, vinculado seu capital tão rapidamente que sua viúva se vira com os fundos limitados para sempre. Sir Thomas não nutria simpatia por mulheres com um fraco por faraó e *basset*. Felizmente, o conde de Rule não sofria os mesmos escrúpulos, e não fazia a menor objeção a ajudar pecuniariamente mulheres em dificuldades. Nunca fazia perguntas constrangedoras sobre o vício do jogo, e sua carteira era generosa.

Hoje, a surpreendera. Nunca pensou que ele tivesse conhecimento de um rival. Agora, parecia que ele sabia muito bem, provavelmente desde o começo. Ela teria de tomar muito cuidado e descobrir em que pé estavam as coisas entre ele e Robert Lethbridge!

Nunca ninguém falava disso, ninguém podia contar com certeza a história, mas se sabia que Robert Lethbridge tinha aspirado a mão de Lady Louisa Drelincourt. Louisa era agora a esposa de Sir Humphrey Quain, sem o menor escândalo associado com seu nome, mas houve um tempo, durante a adolescência arrebatada, que a cidade comentava sobre ela. Ninguém conhecia a história toda, mas todo mundo sabia que Lethbridge tinha sido loucamente apaixonado por ela, lhe proposto casamento e sido rejeitado, não por ela, mas pelo irmão. Isso surpreendera todo mundo, porque, apesar de Lethbridge ter uma péssima reputação ("o maior libertino da cidade, meu amor!"), ninguém pensaria que logo Rule faria objeção. Mas certamente tinha feito. Isso era do conhecimento de todos, entretanto, o que tinha acontecido depois ninguém sabia exatamente, embora cada um tivesse uma versão a propor. Tinha sido tudo cuidadosamente silenciado, mas um boato sobre rapto começou a correr nos círculos elegantes. Alguns diziam que não se tratara de rapto, mas de uma corrida para o norte, até Gretna, do outro lado da fronteira. Pode ter sido isso, mas os fugitivos nunca chegaram a Gretna Green. O conde de Rule conduzia esses cavalos velozes.

Alguns diziam que os dois homens tinham duelado em algum lugar na Great North Road; outros espalharam o boato de que Rule não portou uma espada, e sim um chicote, mas essa versão foi, de modo geral, considerada improvável, pois Lethbridge, por mais infame que fosse o seu comportamento, não era um lacaio. Era uma pena que ninguém conhecesse a verdadeira história, pois era deliciosamente escandalosa. Porém nenhum dos três atores no drama jamais falou nada a respeito, e quanto ao fato de falarem que Lady Louisa fugira, certa noite, com Lethbridge, também se sabia que, 24 horas depois, ela estava visitando parentes no bairro de Grantham. É verdade que Robert Lethbridge desapareceu da sociedade por várias semanas e que reapareceu na hora apropriada, sem demonstrar nenhum dos sintomas de um amante frustrado. A cidade ficou ansiosa para ver como ele e Rule se comportariam ao se encontrarem, como fatalmente aconteceria, porém, mais uma vez, a decepção aguardava os boateiros.

Nenhum dos dois demonstrou o menor sinal de inimizade. Trocaram várias observações sobre diversos assuntos, e se não fosse o Sr. Harry Crewe, que realmente tinha visto Rule conduzir sua sege de corrida para fora da cidade, em uma hora extremamente estranha, às 22h, até mesmo o fofoqueiro mais inveterado teria se inclinado a acreditar que a história toda era uma invenção.

Lady Massey estava mais bem informada. Mantinha uma certa familiaridade com lorde Lethbridge e apostaria seus diamantes que os sentimentos que ele nutria pelo conde de Rule continham algo mais do que uma malícia habitual.

Quanto a Rule, não traía nada, mas não estava inclinada a correr o risco de perdê-lo, encorajando as investidas de Robert Lethbridge.

Terminou de arrumar as flores e se virou, com uma expressão jocosa de arrependimento em seus belos olhos.

— Marcus, meu querido — disse ela impotente —, tem uma coisa muito mais importante! Quinhentos guinéus no *loo*, e aquela detestável Celestine me cobrando! O que vou fazer?

— Não se preocupe, querida Caroline — replicou o conde. — Um empréstimo insignificante resolverá a questão.

— Ah, como você é bom — exclamou ela, comovida. — Eu gostaria... gostaria que não se casasse, Marcus. Nós nos damos muito bem, você e eu, e tenho o pressentimento de que isso agora vai mudar.

Se ela se referia às suas relações pecuniárias, talvez tivesse razão. Lorde Rule provavelmente se veria diante de novas exigências financeiras em um futuro próximo. O visconde Winwood estava voltando para a Inglaterra.

O visconde, tendo recebido, em Roma, a notícia do casamento de sua irmã mais nova, foi movido a ceder ao desejo de seus parentes de seu retorno imediato, e que a viagem fosse a mais rápida possível. Parando apenas alguns dias em Florença, onde, casualmente, esbarrou com dois amigos, e passando uma semana em Paris, tratando de negócios não independentes da mesa de jogo, seguiu direto para casa, e teria chegado a Londres com não mais de três dias de atraso em relação ao que sua dedicada mãe esperava, se não tivesse se encontrado com Sir Jasper Middleton em Breteuil. Sir Jasper, estando a caminho da capital, hospedou-se no hotel St. Nicholas para passar a noite, e estava no meio de um jantar solitário quando o visconde chegou. Nada poderia ter sido mais providencial, pois Sir Jasper estava profundamente entediado com sua própria companhia, e há dias ansiava se vingar de Pelham por uma determinada partida de *piquet*, em Londres, alguns meses atrás.

O visconde concedeu com prazer. Ficaram acordados a noite toda, jogando, e de manhã, o visconde, distraído, certamente, por causa da falta de sono, embarcou na carruagem de viagem de Sir Jasper e, assim, seguiu de volta a Paris. Como o jogo de *piquet* prosseguiu na carruagem, ele não notou nada errado até chegar a Clermont, e como então só faltavam sete ou oito postas até Paris, não foi difícil convencê-lo a prosseguir a viagem.

Chegou, por fim, em Londres e se deparou com os preparativos para as núpcias de Horatia a todo vapor. Expressou sua satisfação com o contrato, deu uma olhadela experiente nos termos, congratulou Horatia por sua sorte e foi prestar seus respeitos ao conde de Rule.

Naturalmente, não eram estranhos um ao outro, mas como Pelham era uns dez anos mais novo do que o conde, frequentavam círculos diferentes e se conheciam superficialmente. Essa circunstância não pesou em nada para o jovial visconde. Cumprimentou Rule com a mesma bonomia que usava com seus camaradas e prosseguiu, com a desculpa de fazer com que se sentisse da família, mas com a intenção verdadeira de pedir-lhe dinheiro emprestado.

— Pois não me importa confessar, meu caro amigo — disse ele francamente —, que se eu tiver de aparecer na moda no casamento de vocês, terei de pagar ao alfaiate uma ninharia a crédito. Não vai dar certo eu aparecer em andrajos, entende? As garotas não vão gostar.

O visconde não era o que poderíamos chamar de um janota, mas seria difícil encontrar alguém tão malvestido. Seria dispensável o esforço de dois homens corpulentos para ajudá-lo a se vestir, e usava a gravata torta, mas suas roupas eram feitas pelo principal alfaiate da cidade, com os melhores tecidos, adornadas com renda dourada. No momento, sentou-se em uma das cadeiras de Rule com as pernas estendidas à frente e as mãos nos bolsos de seu calção castanho-acinzentado. Seu casaco de veludo pendia aberto, expondo um colete bordado no desenho de flores exóticas e beija-flores. Um belo broche de safira estava preso na cascata de renda em seu pescoço, e suas meias, que representavam um prejuízo de 25 guinéus em seu negociante de meias, eram de seda com bordados na parte lateral.

O visconde conservava, nobremente, a tradição Winwood de boa aparência. Tinha uma boa altura e constituição esguia, e se parecia muito com a irmã Elizabeth. Os dois tinham o cabelo cacheado dourado, olhos azul-escuros, um belo nariz reto e lábios delicadamente arqueados. E aí terminavam as semelhanças. A calma celestial de Elizabeth estava completamente ausente em seu irmão. O rosto expressivo do visconde já apresentava rugas, e seu olhar era irrequieto. Parecia ter boa índole — o que tinha realmente — e observar o mundo com um cinismo jovial.

Rule recebeu com equanimidade a sugestão de ter de pagar as roupas de seu futuro cunhado para o casamento. Relanceou os olhos para ele, achando uma certa graça, e disse em seu tom enfadado:

— Certamente, Pelham.

O visconde inspecionou-o com aprovação.

— Eu sabia que faríamos um excelente trato — comentou ele. — Não que eu tenha o hábito de pedir empréstimos aos amigos, você entende, mas é que já o considero um membro da família, Rule.

— E permita-me esse privilégio. Permita-me mais e deixe que tenha a lista de suas dívidas — disse o conde, com gravidade.

O visconde ficou, momentaneamente, perplexo.

— Como? Todas elas? — Sacudiu a cabeça. — Tremendamente generoso de sua parte, Rule, mas não pode ser.

— Você me assusta — disse Rule. — Estão além de meus recursos?

— O problema é que — disse o visconde, confidencialmente — não sei quais são.

— Meus recursos ou as dívidas?

— Por Deus, homem, as dívidas! Não me lembro de metade delas. Não, não adianta argumentar. Tentei somá-las não sei quantas vezes. Quando penso que consegui, aparece mais uma maldita conta de anos atrás, esquecida. Nunca chega ao fim. O melhor é deixar para lá. Paga-se com o tempo, é o meu lema.

— É? — disse Rule, um pouco surpreso. — Eu não teria pensado nisso.

— O que quero dizer — explicou o visconde — é que quando um sujeito põe os intendentes atrás de você, por assim dizer, está na hora de acertar com ele. Mas quanto a pagar todas as minhas dívidas... nossa!, nunca ouvi uma coisa dessa! Não é possível.

— Não obstante — disse Rule, dirigindo-se à sua mesa —, sinto-me forçado a me envolver. A sua prisão por dívidas, talvez, até mesmo, durante o ato de eu receber a mão de sua irmã em casamento, me desanimaria.

O visconde sorriu largo.

— Mesmo? Bem, ainda não podem trancafiar um nobre, você sabe. Faça como quiser, é claro, mas estou avisando, estou afundado.

Rule molhou a pena no tinteiro.

— E se lhe desse uma ordem de pagamento de cinco mil? Ou melhor, dez, uma soma redonda?

O visconde se aprumou na cadeira.

— Cinco — replicou com firmeza. — Já que está fazendo questão. Não me incomodo em estabelecer a quantia de cinco mil, mas abrir mão de dez mil libras para um bando de comerciantes, ah, isso não posso nem vou fazer. Maldição, isso eu não vou suportar!

Observou a pena de Rule mover-se no papel e sacudiu a cabeça.

— Parece-me perverso — disse ele. — Não tenho nada contra gastar dinheiro, mas, droga, não gosto de vê-lo ser jogado fora! — Deu um suspiro. — Sabe, eu poderia fazer um uso melhor dele, Rule — propôs.

Rule sacudiu a areia do papel e o entregou a ele.

— Mas, de alguma maneira, tenho certeza de que não fará, Pelham — disse ele.

O visconde ergueu a sobrancelha inteligentemente.

— É assim, não é? — disse ele. — Oh, muito bem! Mas não gosto disso. Não gosto nada disso.

Tampouco suas irmãs gostaram quando souberam.

— Deu-lhe cinco mil libras para pagar suas dívidas? — gritou Charlotte. — Nunca soube de algo semelhante!

— Nem eu — concordou Pelham. — Por um momento, achei que o homem era desequilibrado mentalmente, mas parece que não é.

— Pel, eu acho que talvez devesse ter esperado — disse Elizabeth, reprovando-o. — Parece quase... quase indecente.

— E tudo isso vai para o jogo — disse Charlotte.

— Nem um maldito centavo, senhorita, pode acreditar — replicou o visconde sem rancor.

— Por que nã-não? — perguntou Horatia, bruscamente. — Se--sempre vai.

Seu irmão lançou-lhe um olhar de escárnio.

— Por Deus, Horry, se um homem confia em você e lhe dá cinco mil para pagar suas dívidas, não é preciso dizer mais nada.

— Suponho — disse Charlotte, com irritação — que lorde Rule exigiu ver suas contas.

— Vou lhe dizer uma coisa, Charlotte — informou-lhe o visconde —, se não abrandar a sua língua, nunca vai conseguir um marido.

Elizabeth interveio rapidamente.

— Vai dar para saldar todas, Pel?

— Vai manter os sanguessugas quietos por um tempo — replicou ele. Balançou a cabeça para Horatia. — Ele vai ser um marido excelente, eu acho, mas é melhor que saiba como lidar com ele, Horry!

— Oh — disse Horatia —, vo-você não en-entende, Pel! Não va-vamos interferir um na vi-vida do outro! Vai ser a-apenas como um casamento de con-conveniência francês.

— Não estou dizendo que não seja conveniente — disse o visconde, relanceando os olhos para a ordem de pagamento de Rule —, mas se aceita meu conselho, não apronte com ele. Tenho um forte pressentimento de que pode vir a se arrepender.

— Também senti isso — disse Elizabeth, com a voz apreensiva.

— Boba-bagem! — proferiu Horatia, sem se deixar impressionar.

V

O casamento do conde de Rule com a Srta. Horatia Winwood transcorreu sem nenhum incidente inconveniente, tal como a prisão do irmão da noiva por dívidas ou uma cena criada pela amante do noivo (evento não totalmente inesperado para muitos), que prejudicasse o decoro. O conde chegou pontualmente, o que surpreendeu todo mundo, até mesmo seu atormentado secretário; e a noiva parecia estar de excelente humor. Na verdade, alguns consideraram seu humor excelente demais para uma ocasião tão solene. Ela não foi vista derramando uma única lágrima. Entretanto essa falta de sensibilidade foi mais do que compensada pelo comportamento de Lady Winwood. Nada poderia ser mais apropriado do que sua conduta. Apoiada em seu irmão, chorou silenciosamente durante toda a cerimônia. A Srta. Winwood e a Srta. Charlotte, como damas de honra, estavam lindas e se comportaram apropriadamente. Aos olhos argutos do Sr. Walpole, nada escapou; Lady Louisa Quain comportou-se muito bem, mas teve de recorrer ao lenço quando milorde pegou a mão de Horatia; o Sr. Drelincourt usou uma peruca nova e assumiu a expressão de resignação de um santo; e o visconde desempenhou seu papel com uma elegância espontânea.

Foi comunicado que, depois de alguns dias no campo, os noivos iriam para Paris, a escolha do destino tendo sido deixada para a noiva. Elizabeth achou um lugar estranho para uma lua de mel, mas "Ora!", disse Horatia. "Não somos como você e Edward, que--querendo fa-fazer amor o dia in-inteiro! Que-quero ver coisas, ir a Ver-Versailles, e com-comprar roupas mais ele-legantes do que as de The-Theresa Maulfrey!"

Essa parte, pelo menos, de seu programa foi fielmente cumprida. No fim de seis semanas, o nobre casal retornou a Londres, e a bagagem da noiva, assim diziam, ocupou uma carruagem inteira.

As núpcias de sua caçula acabaram exigindo demais para a constituição delicada de Lady Winwood. As diversas emoções que experimentou geraram um acesso de melancolia, e a informação de que seu filho tinha assinalado o dia do casamento de sua irmã apostando cinquenta libras em uma corrida de gansos no Hyde Park tinha selado o seu colapso. Retirou-se com as duas filhas que restaram (sendo que uma delas, ai que sofrimento, em breve também lhe seria tirada) para o reduto Winwood, para ali recuperar seu sistema nervoso em frangalhos com uma dieta de ovos, creme e poções calmantes, e a contemplação do contrato de casamento.

Charlotte, que cedo em sua vida percebeu o vazio dos prazeres mundanos, declarou-se muito satisfeita com a decisão, mas Elizabeth, embora sequer sonhasse em pressionar sua pobre e querida mamãe, teria preferido estar em Londres para quando Horry retornasse. E isso a despeito do fato de o Sr. Heron ter achado compatível com seus deveres, não muito árduos, passar uma boa parte de seu tempo em casa, a menos de 3 quilômetros da residência Winwood.

É claro que Horry foi a Hampshire visitá-las, mas chegou sem o conde, circunstância que afligiu Elizabeth. Chegou em sua própria carruagem, um carro alto com rodas imensas e o estofamento de veludo extremamente luxuoso; era assistida por sua criada, dois postilhões e dois cavalariços montados, que seguiram atrás da carruagem. À primeira vista, ela pareceu às suas irmãs completamente mudada, quase irreconhecível.

Evidentemente, o tempo das musselinas recatadas e chapéus de palha tinha passado, pois a visão na carruagem usava um vestido de sarja de seda com listras, sobre uma ampla armação, e o chapéu sobre o cabelo cacheado, penteado *à la capricieuse,* tinha várias plumas adejando.

— Meu Deus, não pode ser Horry! — disse Charlotte arquejando e recuando um passo.

Mas logo viram que a mudança em Horatia não ia além das roupas. Ela mal pôde esperar que os degraus da carruagem fossem baixados para se jogar nos braços de Elizabeth, e não deu a menor atenção a amarrotar o vestido de seda ou de entortar na cabeça aquele chapéu despropositado. De Elizabeth, se lançou em Charlotte, as palavras saindo aos borbotões. Oh, sim, era a mesma Horry: sem a menor dúvida.

Ficou somente uma noite em Winwood, o que, disse Charlotte, era o bastante para a sua mãe, cujo estado de saúde ainda precário demais tornava difícil suportar tanta conversa e excitação.

Tinha gostado da lua de mel? Oh, tinha passado dias maravilhosos! Imaginem só, tinha ido a Versailles e falado com a rainha, e era verdade mesmo, a rainha era a criatura mais encantadoramente bela, e tão elegante que criava todas as modas. Vejam, ela mesma estava usando sapatos *cheveux à la reine*! Quem mais ela tinha conhecido? Ora, todo mundo! Cada reunião, cada *soirée*, e oh, os fogos de artifício no baile nas Tuileries!

Só quando se retiraram para a cama, Elizabeth teve a oportunidade de um *tête-à-tête*. Assim que Horatia viu sua irmã, dispensou a criada e se enroscou no sofá, ao lado de Elizabeth.

— Es-estou tão feliz que te-tenha vindo, Li-Lizzie! — disse confidencialmente. — Char-Charlotte me reprova te-terrivelmente, não?

Elizabeth sorriu.

— Tenho certeza de que não dá a mínima à reprovação dela, Horry.

— É claro que-que não! Es-espero que se case logo, Li-Lizzie. Não faz i-ideia de como é bom.

— Não vai demorar, é o que esperamos. Mas com mamãe tão doente, não penso nisso. Você está... está muito feliz, querida?

Horatia assentiu balançando a cabeça vigorosamente.

— Oh, sim! Só que não consigo deixar de sen-sentir, às-às vezes, que rou-roubei Marcus de vo-você, Lizzie. Mas conti-tinua preferindo Ed-Edward, não?

— Sempre — respondeu Elizabeth, rindo. — É muito mau gosto de minha parte?

— Bem, te-tenho de admitir que nã-não consi-sigo entender — replicou Horatia, com franqueza. — Mas tal-talvez seja porque não é tã-tão hor-horrivelmente mundana quanto eu. Li-Lizzie, mesmo que se-seja execrá-crável de mi-minha parte, te-tenho de admitir que é de-delicioso ter tudo o que se quer e fa-fazer o que qui-quiser.

— Sim — concordou a Srta. Winwood, se bem que em dúvida. — Acho que sim. — Olhou de relance o perfil de Horatia. — Lorde Rule não pôde acompanhá-la nesta visita?

— Na ver-verdade — admitiu Horatia —, ele te-teria vindo, só que eu quis ter vo-vocês só pa-para mim, de mo-modo que e-ele desistiu da i-ideia.

— Entendo — disse Elizabeth. — Não acha, meu amor, que, talvez, devessem ter vindo juntos?

— Oh, não — assegurou-lhe Horatia. — Ele entende perfei--feitamente, sabe? E tam-também acho que as pessoas ele-elegantes quase nun-nunca fazem as coisas jun-juntas.

— Horry, querida — disse a Srta. Winwood com dificuldade. — Não quero parecer Charlotte, mas ouvi dizer que quando... quando as esposas são tão elegantes... os cavalheiros, às vezes, procuram entretenimento em outro lugar.

— Eu sei — replicou Horatia, de maneira sapiente. — Mas enten-tenda, eu pro-prometi não interferir na vi-vida de Rule.

Era tudo muito perturbador, achou Elizabeth, mas não disse mais nada. Horatia retornou à cidade no dia seguinte, e, daí em diante, os Winwood passaram a receber notícias suas por meio do correio e do *Gazette*. Suas cartas não eram muito esclarecedoras, mas era evidente que estava adorando uma vida cheia de compromissos sociais.

Elizabeth recebia mais informações sobre ela por meio do Sr. Heron, quando visitava o campo.

— Horry? — disse o Sr. Heron. — Sim, a vi, mas não recentemente, meu amor. Enviou-me um cartão para o chá da terça-feira. Seria um evento social magnífico, mas, você sabe, não sou de sair muito. Ainda assim, fui — acrescentou ele. — Achei Horry animada.

— Feliz? — perguntou Elizabeth, com apreensão.

— Oh, certamente! Milorde também, era a amabilidade em pessoa.

— Ele parecia... deu para perceber se ele gosta dela? — perguntou Elizabeth.

— Bem — replicou o Sr. Heron, sensatamente —, não se pode esperar que ele demonstre sua afeição em público, querida. Ele foi exatamente como é. Achando certa graça, creio eu. Sabe, parece que Horry dita a moda.

— Oh, não! — exclamou a Srta. Winwood, com um forte pressentimento. — Se pelo menos ela não fizer nada reprovável! — Olhou de soslaio para o rosto do Sr. Heron, e o que percebeu a fez gritar: — Edward, você soube de alguma coisa! Por favor, conte-me tudo logo!

O Sr. Heron apressou-se em tranquilizá-la.

— Não, não, nada, meu amor. Somente que Horry parece ter herdado a tendência fatal para o jogo. Mas, nos dias de hoje, quase todo mundo joga, sabe — acrescentou de modo apaziguador.

A Srta. Winwood não se apaziguou, e a visita inesperada da Sra. Maulfrey, uma semana depois, não contribuiu em nada para aliviar sua preocupação.

A Sra. Maulfrey estava em Basingstoke, com a sogra, e passou em Winwood para uma visita matutina às primas. Ela foi muito mais explícita do que o Sr. Heron havia sido. Sentou-se em um *bergère* no salão, de frente para o sofá em que estava Lady Winwood. E, como Charlotte depois comentou, o fato de essa sofrida senhora não ser acometida de uma recaída imediata deveu-se mais à sua própria capacidade de resistência do que a qualquer consideração demonstrada pela visita.

Estava óbvio que a Sra. Maulfrey não tinha aparecido para cumprir uma missão caridosa. Charlotte, sempre racional, disse:

— Podem estar certos: Theresa foi arrogante com Horry. Conhecem suas maneiras insolentes. E, na verdade, não posso censurar Horry por esnobá-la, embora eu esteja longe de desculpar seus excessos.

Horry, ao que parecia, estava se tornando o assunto da cidade. Lady Winwood, ao receber essa notícia, relembrou, com complacência, o tempo em que ela própria havia reinado como uma estrela da sociedade.

— Uma estrela! — disse a Sra. Maulfrey. — Sim, tia, e tenho certeza de que ninguém se admira disso, mas Horry não é nenhuma beldade, e se é uma estrela, o que ainda eu não soube, certamente não é por causa disso.

— Nós achamos Horry muito bonita, Theresa — interferiu a Srta. Winwood, calmamente.

— Sim, minha querida, mas vocês são parciais, como eu também. Ninguém gosta mais de Horry do que eu, e atribuo o seu comportamento à sua infantilidade, não tenham dúvida.

— Temos consciência — disse Charlotte, sentada muito ereta e rígida em sua cadeira — de que Horry é pouco mais do que uma criança, mas é difícil acreditar que o comportamento de uma Winwood venha a suscitar essa ou qualquer outra justificativa.

Ligeiramente aquietada por esse olhar austero, a Sra. Maulfrey manuseou nervosamente as cordas de sua bolsinha e disse com riso ligeiro:

— Oh, certamente, querida! Mas vi com meus próprios olhos Horry arrancar uma das pulseiras de seu braço no carteado na casa de Lady Dollabey, incrustada de pérolas e diamantes, meu amor, a coisa mais encantadora, e atirá-la na mesa como sua aposta, já que tinha perdido todo o seu dinheiro. Podem imaginar a cena: os homens são tão imprevidentes, e é claro que vários tiveram de encorajá-la, apostando anéis e fivelas de cabelo contra sua pulseira, e esse tipo de absurdo.

— Talvez não tenha sido muito sensato por parte de Horry — disse Elizabeth —, mas nada, acho eu, de muita gravidade.

— Tenho de dizer — observou Charlotte — que considero o jogo, qualquer que seja, abominável.

Lady Winwood, inesperadamente, se manifestou.

— O jogo sempre foi uma paixão dos Winwood. Seu pai era um grande aficionado de qualquer forma de jogo. Eu mesma, quando a minha saúde permite, gosto imensamente de um carteado. Lembro-me de noites muito agradáveis em Gunnersbury, jogando faraó com a querida princesa. O Sr. Walpole também! Não sei como pode falar assim, Charlotte. Permita-me dizer que é uma deslealdade com a memória de seu pai. O jogo está na moda. Não o desaprovo. Mas não aprovo a sorte Winwood. Não me diga que a minha pequena Horatia herdou-a, Theresa! Ela perdeu a pulseira?

— Bem, quanto a isso — replicou a Sra. Maulfrey com relutância —, acabou não sendo apostada. Rule entrou na sala de jogo.

Elizabeth olhou rapidamente para ela.

— Entrou? — disse ela. — E parou o jogo?

— N-não — replicou a Sra. Maulfrey, descontente. — Nada disso. Disse, da maneira tranquila de sempre, que era difícil avaliar uma joia de pequeno valor, e pegou a pulseira, colocou-a de volta no pulso de Horry e depositou um cartucho de moedas em seu lugar. Não esperei para ver o resto.

— Oh, ele fez muito bem! — gritou Elizabeth, suas bochechas ruborizadas.

— Certamente, pode-se dizer que ele agiu com dignidade e decoro — consentiu Charlotte. — E se isso é tudo que tem a nos dizer sobre o comportamento de Horry, Theresa querida, confesso que acho que perdeu seu tempo.

— Por favor, não pense que sou uma simples mexeriqueira, Charlotte! — implorou sua prima. — Não é absolutamente nada disso. Soube de fonte segura que ela, sim, posso chamar isso de audácia, conduziu o cabriolé do jovem Dashwood até St. James por uma aposta! Bem sob as janelas dos White, minha cara! Mas não me entenda mal: estou certa de que ninguém pensa nada além de que é uma criança impulsiva. Na verdade, entendo que ela seja excêntrica e as pessoas acham suas proezas extremamente divertidas, mas pergunto a vocês, essa conduta condiz com a condessa de Rule?

— Se condiz com uma Winwood, o que, entretanto, não defendo — disse Charlotte com altivez —, certamente pode condizer com uma Drelincourt!

A réplica inflexível deixou a Sra. Maulfrey em tal situação embaraçosa que ela se viu sem ter muito mais o que dizer, e se despediu das Winwood. Deixou atrás de si uma sensação de desconforto que culminou com uma sugestão, expressa hesitantemente por Elizabeth, de Lady Winwood começar a pensar em retornar a South Street. Lady Winwood respondeu, com a voz entrecortada, que ninguém tinha a menor consideração com a fragilidade de seus pobres nervos e seria realmente surpreendente se algum bem resultasse da interferência na relação entre um homem e sua mulher.

A questão acabou sendo resolvida com uma carta do Sr. Heron. Ele tinha obtido a capitania e iria para o West Country, no sudoeste do país, na posterior execução de seus deveres. Desejava tornar Elizabeth sua esposa sem demora e propôs o casamento imediato.

Elizabeth teria gostado de se casar discretamente em Winwood, mas sua mãe, não tendo a menor intenção de deixar passar despercebido seu triunfo ao conseguir casar duas filhas respeitavelmente no espaço de três meses, levantou-se lepidamente de seu sofá e comunicou que nunca poderiam dizer que ela não tinha cumprido sua obrigação em relação aos entes queridos.

O casamento, naturalmente, não foi tão suntuoso quanto o de Horatia, mas transcorreu muito bem, e a palidez da noiva não a fez parecer menos bela. O noivo estava extremamente elegante em sua farda, e a cerimônia foi agraciada com a presença do conde e da condessa de Rule, a condessa usando um vestido que provocou inveja em todas as outras mulheres.

Elizabeth, na afobação dos preparativos, tinha tido poucas oportunidades de conversar em particular com Horatia, e na única ocasião em que se viu só com sua irmã, percebeu, com o coração doído, que Horatia se esquivava de uma conversa íntima demais. Só lhe restou esperar ter outra oportunidade mais tarde, nesse mesmo ano, quando Horatia prometeu ir a Bath, balneário que o capitão Heron tornaria seu quartel-general.

VI

— Bem, se quer saber o que penso — disse Lady Louisa com severidade —, embora não tenha a menor dúvida de que não quer... você é um tolo, Rule!

O conde, que continuou a examinar alguns papéis trazidos pelo Sr. Gisborne alguns momentos antes da chegada de sua irmã, replicou distraidamente:

— Eu sei. Mas não deve deixar que isso a atormente, minha cara.

— O que são estes papéis? — perguntou ela, sem dar importância à essa impertinência. — Não precisa se dar o trabalho de me responder. Sei reconhecer uma conta, pode ter certeza!

O conde os pôs no bolso.

— Se pelo menos mais gente me compreendesse tão bem! — disse ele com um suspiro. — E respeitasse a minha... é... aversão inata a responder perguntas.

— A pirralha vai arruiná-lo! — disse sua irmã. — E você não faz nada, nada para evitar uma calamidade!

— Acredite em mim — replicou Rule —, espero ter energia suficiente para evitar essa calamidade em particular, Louisa.

— Espero poder ver isso! — replicou ela. — Gosto de Horry. Sim, gosto realmente dela, e gostei desde o começo, mas se tem um pingo de juízo, Marcus, pegue uma vara e lhe dê uma surra!

— Mas pense em como seria cansativo! — objetou o conde.

Ela olhou com menosprezo para ele.

— Eu quis que ela o deixasse tonto — disse ela com franqueza. — Achei que lhe faria bem. Mas nunca pensei que ela se tornaria o assunto da cidade enquanto você fica ao lado só observando.

— Sabe, quase nunca fico tonto — justificou-se Rule.

Lady Louisa poderia ter respondido com certa rispidez se um leve passo não ressoasse, nesse momento, no corredor. A porta abriu-se e Horatia entrou.

Estava vestida para sair, mas segurava o chapéu na mão, como se tivesse acabado de tirá-lo. Jogou-o em uma cadeira e abraçou, respeitosamente, sua cunhada.

— Lamento nã-não estar em casa, Lou-Louisa. Fui ver ma- -mamãe. Ela está tã-tão deprimida por ter per-perdido Li-Lizzie. E Sir Pe-Peter Mason, que e-ela pensou que pe-pediria a mão de Char-Charlotte porque não gos-gosta de mu-mulher frívola, está com-comprometido com a Srta. Lu-Lupton. Ma-Marcus, acha que Ar-Arnold gos-gostaria de se casar com Char-Charlotte?

— Pelo amor de Deus, Horry — gritou Louisa com um mau pressentimento —, não lhe pergunte!

As sobrancelhas retas de Horatia se juntaram.

— Nã-não, é claro que não. Ma-Mas po-poderia fazer com que se en-encontrassem.

— Não nesta casa, eu peço — disse o conde.

Os olhos cinza o observaram de maneira interrogadora.

— Nã-não, se pre-prefere a-assim — disse Horatia, submissa- mente. — Não vou provocar i-isso, entende?

— Fico feliz — disse o conde. — Pense no golpe na minha au- toestima se Charlotte aceitar a proposta de casamento de Arnold.

Horatia pestanejou.

— Bem, não pre-precisa se sentir assim, se-senhor, pois Char- -Charlotte diz que va-vai dedicar sua vida à mamãe. Oh, já vai, Lou-Louisa?

Lady Louisa tinha-se levantado e ajeitado a echarpe em volta dos ombros.

— Querida, estou aqui há séculos. Só vim dar uma palavrinha com Marcus.

Horatia se enrijeceu um pouco.

— En-entendo — disse ela. — Talvez te-tenha sido u-uma pena eu che-chegar.

— Horry, você é uma tolinha — disse Lady Louisa, dando um tapinha na sua bochecha. — Eu dizia a Rule que ele devia lhe dar uma boa surra. Mas receio que ele seja preguiçoso demais.

Horatia fez uma mesura e apertou bem os lábios.

O conde acompanhou a irmã para fora da sala e ao corredor.

— Nem sempre é muito sensata, é, Louisa? — disse ele.

— Nunca fui — respondeu com irritação.

Depois de pôr a irmã na carruagem, o conde retornou, pensativamente, à biblioteca. Horatia, balançando seu chapéu de maneira desafiadora, já atravessava o corredor em direção à escada, mas se deteve quando Rule falou com ela.

— Pode me dispensar um instante de seu tempo, Horry?

Seu cenho continuava franzido.

— Vo-vou almoçar com Lady Ma-Mallory — comunicou-lhe ela.

— Ainda não está na hora do almoço — replicou ele.

— Não, mas te-tenho de trocar de rou-roupa.

— Naturalmente, isto é importante — concordou o conde.

— Bem, é mesmo — insistiu ela.

O conde segurou a porta da biblioteca aberta. O queixo de Horatia se levantou.

— Devo lhe di-dizer, senhor, que es-estou com raiva, milorde, e que quan-quando estou com ra-raiva não falo com as pe-pessoas.

Do outro lado do amplo corredor, os olhos do conde encararam os dela.

— Horry — disse ele, divertidamente —, sabe que não gosto de fazer esforço. Não me obrigue a ir buscá-la.

O queixo baixou um pouco, e o olhar com uma raiva reprimida denotou um certo interesse especulativo.

— Quer di-dizer, me ca-carregar? Eu me per-pergunto se faria isso.

A gravidade de Rule foi desfeita por uma ligeira expressão de diversão.

— E eu me pergunto se você realmente acha que eu não faria — disse ele.

Uma porta no fim do corredor, que dava para o alojamento dos criados, foi aberta e um lacaio apareceu. Horatia lançou um olhar triunfante a Rule, pôs um pé na escada, hesitou, e então deu a volta e retornou à biblioteca.

O conde fechou porta.

— Você joga limpo, Horry, em todas as ocasiões — observou ele.

— É cla-claro — replicou Horatia, sentando-se no braço de uma poltrona e largando, mais uma vez, seu maltratado chapéu. — Não quis se-ser des-desrespeitosa, mas quando fala de mim com su-sua irmã, me deixa fu-furiosa.

— Não está tirando conclusões precipitadas? — sugeriu Rule.

— Be-bem, de qualquer jeito, ela disse que ti-tinha mandado vo-você me dar uma surra — disse Horatia, batendo o salto na perna da poltrona.

— Ela tem sempre bons conselhos — concordou o conde —, mas ainda não lhe dei uma surra, Horry, apesar disso.

Um pouco mais calma, a recém-casada observou:

— Nã-não, mas a-acho que ela diz coi-coisas sobre mim contra as quais você devia pro-protestar, senhor.

— Sabe, Horry — replicou o conde com uma certa deliberação —, você torna isso difícil.

Houve uma pausa desconfortável. Horatia enrubesceu até a raiz do cabelo e disse, gaguejando terrivelmente:

— Des-desculpe. Nã-não ti-tive a i-intenção de me com-comportar mal. O que eu fi-fiz a-agora?

— Oh, nada tão desesperador, minha querida — replicou Rule, sem demonstrar seu sentimento. — Mas acha que conseguiria se abster de introduzir um animal selvagem nos círculos elegantes?

Um risinho impetuoso escapou dela.

— Estava com me-medo que vi-viesse a saber — confessou ela. — Ma-mas foi por a-acaso. Ju-juro que foi e... e muito di-divertido.

— Não tenho a menor dúvida disso — replicou Rule.

— Foi realmente, Ma-Marcus. Ele pu-pulou para os om-ombros de Cros-Crosby e tirou fo-fora sua peruca. Mas nin-ninguém se im-importou nem um pouco, só Cros-Crosby. Acho que não é um ma-macaco bem treinado.

— Receio que não — disse Rule. — Tal suspeita passou pela minha cabeça quando, outra manhã, percebi que ele... ér... tinha passado pela mesa do café da manhã antes de mim.

— Ó céus! — disse Horatia, contritamente. — La-lamento muito. Mas é que Sophia Col-Colehampton tem um que vai para todo lugar com e-ela, e aí pen-pensei em ter um tam-também. Se bem que-que não gos-gosto muito dele, portan-tanto acho que não vou ficar com e-ele. Isso é tudo?

Ele sorriu.

— É uma pena, Horry, mas isso é só o começo. Acho, acho realmente, que deve me explicar algumas destas contas. — Tirou o maço de contas de seu bolso e o deu para ela.

No topo, havia uma folha de papel coberta com as cifras nítidas do Sr. Gisborne. Horatia olhou consternada ao total alarmante.

— São... to-todas minhas? — balbuciou ela.

— Todas suas — replicou o conde, calmamente.

Horatia engoliu em seco.

— Não pre-pretendia gastar tan-tanto. Na ver-verdade, não sei como pô-pôde acontecer.

O conde pegou as contas de volta e se pôs a virá-las.

— Não — concordou ele. — Muitas vezes acho estranho como contas aumentam. E, afinal, temos de nos vestir.

— Sim — concordou Horatia, mais animada. — En-entende real-realmente isso, não, Marcus?

— Perfeitamente. Mas... perdoe a minha curiosidade, Horry... você tem o hábito de pagar 120 guinéus por um par de sapatos?

— O quê? — gritou ela. O conde mostrou-lhe a conta. Ela olhou-a com um princípio de consternação. — Oh! — exclamou ela. — A--agora me lembro. Sabe, Marcus, eles têm sal-saltos revestidos com esmeraldas.

— Então, é compreensível — disse o conde.

— Sim. Eu os usei no baile do Almack´s. São chamados de *venez-y-voir*, sabe?

— Isso explica, sem dúvida — observou Rule —, a presença de três cavalheiros jovens com que esbarrei... ahn... ajudando-a a se vestir naquela noite.

— Ma-mas não tem na-nada demais ni-nisso, Rule! — objetou Horatia, levantando a cabeça. — É a última mo-moda cavalheiros serem ad-admitidos assim que se vestiu a roupa íntima. Sei que é, porque Lady Stokes fa-faz isso. Eles a-aconselham onde colocar a pinta, como dispor as flo-flores e que perfume u-usar.

Se o conde de Rule achou graça em ser instruído por sua esposa na arte da licenciosidade, o único sinal que deu foi um leve estremecimento dos lábios.

— Ah! — disse ele. — Ainda assim — olhou para ela, quase sorrindo —, ainda assim, acho que talvez pudesse ajudá-la nesse assunto, com um propósito até mesmo melhor.

— Ma-mas o senhor é o me-meu marido — salientou Horatia. Ele virou-se para as contas.

— Isto é, indubitavelmente, uma desvantagem — admitiu ele.

Horatia pareceu considerar o assunto encerrado. Espiou por sobre seu braço.

— Achou ma-mais alguma coi-coisa horrível? — perguntou ela.

— Minha querida, não concordamos que temos de nos vestir? Não questiono as suas despesas... embora, confesso, morri de curiosidade a respeito dos sapatos. O que... digamos... me deixar um tanto perplexo...

— Entendo — interrompeu ela, observando diligentemente seus próprios pés. — Quer sa-saber por que não os pa-paguei eu mes-mesma.

— É o meu caráter inquiridor — murmurou o conde.

— Nã-não pude — replicou Horatia asperamente. — Esta é a ra-razão!

— Uma razão justa — disse a voz plácida. — Mas pensei ter feito uma provisão. Esta minha memória equivocou-se de novo.

Horatia trincou os dentes.

— Tal-talvez eu mereça i-isso, senhor, mas por fa-favor não seja detestável. Sabe que fez uma pro-provisão.

Ele pôs as contas sobre a mesa.

— Faraó, Horry?

— Oh, não, na-nada disso! — disse enfaticamente, contente por ser capaz de apresentar uma circunstância atenuante. — *Ba-basset*!

— Entendo.

O tom divertido tinha abandonado a sua voz. Ela arriscou-se a erguer os olhos e deu com algo muito parecido com uma carranca.

— Es-está fu-furioso demais? — disse impulsivamente.

A carranca se desfez.

— A fúria é uma emoção fatigante, minha cara. Estava me perguntando como curá-la.

— Cu-curar a-a mim? Não pode. Está no san-sangue — disse Horatia com franqueza. — Até mesmo ma-mamãe não reprova o jo-jogo. No começo, eu não en-entendia di-direito e a-acho que por isso per-perdia.

— Possivelmente — assentiu Rule. — Senhora minha esposa, sou forçado a dizer-lhe, em minha posição de marido indignado, que não posso sustentar o jogo excessivo.

— Nãо, oh, não! — implorou Horatia. — Faça-me pro-prometer só jogar *whisk* e faraó! Eu não vou a-aguentar! Vou to-tomar mais cui-cuidado e des-desculpe as con-contas absurdas! Oh, Deus, veja só as ho-horas! Tenho de ir, realmente te-tenho de ir!

— Não se aflija, Horry — aconselhou o conde. — Ser a última a chegar é sempre eficaz. — Mas falou com o vazio. Horatia tinha desaparecido.

As piruetas de sua mulher, por mais que perturbassem Lady Louisa, eram vistas pelos outros de maneira muito diferente. O Sr. Crosby Drelincourt, cujo mundo assumira um matiz uniformemente cinza desde o momento do noivado de seu primo, começou a observar um raio de luz rompendo a escuridão, e Lady Massey, anotando cada proeza e extravagância da jovem condessa, esperou pacientemente a sua hora. As visitas de Rule a Hertford Street tinham-se tornado menos frequentes, mas ela era inteligente demais pra reprová-lo, e tomava o cuidado de ser extremamente encantadora sempre que o via. Já tinha conhecido Horatia — uma circunstância que devia à gentileza do Sr. Drelincourt, que se incumbiu de apresentá-la à condessa em um baile —, mas além da troca de cumprimentos cordiais, sempre que, casualmente, se encontravam, ela nunca procurou intensificar a relação. Rule via mais do que aparentava, e era improvável que permitisse uma intimidade entre a mulher e a amante sem interferir.

Parece que o Sr. Drelincourt designou a si mesmo a missão de fazer as apresentações à nova prima. Apresentou-lhe, até mesmo, Robert Lethbridge, em uma festa em Richmond. Ele estava fora da cidade quando o conde e a condessa de Rule retornaram da lua de mel, e na primeira vez que bateu os olhos na condessa, ela já havia — como o jovem Sr. Dashwood tão brilhantemente expressou — cativado a cidade.

Lorde Lethbridge viu-a pela primeira vez na festa, usando um cetim *soupir étouffe*, com o penteado *en diadème*. Uma pinta, chamada de O Galante, foi colocada no meio de sua bochecha, e ela agitava as fitas *à la attention*. Certamente chamava a atenção, o que talvez tivesse sido a razão do enlevo de lorde Lethbridge.

Recostou-se em uma parede ao longo do salão, e seus olhos pousaram na recém-casada com uma expressão curiosa, difícil de interpretar. O Sr. Drelincourt, que o observara a distância, foi para o seu lado e disse, abafando um risinho:

— Está admirando minha nova prima, milorde?

— Profundamente — replicou Robert Lethbridge.

— De minha parte — desdenhou o Sr. Drelincourt, sempre incapaz de ocultar seus sentimentos —, acho essas sobrancelhas positivamente grotescas. Eu não diria que é uma beldade. Não, decididamente não.

Lethbridge relanceou os olhos pra ele, e seus lábios franziram imperceptivelmente.

— Devia estar encantado com ela, Crosby — disse ele.

— Por favor, permita-me apresentá-lo a esse modelo de perfei-ção! — disse o Sr. Drelincourt, contrariado. — Mas vou avisando logo. Ela gagueja horrivelmente.

— E joga e conduz cabriolés até St. James — disse Lethbridge. — Eu nunca desejaria mais.

O Sr. Drelincourt olhou atentamente à sua volta.

— Por que... por que...

— Como você é tolo, Crosby! — disse Lethbridge. — Vamos, me apresente!

— Francamente, milorde, francamente! Como, por favor, devo entender isso?

— Não tive a menor intenção de ser enigmático, acredite em mim — replicou Lethbridge acidamente. — Apresente-me a essa esposa extraordinária.

— Está com um humor diabólico, milorde — queixou-se Cros-by, mas dirigiu-se ao grupo ao redor de Horatia. — Prima, com licença! Permita-me que a apresente a alguém que está ansioso por conhecê-la.

Horatia não tinha muita vontade de conhecer nenhum ca-marada do círculo do Sr. Drelincourt, a quem ela desprezava profundamente, e olhou para ele com uma relutância flagrante. Mas o homem diante dela não era em nada parecido com os companheiros habituais de Crosby. Nenhum daqueles absurdos de janota prejudicava a elegância de seu porte. Estava vestido suntuosamente e parecia bem mais velho que o Sr. Drelincourt.

— Lorde Lethbridge, milady Rule! — disse Crosby. — Milorde estava impaciente para conhecer a mulher sobre a qual a cidade toda está falando, querida prima.

Horatia, abrindo a roda da saia para fazer uma mesura, corou ligeiramente, pois as palavras do Sr. Drelincourt foram uma alfinetada. Ela ergueu-se agilmente e estendeu a mão. Lorde Lethbridge recebeu-a em seu pulso e se curvou com uma graça incomparável para saudá-la. Uma chispa de interesse acendeu-se nos olhos de Horatia: milorde tinha presença.

— O nosso pobre Crosby sempre tem uma frase feliz — murmurou Lethbridge, e conquistou o vislumbre de uma covinha. — Ah, isso mesmo! Deixe que a leve àquele sofá, senhora.

Ela aceitou o seu braço e atravessou, com ele, o salão.

— Cros-Crosby me detesta — confidenciou ela.

— Mas é claro — disse milorde.

Ela franziu o cenho, intrigada.

— Isto não fo-foi muito cor-cortês, senhor. Por que me de- -detestaria?

As sobrancelhas dele se ergueram em uma surpresa momentânea. Olhou-a com atenção, e riu.

— Oh... porque ele tem um gosto execrável, senhora!

Não pareceu a Horatia que esta fosse a razão que ele realmente tivesse em mente, e estava para perguntar mais sobre a questão, quando ele mudou de assunto.

— Não preciso perguntar, senhora, se fica mortalmente aborrecida com eventos como este — disse ele, indicando com um movimento da mão o resto das pessoas.

— Não, nã-não fico — replicou Horatia. — E-eu gosto.

— Encantador! — sorriu milorde. — Seu entusiasmo contagia até mesmo ânimos esgotados como o meu.

Ela pareceu um pouco desconfiada. O que ele disse era excessivamente cortês, mas o tom que usou tinha um quê de zombaria que a confundia ao mesmo tempo que a intrigava.

— Â-ânimos esgotados ge-geralmente procuram sa-salas de jogo, senhor — observou ela.

Ele a estava abanando gentilmente com o leque que pegara de sua mão, mas fez uma pausa, e disse, com uma expressão irônica:

— Ah... e, às vezes, pessoas entusiásticas fazem isso, não?

— À-às vezes — admitiu Horatia. — Então, já sa-sabe tudo a meu res-respeito.

— De jeito nenhum, senhora. Mas quando sei de uma dama que nunca recusa uma aposta, bem, sinto vontade de saber mais sobre ela.

— So-sou, certamente, uma a-apreciadora do jogo de a-azar, senhor — disse Horatia, tristonhamente.

— Um dia, vai jogar cartas contra mim — disse Lethbridge —, se quiser.

Uma voz manifestou-se imediatamente atrás deles.

— Não jogue com lorde Lethbridge, senhora, se é sensata!

Horatia olhou por cima de seu ombro. Lady Massey tinha adentrado o salão por uma passagem em arco cortinada e estava em pé, apoiando-se levemente no espaldar do sofá.

— Oh? — disse Horatia, relanceando os olhos para Lethbridge com novo interesse. — E-ele vai tra-trapacear?

Lady Massey riu.

— Senhora, preciso dizer-lhe que está falando com o jogador mais duro do nosso tempo? Cuidado, eu imploro.

— É mesmo? — perguntou Horatia, olhando para Lethbridge, que havia se levantado com a aproximação de Lady Massey e a estava observando com um sorriso indefinível. — En-então, gostaria mui-ito de jogar com o se-senhor, pode ter cer-certeza!

— Vai precisar ter nervos de aço, senhora — disse Lady Massey, em tom jocoso. — Se ele não estivesse presente, lhe contaria algumas histórias indecorosas a seu respeito.

Nesse momento, lorde Winwood, que se encaminhava à porta, viu o grupo ao redor do sofá e, imediatamente, dirigiu-se à sua irmã. Fez uma mesura na direção de Lady Massey e saudou Lethbridge com um movimento da cabeça.

— Senhora. Lethbridge. Procurei-a por toda parte, Horry. Prometi apresentá-la a um amigo.

Horatia levantou-se.

— Sim, mas...

O visconde pegou sua mão para pô-la em seu braço e, ao fazer isso, beliscou seus dedos de maneira significativa. Interpretando esse beliscão fraternal como ele tendo algo importante a lhe dizer, Horatia fez uma breve mesura a Lady Massey e se preparou para acompanhar o visconde, fazendo apenas uma pausa para dizer seriamente:

— Tal-talvez, um dia, tentemos a chan-chance um com o ou--outro, milorde.

— Talvez. — Lethbridge fez uma reverência.

O visconde conduziu-a com firmeza para onde não pudessem ser ouvidos.

— Deus do céu, Horry, o que significa isso? — quis saber, com a intenção pura, mas total ausência de tato. — Fique longe de Lethbridge. Ele é perigoso. Maldição, tem sempre de se meter com más companhias?

— Não posso ficar lon-longe dele — declarou Horatia. — Lady Ma-Massey disse que ele é um jo-jogador duro!

— E é — disse o imprudente visconde. — E você não é nenhum pombo para ele depenar, Horatia, é o que eu digo.

Horatia puxou a mão, os olhos faiscando.

— E deixe-me dizer, Pe-Pel, que a-agora sou uma mulher casa-ada, e não vou re-receber ordens de vo-você!

— Casada! Sim, é casada. Espere só até Rule saber disso e vai ver o que acontece! A Massey também! Por Deus, nunca conheci alguém como você!

— Bem, o que te-tem contra Lady Ma-Massey? — perguntou Horatia.

— O que eu tenho...? Oh, Deus! — O visconde remexeu, arrependido, em seu solitário. — Suponho que você não... não, com certeza. Bem, não me atormente com um monte de perguntas tolas, seja uma boa menina. Venha beber um copo de *negus*.

Ainda em pé do lado do sofá, lorde Lethbridge observava a partida do irmão com a irmã. Virou a cabeça para observar Lady Massey.

— Obrigado, querida Caroline — disse ele, com doçura. — Foi muito gentil de sua parte. Sabia disso?

— Acha que sou tola? — retorquiu ela. — Quando tiver essa joia na sua mão, lembre-se de me agradecer.

— E ao insigne Winwood, imagino — observou milorde, aspirando rapé. — Quer que essa joia caia na minha mão, querida dama?

O olhar que trocaram foi eloquente o suficiente.

— Não precisamos de rodeios — replicou Lady Massey incisivamente. — Você tem seus próprios objetivos e, talvez, eu possa adivinhar quais sejam. O meu, acho, você conhece.

— Estou certo de que sim — disse Lethbridge, sorrindo largo. — Perdoe-me, minha cara, mas embora eu tenha uma esperança razoável de realizar o meu, estou disposto a apostar que não realizará o seu. Isso é franqueza, não? Você disse que não precisamos falar com rodeios, não disse?

Ela enrijeceu-se.

— O que devo entender com isso, por favor?

— Apenas que... — replicou Lethbridge, fechando sua caixa de rapé esmaltada com um estalo — que não preciso da sua ajuda, meu amor. Jogo minhas cartas para satisfazer a mim mesmo, não para lhe fazer um favor ou a Crosby.

— Imagino que todos nós desejamos a mesma coisa — disse ela secamente.

— Mas o meu motivo é, de longe, o mais puro — replicou milorde.

VII

Lady Massey, aceitando a afronta de Lethbridge com uma neutralidade suportável, não teve dificuldade em interpretar seu discurso hermético. Sua raiva momentânea imediatamente deu lugar a uma reação divertida e, de certa forma, cínica. Não era do tipo de planejar a ruína de uma esposa por outra razão pessoal que não um desejo de vingança ao marido, mas era capaz de apreciar a habilidade artística de tal maquinação, ao mesmo tempo que o sangue-frio que acarretava, embora detestável, só fazia entretê-la. Havia algo um tanto maligno nisso, e era o demônio em Lethbridge que sempre a atraíra. Não obstante, se Horatia fosse a esposa de qualquer outro homem que não Rule, teria achado uma vergonha participar, mesmo que passivamente, de um caso de ruína tão desumano. Mas Lady Massey, pronta a, antes de pôr os olhos em Horatia, se resignar ao inevitável, tinha mudado de ideia. Vangloriava-se de conhecer Rule, e quem quer que o conhecesse não pensaria, por um instante sequer, que uma união tão desigual resultasse em outra coisa que não um desastre? Ele tinha-se casado por um herdeiro, por uma castelã graciosa, certamente não pelos alarmes e digressões que deviam ocorrer onde quer que Horatia fosse.

Algo que ele lhe dissera uma vez permanecia de maneira significativa em sua memória. Sua esposa deveria gostar dele — só dele. Ela havia percebido, então, um laivo de inflexibilidade, implacabilidade, inesperado.

Rule, apesar de toda a sua serenidade, não daria um marido complacente, e se esse casamento de conveniência, sem amor, tomasse o rumo errado, o divórcio, nessa época, deixara de ser tão raro. Se uma duquesa podia sofrê-lo, uma condessa também poderia. Uma vez livre de sua mulher tempestuosa, com suas fugas atrevidas e seus excessos no jogo, ele se voltaria com alívio para alguém que não criasse cenas e soubesse exatamente como agradar um homem.

Convinha perfeitamente a Lady Massey deixar para Lethbridge fomentar a discórdia. Não queria sua mão metida nisso, pois, afinal, era um negócio sujo, e suas palavras estimuladoras a Horatia tinham sido advertências maliciosas do momento, e não uma tentativa planejada de jogá-la nos braços de Lethbridge. Entretanto, ao se encontrar do lado de Horatia, em Vauxhall Gardens, uma semana depois, e vendo Lethbridge responder ao gesto de saudação de uma beldade loura com apenas um aceno de mão, não resistiu dizer:

— Ah, pobre Maria! Que tarefa infrutífera é tentar escravizar Robert Lethbridge! Como se nós todas não tivéssemos tentado... e fracassado!

Horatia não disse nada, mas seus olhos acompanharam Lethbridge com um brilho especulativo.

Não eram necessárias as palavras de Lady Massey para incitar seu interesse. Lethbridge, com seus olhos de lince e seu ar desenvolto, tinha-a atraído desde o começo, ela que já achava um tanto enfadonha a adulação de cortejadores janotas mais jovens. Ele era um homem experiente, e para complementar o fascínio que exercia, era reputado perigoso. No primeiro encontro, tinha parecido que ele a admirava; se tivesse demonstrado sua admiração mais francamente no segundo, seu encanto talvez tivesse diminuído. Ele não demonstrou. Deixou passar metade da noite até se aproximar dela, saudá-la com cortesia, e nada mais. Encontraram-se na mesa de carteado na casa da Sra. Delaney. Ele representou a banca no faraó e ela venceu a banca. Ele elogiou-a, mas ainda mantinha aquele quê sardônico, como se se recusasse a levá-la a sério. Mas quando ela chegou ao parque, com a Sra. Maulfrey, dois dias depois, e ele passava a cavalo, puxou as rédeas e desmontou elegantemente, caminhando na direção dela. Conduzindo sua montaria, caminhou do seu lado por uma distância considerável, como se estivesse encantado por tê-la encontrado casualmente.

— Ora, menina! — gritou a Sra. Maulfrey quando, finalmente, ele se despediu delas. — É melhor tomar cuidado, ele é um libertino perverso, minha querida! Não se apaixone por ele, eu imploro!

— A-apaixonar! — replicou Horatia, com desdém. — Que-quero jogar car-cartas com ele!

Ele estava no baile da duquesa de Queensberry e não se aproximou dela nem uma vez. Ela se sentiu ofendida, e nunca lhe ocorreu culpar a presença de Rule por essa rejeição. No entanto, quando visitou o Panteão, no carteado na casa de Lady Amelia Pridham, Lethbridge, chegando sozinho, escolheu-a e foi tão diligente em suas atenções que levou-a a supor que, finalmente, estavam se tornando íntimos. Mas quando um jovem se aproximou reclamando a atenção de Horatia, milorde renunciou a ela com facilidade e, logo depois, retirou-se para a sala de carteado. Foi realmente enervante, o bastante para fazer uma dama decidir planejar a sua queda, e acabou com a alegria de Horatia naquela noite. Na verdade, a noite não foi nenhum sucesso. O Panteão, tão iluminado e novo, era muito bonito, é claro, com seus pilares e teto de estuque, e seu grande domo envidraçado, mas Lady Amelia, obstinadamente, não quis jogar cartas, e em uma das contradanças, o Sr. Laxby, uma criatura desajeitada, pisou na barra de seu vestido de diáfana cambraia, que acabara de chegar de Paris, e rasgou a bainha, irreparavelmente. Além disso, Horatia foi obrigada a declinar o piquenique em Ewell, no dia seguinte, em razão de ter prometido ir a Kensington (o mais maçante dos lugares!) visitar a antiga governanta, que estava morando lá com uma irmã viúva. Tinha a vaga ideia de que Lethbridge estaria no piquenique e se viu seriamente tentada a sepultar a Srta. Lane no esquecimento. Entretanto, pensar na decepção da pobre Laney impediu-a de dar esse passo extremo, e, com determinação, resistiu a todas as súplicas de seus amigos.

A tarde zelosamente passada em Kensington acabou sendo tão maçante quanto tinha receado que seria, e Laney, tão ansiosa por saber tudo o que andava fazendo, tão repleta de mexericos aborrecidos, tornou impossível que partisse mais cedo, como tinha pretendido fazer. Já eram quase 16h30 quando subiu na carruagem, mas, felizmente, jantaria em casa, antes de ir com Rule à ópera, de modo que isso não significava que estava fadada a se atrasar. Mas achava que tinha passado um dia detestável, e o único consolo — e, admitia, um consolo terrivelmente egoísta — era que o tempo previsto para ser bom pela manhã tornara-se extremamente inclemente, impróprio para piqueniques, pois o céu nublara por volta da hora do almoço e nuvens agourentas se concentraram fazendo quase escurecer às 16h. Um estrondo ameaçador ressoou quando ela entrava no coche, e a Srta. Lane desejou, de imediato, que ela ficasse até a tempestade passar. Felizmente, o cocheiro estava seguro de que ainda levaria algum tempo até o temporal desabar, de modo que Horatia não se sentiu forçada a aceitar o convite. O cocheiro ficou, de certa maneira, surpreso, ao receber ordem da condessa de que fizesse os cavalos correrem, já que estava atrasadíssima. Ele tocou no chapéu, assentindo com relutância, e se perguntando o que o conde diria se chegasse a saber que sua mulher tinha entrado na cidade a galope.

Portanto foi em ritmo acelerado que o coche partiu na direção leste. Mas um raio sobressaltou um dos cavalos dianteiros, fazendo-o esquivar-se, e o cocheiro imediatamente equilibrou o passo, que, na verdade, teve certa dificuldade em manter, os dois cavalos de trás estando desacostumados a um método tão temerário de avançar.

A chuva tardava, mas relâmpagos trepidavam e o som do trovão a distância tornou-se praticamente contínuo, enquanto as nuvens pesadas obscureciam, consideravelmente, a luz do dia e deixavam o cocheiro ansioso por ultrapassar o portal de Knightsbridge assim que possível.

A uma pequena distância além de Halfway House, uma hospedaria entre Knightsbridge e Kensington, um grupo de três ou quatro cavaleiros, não totalmente ocultos por um bosquete à margem da estrada, atrapalhou, de maneira desagradável, a visão dos dois homens na boleia. Estavam um pouco à frente, e era difícil, na luz baça, observá-los direito. Algumas gotas grossas de chuva caíam, e provavelmente os cavaleiros estavam meramente buscando abrigo do temporal iminente. Mas a localidade tinha uma má reputação, e embora ainda fosse muito cedo para salteadores, o cocheiro açoitou os cavalos com a intenção de ultrapassar o ponto perigoso a galope e recomendou ao cavalariço do seu lado que preparasse o bacamarte.

Esse ilustre personagem, perscrutando, inquieto, à frente, revelou o fato de que não tinha achado apropriado trazer essa arma, já que a natureza da expedição não tornava necessária tal precaução. O cocheiro, mantendo-se na estrada, tentou assegurar a si mesmo que nenhum salteador se arriscaria a atacar em plena luz do dia.

— Abrigando-se da chuva, só isso — resmungou, acrescentando inconsequentemente: — Certa vez, vi dois homens enforcados em Tyburn. Assalto ao Correio de Portsmouth. Tratantes desesperados, eram eles.

Estavam agora bem próximos dos cavaleiros, e, para aflição dos dois homens, o grupo se desintegrou e os três cavaleiros se espalharam na estrada de uma maneira que não deixava dúvidas sobre suas intenções.

O cocheiro praguejou a meia-voz, mas como era um sujeito valente, açoitou os cavalos tornando-os ainda mais velozes, na esperança de romper a barreira. Um tiro, que ressoou de modo alarmante ao passar de raspão por sua cabeça, fez com que se retraísse involuntariamente, e, no mesmo instante, o cavalariço, lívido de medo, agarrou as rédeas e as puxou com toda força. Um segundo tiro fez os cavalos se desviarem e se precipitarem às cegas, e enquanto cocheiro e cavalariço lutavam pela posse das rédeas, dois dos facínoras usando roupas de lã felpuda e miseráveis os alcançaram e seguraram as rédeas dos cavalos dianteiros, conseguindo, assim, parar a carruagem.

O terceiro homem, um sujeito grande com uma máscara cobrindo toda a cara, gritou:

— Rendam-se! — e debruçando-se na sua sela, abriu com força a porta.

Horatia, surpresa, mas ainda não alarmada, se viu confrontada por uma grande pistola segura por uma mão imunda. Seu olhar espantado se ergueu até a máscara e ela gritou:

— San-santo Deus! Sal-salteadores!

Sua exclamação foi recebida com uma risada, e o homem que segurava o revólver disse em uma voz embriagada:

— Salteadores, beleza! A gente não é ladrão a pé não! Vai passando logo os cacarecos todos! Rápido!

— Não! — disse Horatia, segurando sua bolsinha com força.

O salteador pareceu meio sem saber o que fazer, mas, enquanto hesitava, um segundo cavaleiro mascarado o tirou do caminho e tentou pegar a bolsinha.

— Ho, ho! É pesada! — se vangloriou triunfante, arrancando-a dela — E essa coisa no seu dedo também! Devagarzinho! Devagar!

Horatia, com muito mais raiva do que medo por sua bolsa ter--lhe sido arrancada, tentou puxar a mão, e, sem conseguir, deu um tapa sonoro no assaltante.

— Como se atreve, cri-criatura repelente! — disse furiosa.

Isso só conseguiu provocar outra gargalhada grosseira, e ela estava começando a se alarmar de verdade quando uma voz, de súbito, gritou:

— Foge tudo! Rápido! Homens na estrada!

Quase no mesmo momento, ressoou um disparo e ouviram--se cascos ribombando na estrada. O salteador largou Horatia no mesmo instante. Mais um disparo. Houve uma confusão de gritos e passos pesados e os salteadores desapareceram a galope no escuro. No instante seguinte, um cavaleiro, em um belo cavalo baio, precipitou-se para o coche e puxou as rédeas de seu cavalo, fazendo-o empinar.

— Senhora! — disse o recém-chegado abruptamente, e em seguida, em tom de surpresa: — Milady Rule! Santo Deus, senhora, está machucada?

— Mas é o se-senhor! — gritou Horatia. — Não, nã-não estou nem um pou-pouco machucada.

Lorde Lethbridge desmontou e subiu no degrau da carruagem, pegando a mão de Horatia.

— Graças a Deus eu estava passando! — disse ele. — Não há nada o que temer agora, senhora. Os patifes fugiram.

Horatia, uma heroína insatisfatória, replicou garbosamente:

— Oh, eu não es-estava com medo, se-senhor! Foi a coi-coisa mais ex-excitante que me aconteceu! Mas tenho de di-dizer que a-acho que eram assa-altantes muito covardes, fu-fugindo de um ú-único homem!

Uma risada muda sacudiu milorde.

— Talvez tenham fugido de minhas pistolas — sugeriu ele. — Contanto que não a tenham machucado...

— Oh, nã-não! Mas como es-estava nesta es-estrada, milorde?

— Fui visitar amigos em Brentford — explicou ele.

— Achei que ia ao pi-piquenique em Ewell — disse ela.

Ele olhou diretamente em seus olhos.

— E ia — respondeu ele. — Mas milady Rule não participou do grupo.

Ela percebeu que a mão dele continuava sobre a sua e a retirou.

— A-achei que não da-daria a mí-ínima para isso — disse ela.

— Achou? Mas dei.

Ela olhou para ele por um momento e, então, disse timidamente:

— Por favor, po-poderia re-retornar comigo?

Ele pareceu hesitar, com aquele sorriso singular de lado pairando ao redor de sua boca.

— Por que nã-não? — perguntou Horatia.

— Não há nenhum motivo, senhora — replicou ele. — Se assim deseja, é claro que a acompanharei. — Desceu o degrau, voltando para a estrada, e chamou o cavalariço, dizendo-lhe para montar o cavalo baio. O cavalariço, que parecia envergonhado por causa da disputa com o cocheiro, apressou-se em obedecer-lhe. Lorde Lethbridge tornou a subir na carruagem; a porta foi fechada; e o veículo partiu em direção a Londres.

Em seu interior, Horatia disse com a franqueza que sua família considerava desastrosa:

— Eu a-achava que o senhor não gos-gostava muito de mi-mim.

— Achava? Mas isso seria muito mau gosto de minha parte — disse milorde.

— Ma-mas o senhor de-definitivamente me evita qua-quando nos encontramos — disse Horatia. — Sa-sabe que faz i-isso!

— Ah! — replicou milorde. — Mas isso não é porque eu não gosto da senhora.

— Por que en-então? — perguntou Horatia sem rodeios.

Ele virou a cabeça.

— Ninguém a alertou de que Robert Lethbridge é perigoso demais?

Os olhos dela piscaram.

— Sim, vá-várias pessoas. Pe-percebeu isso?

— É claro que percebi. Creio que todas as mães alertam suas filhas contra meus estratagemas perversos. Sou um caráter inconsequente, sabe?

Ela riu.

— Bem, se e-eu não me im-importo, por que o se-senhor se im-importaria?

— É muito diferente — replicou Lethbridge. — Entenda, a senhora é... se me permite dizer... muito jovem.

— Quer di-dizer que sou jo-jovem demais para ser su-sua amiga?

— Não, não foi isso que eu quis dizer. É jovem demais para ter permissão para fazer... coisas insensatas, minha cara.

Ela pareceu não entender.

— Seria in-insensato eu conhe-nhecê-lo?

— Aos olhos da sociedade, certamente sim.

— Não dou a mí-mínima para a so-sociedade! — declarou Horatia sem rodeios.

Ele estendeu a mão para pegar a dela e beijou seus dedos.

— A senhora é uma mulher encantadora — disse ele. — Mas embora nos consideremos amigos, a sociedade vai comentar, e a sociedade não deve falar de Lady Rule.

— Por que as pe-pessoas pensam coisas tão o-odiosas a seu respeito? — perguntou Horatia, em um tom de indignação.

Um suspiro escapou-lhe.

— Infelizmente, senhora, criei uma reputação detestável, e uma vez feito isso, não há como se livrar dela. Tenho certeza de que o seu excelente irmão disse-lhe para não se relacionar com Lethbridge. Não foi assim?

Ela ruborizou-se.

— Oh, nin-ninguém considera muito o que Pe-Pel diz! — garantiu-lhe ela. — E se me per-permitir ser sua a-amiga, serei in-independentemente do que pen-pensam!

De novo, ele pareceu hesitar.

Sua mão quente segurou a dela mais uma vez.

— Por fa-favor, me largue! — implorou Horatia.

Os dedos dele apertaram os dela.

— Por quê? — perguntou ele. — É porque quer jogar comigo? Por isso está oferecendo a sua amizade?

— Não, se bem que e-era isso que eu que-queria no come-meço — admitiu Horatia. — Mas a-agora que me con-contou tu-tudo isso, penso di-diferente e *não vou* ser uma dessas pe-pessoas ho- -horríveis que pensam o pior.

— Ah! — disse ele. — Mas receio que Rule tenha algo a dizer sobre isso, minha cara. Devo dizer-lhe que ele não é exatamente um dos que mais simpatizam comigo. E maridos, como sabe, devem ser obedecidos.

Estava na ponta da sua língua replicar que tampouco dava a mínima a Rule, quando lhe ocorreu que esse não era um sentimento apropriado, e respondeu:

— A-asseguro-lhe, milorde, que Ru-Rule não in-interfere nas minhas a-amizades.

Tinham chegado à hospedaria Hercules Pillars, ao lado do Hyde Park, e restava apenas uma distância relativamente curta entre eles e Grosvenor Square. A chuva, que agora caía pesada, batia contra as janelas da carruagem, e a luz do dia tinha quase desaparecido. Horatia não conseguia mais distinguir milorde com clareza, mas apertou sua mão e disse:

— En-então está combinado, não?

— Combinado — replicou milorde.

Ela retirou a mão.

— E se-serei amiga e o deixarei em casa, pois está cho-chovendo muito para ir a cavalo. Por fa-favor, diga o en-endereço ao meu cocheiro.

Dez minutos depois, a carruagem parou em Half-Moon Street. Horatia fez um sinal para o cavalariço se aproximar e ordenou que conduzisse o cavalo de milorde ao estábulo.

— E não a-agradeci, milorde, ainda por ter me sal-salvado! — disse ela. — Estou re-realmente muito agradecida.

— E eu também, senhora — replicou Lethbridge —, por ter tido a oportunidade. — Curvou-se sobre sua mão. — Até nosso próximo encontro — disse ele, e desceu para o calçamento molhado.

A carruagem partiu. Lethbridge ficou por um momento na chuva, observando-a seguir na direção da Curzon Street e, depois, virou-se com um ligeiro encolher de ombros e subiu os degraus para a sua casa.

A porta foi aberta por seu porteiro.

— Uma noite de muita chuva, milorde — disse ele, respeitosamente.

— Muita — replicou Lethbridge, laconicamente.

— Devo comunicar-lhe, milorde, que alguém veio vê-lo. Chegou ainda há pouco e o mantive lá embaixo, sem perdê-lo de vista.

— Mande-o subir — disse Lethbridge, e entrou na sala que dava para a rua.

Ali, em poucos minutos, o visitante juntou-se a ele, sendo introduzido pelo porteiro com expressão reprovadora. Era um indivíduo corpulento, vestido com um casaco de lã grossa, e com um chapéu de aba larga mole na mão suja. Sorriu largo ao ver Lethbridge e levou o dedo ao topete.

— Espero que esteja tudo bem, excelência, e a dona também.

Lethbridge não respondeu, mas pegando uma chave em seu bolso, destrancou uma das gavetas de sua mesa e tirou uma bolsa. Jogou-a para o homem, no outro lado da sala, dizendo brevemente:

— Pegue e suma. E não se esqueça, meu amigo, de manter a boca fechada.

— Com mil demônios, que raios me partam se algum dia eu abrir o bico! — disse o homem de roupa mulambenta, com indignação. Espalhou o conteúdo da bolsa sobre a mesa e se pôs a contar as moedas.

Lethbridge franziu os lábios.

— Pode poupar o esforço. Pago o que prometi.

O homem sorriu arreganhando os dentes, mais deliberado do que nunca.

— Ah, sou um cara desconfiado, se sou. E quando trabalho com um espertalhão, tomo cuidado, sabe? — Contou o resto do dinheiro, pegou tudo com a mão em concha e pôs no bolso. — Está certo — observou cordialmente. — Grana fácil. Pode deixar, sei sair sozinho.

Lethbridge acompanhou-o até o estreito corredor.

— Sem dúvida — disse ele. — Mas quero ter o prazer de vê-lo fora do edifício.

— O que é isso, excelência, me toma por um simples gatuno? — perguntou o homem, ofendido. — Diacho, quem está no ramo da estrada não furta casas! — Com essa arrogante, mas obscura, observação, desceu os degraus da entrada e seguiu, curvado, na direção de Piccadilly.

Lorde Lethbridge fechou a porta e, por um momento, com o cenho franzido, ficou em silêncio. Foi despertado de sua abstração pela aproximação de seu criado, que chegou do andar de baixo para servi-lo, e comentou, com preocupação, que a chuva havia molhado o casaco de milorde.

A carranca se desfez.

— Sim, percebi — disse Lethbridge. — Mas sem dúvida valeu a pena.

VIII

Passava das 17 horas quando Horatia chegou a Grosvenor Square, e ao ouvir, do porteiro, as horas, deu um gritinho de susto e subiu correndo a escada. No hall de cima, quase colidiu com Rule, já vestido para a ópera.

— Oh, mi-milorde, que a-aventura! — disse, sem fôlego. — Estou ter-terrivelmente atrasada, vo-vou lhe contar. — Por fa-favor, me perdoe! Nã-não vou me de-demorar!

Rule observou-a desaparecer no quarto e continuou a descer. Aparentemente confiando muito pouco na noção de tempo de sua esposa, enviou uma mensagem às cozinhas de que o jantar atrasaria meia hora, e foi para um dos salões, esperar o reaparecimento de Horatia. O fato de a ópera ter início às 19 horas não pareceu preocupá-lo nem um pouco, nem mesmo quando os ponteiros do relógio dourado sobre o console da lareira marcaram 17h45 traiu qualquer sinal de impaciência. Lá embaixo, o cozinheiro, pairando ansioso entre dois perus gordos nos espetos e um prato de caranguejo na manteiga, rogou pragas insólitas contra todas as mulheres.

Mas às 17h55, a condessa, uma visão de gaze, renda e plumas, sentou-se à mesa do jantar, em frente ao marido, e anunciou, com um sorriso cativante, que, afinal, não estava tão atrasada assim.

— E se é Glu-Gluck, não me im-importo de perder uma par-
-parte — comentou ela. — Ma-mas tenho de lhe con-contar a minha
a-aventura. I-imagina, Marcus, fui ata-atacada por sal-salteadores!

— Atacada por salteadores? — repetiu o conde, de certa forma
surpreso.

Horatia, com a boca cheia de caranguejo na manteiga, confirmou
balançando a cabeça vigorosamente.

— Querida criança, quando e onde?

— Oh, perto da Hal-Halfway House, quando vol-voltava da
casa de La-Laney. Em ple-plena luz do dia, e le-levaram minha
bolsa. Mas não ha-havia muito den-dentro dela.

— Isso foi uma sorte — replicou o conde. — Mas acho que não
entendi direito. Esse assalto ousado não encontrou resistência por
parte de meus audazes criados?

— Be-bem, Jeffries nã-não tinha levado suas pis-pistolas, sabe?
O cocheiro me explicou tudo depois.

— Ah! — disse o conde. — Então, sem dúvida, ele fará a gentileza de também me explicar tudo.

Horatia, que se servia do prato de alcachofras, ergueu os olhos
rapidamente, ao ouvir isso, e disse:

— Por fa-favor, não seja ru-rude por cau-causa disso, Rule. A
culpa fo-foi minha, por ter-me de-demorado tanto na casa de La-
-Laney. E não a-acredito que Jeffries pu-pudesse ter feito mui-muita
coisa mesmo com um ba-bacamarte, porque e-eram muitos, e todos
dis-disparavam pistolas!

— Oh! — disse Rule, seus olhos se estreitando sutilmente. —
Quantos, de fato?

— Be-bem, três.

As sobrancelhas de milorde se ergueram.

— Começa a me interessar profundamente, Horry. Foi assaltada
por três homens...

— Sim, e es-estavam todos mas-mascarados.

— Achei que estivessem — disse o conde. — Mas me disse que a única coisa que perdeu para esses... ahn... criminosos... foi sua bolsa?

— Sim, mas um de-deles tentou ti-tirar o anel do meu de-dedo. A-acho que teriam le-levado tudo se eu não ti-tivesse sido salva na ho-hora H. Nã-não foi ro-romântico, senhor?

— Foi certamente uma sorte — replicou o conde. — Posso saber quem realizou o ato galante?

— Foi lor-lorde Lethbridge! — replicou Horatia, proferindo o nome com um timbre de voz levemente desafiador.

Por um momento, o conde não disse absolutamente nada. Então, estendeu a mão para pegar o decantador de clarete e tornou a encher seu copo.

— Entendo — disse ele. — Então, ele também estava em Knightsbridge? Que coincidência singular!

— Sim, não fo-foi? — concordou Horatia, contente pela notícia não ter provocado qualquer sinal de reprovação violenta.

— Muito... ahnr... providencial — disse milorde. — E ele sozinho fez com que todos esses homens fugissem?

— Sim. Ele che-chegou galopando, e os sal-salteadores fugiram.

O conde inclinou a cabeça com uma expressão cortês de interesse.

— E depois? — perguntou delicadamente.

— Oh, de-depois pedi que me acompanhasse, e te-tenho de dizer, Rule, que, no começo, ele re-relutou, mas in-insisti, e e-ele concordou. — Ela respirou fundo. — E tal-talvez eu de-deva lhe dizer, também, que e-ele e eu de-decidimos ser amigos.

Do outro lado da mesa, o olhar calmo do conde encontrou o seu.

— Evidentemente, sinto-me honrado com a sua confidência, minha cara. Tenho permissão para fazer uma observação?

— Be-bem, lorde Leth-Lethbridge disse que o senhor não gos--gostaria disso — disse Horatia sem pensar.

— Ah, ele disse isso? — murmurou o conde. — E ele deu alguma razão para a minha suposta antipatia?

— Nã-não, mas me di-disse que não era uma pe-pessoa digna de que e-eu conhe-nhecesse, e isso me-me deu muita pe-pena dele, e res-respondi que não ligava a mí-mínima para o que a so--sociedade dizia e que seria a-amiga dele.

O conde tocou os lábios com o guardanapo.

— E se... só uma suposição... eu me opusesse a essa amizade...?

Horatia preparou-se para uma batalha.

— Por que se-se oporia, se-senhor?

— Imagino que a rara presciência de milorde sugeriu minhas razões — replicou Rule, um tanto secamente.

— Pa-parecem-me muito to-tolas e... sim, grosseiras! — declarou Horatia.

— Receei que parecessem — disse Rule.

— E — disse Horatia, com coragem — nã-não vai adiantar dizer que não devo me re-relacionar com lorde Leth-Lethbridge, porque e-eu vou!

— Não vai adiantar, imagino, se eu lhe pedir, sem impor nada, entende, que não se relacione com Lethbridge?

— Não — replicou Horatia. — Eu gos-gosto dele e não vou me dei-deixar levar por um pre-preconceito abomi-abominável.

— Então, se já terminou seu jantar, meu amor, está na hora de irmos para a ópera — disse Rule tranquilamente.

Horatia levantou-se sentindo que o vento deixara de soprar a seu favor.

A obra apresentada na Italian Opera House, da qual o conde era um dos patronos, era *Iphigénie en Aulide*, composição que gozara de grande sucesso em Paris, onde foi produzida inicialmente. O conde e a condessa de Rule chegaram na metade do primeiro ato e ocuparam seus lugares em um dos camarotes verdes. A casa estava intensamente iluminada e repleta de pessoas elegantes que, apesar de não terem nenhum gosto particular por música, iam todas ao

King's Theatre, muitas simplesmente com a intenção de estarem na moda, outras com o propósito de exibir roupas caras, e algumas, como o conde de March, que sentou-se com seu binóculo no nível do palco, na esperança de descobrir alguma nova dançarina de atrativos inigualáveis. No meio dessa gente afetada, também se via *virtuosi*, entre os quais, o Sr. Walpole, confortavelmente recostado no camarote de Lady Harvey, era um dos mais eminentes. Na plateia, reuniam-se vários rapazes, que passavam a maior parte do tempo lançando olhares cobiçosos às damas nos camarotes. Os dândis estavam representados pelo Sr. Fox, parecendo cansado, como realmente deveria estar, tendo jogado dados até as 15 horas no Almack's; por milorde Carlisle, cujas feições jovens eram espantosamente adornadas por um sinal em forma de cabriolé; e é claro, pelo Sr. Crosby Drelincourt, com um imenso ramalhete preso em seu casaco e um pequena luneta no cabo de sua bengala comprida. Tais peraltas, amaneirados, com seus sorrisos afetados, aspirando frascos de cristal de perfume, formavam um contraste sensacional com os rapazes galantes que, desafiando as maneiras afetadas de seus contemporâneos, passaram para o outro extremo da moda. Nenhuma extravagância no vestir distinguia esses cavalheiros, a menos que um estudado desmazelo pudesse assim ser chamado, e a natureza de suas diversões era violenta, em completa discordância com a ideia de entretenimento dos verdadeiros peraltas. Esses rapazes eram encontrados em toda luta de boxe profissional, ou briga de galos, e quando tais divertimentos tornavam-se monótonos, sempre havia a possibilidade de passar as horas noturnas disfarçados de salteadores, para o terror de todo citadino honesto. Lorde Winwood, que, durante todo o primeiro ato foi monopolizado por uma argumentação acalorada a respeito das possibilidades de seu pugilista favorito, o Fairy, contra o protegido do Sr. Farnaby, o Tigre de Bloomsbury, no Broughton's Amphitheatre, na noite seguinte, era, ele próprio, de certa maneira, um almofadinha desse segundo tipo, e havia passado a noite anterior na Roundhouse, tendo sido motivado a participar de um grupo de alegres cavalheiros no esporte *encurralando o vigia*.* Como resultado desse passatempo vigoroso, o visconde tinha um contusão sobre um olho, uma circunstância que induziu o Sr. Drelincourt a emitir um grito de horror ao vê-lo.

Quando a cortina caiu no primeiro ato, pode-se dizer que o verdadeiro negócio da noite começou. As damas acenavam dos camarotes, os cavalheiros, na plateia, iam lhes fazer a corte, e surgiu um zum-zum de conversa.

O camarote de Rule logo se encheu de amigos de Horatia, e milorde, sendo desalojado do lado de sua mulher pelo ardoroso Sr. Dashwood, reprimiu um bocejo e saiu em busca de uma companhia mais agradável. No momento, poderia ser visto no térreo, abafando o risinho por causa de algo que o Sr. Selwyn tinha cochichado, de maneira entediada, em seu ouvido, e justo quando ia se dirigir a um grupo de homens que o havia saudado, ergueu, casualmente, os olhos para os camarotes e viu algo que, evidentemente, o fez mudar de ideia. Três minutos depois, entrava no camarote de Lady Massey.

Desde o seu casamento, não havia estado em público com Lady Massey, de modo que foi com um misto de triunfo e surpresa que ela lhe estendeu a mão.

— Milorde! Conhece Sir Willoughby, eu acho. E a Srta. Cloke, é claro — disse ela, indicando dois de seus companheiros de camarote. — O que achou de *Iphigénie*, senhor? Lorde Lethbridge e eu concordamos que Marinozza perdeu a voz. O que acha?

— Para dizer a verdade — replicou ele —, só cheguei a tempo de ver sua saída. — Virou-se. — Ah, Lethbridge! — disse, de maneira tranquila, vagarosa, como sempre. — Que *rencontre* afortunado! Acho que estou em dívida com você, não?

---

* "Boxing the Watch". parece ter consistido em um passatempo de jovens de classe alta, que viravam ou encostavam contra o muro a guarita dos vigias, de modo que não conseguissem sair. (*N. da T.*)

Lady Massey olhou em volta, com atenção, mas o conde tinha-se dirigido aonde estava Lethbridge, no fundo do camarote, e a forma corpulenta de Sir Willoughby Monk impediu-a de vê-lo.

Lethbridge fez uma profunda reverência.

— Seria uma grande honra, se fosse assim, milorde — disse ele com uma amabilidade afetada.

— Oh, mas certamente! — insistiu Rule, girando delicadamente seu monóculo. — Fiquei fascinado com o relato de sua... como posso dizer... aventura de cavaleiro andante hoje à tarde.

Os dentes de Lethbridge se insinuaram em um sorriso.

— Isso, milorde? Não foi nada, pode acreditar.

— Mas fui tomado de admiração, asseguro-lhe — disse Rule. — Enfrentar três... eram três, não eram? Ah, sim! Enfrentar sozinho três criminosos ferozes foi de uma intrepidez... ou devo dizer audácia? Sempre foi audaz, não foi, meu caro Lethbridge? Uma audácia, então, que nos deixa sem ar.

— Ter conseguido — disse Lethbridge, ainda sorrindo — privar milorde do ar é um triunfo em si.

— Ah! — exclamou com um suspiro o conde. — Mas vai acirrar a competição em mim, meu caro Lethbridge. Mais atos ousados como esse e eu terei realmente de ver se não posso... ahn... privá-lo de ar.

Lethbridge moveu a mão como se fosse levá-la ao punho de sua espada. Nenhuma espada pendia do seu lado, mas o conde, observando esse movimento através de seu monóculo, falou da maneira mais cordial possível:

— Exatamente, Lethbridge! Como nos entendemos bem!

— Não obstante, milorde — replicou Lethbridge—, permita-me dizer que talvez ache essa tarefa difícil.

— Mas, de alguma maneira, sinto que... não está além de meu poder — disse o conde, e virou-se para prestar seus respeitos a Lady Massey.

No camarote do lado oposto, o grupo de pessoas começava a se dispersar, permanecendo somente Lady Amelia Pridham, o Sr. Dashwood e o visconde Winwood. O Sr. Dashwood tinha acompanhado o visconde em suas aventuras na noite anterior, e Lady Amelia estava repreendendo os dois pela insensatez, quando o Sr. Drelincourt chegou ao camarote.

Queria falar com seu primo Rule e ficou chateado com a sua ausência. Seu aborrecimento não foi aliviado pelo comportamento travesso de milady Rule, que, sentindo que tinha contas a acertar, cantou baixinho:

A Musa saracoteando para cima e para baixo
Descobriu uma coisa bonita,
Com um chapeuzinho e o cabelo penteado alto...

O Sr. Drelincourt, enrubescendo sob a maquiagem, interrompeu a cançoneta popular.

— Vim ver meu primo, senhora!

— Ele não está aqui — replicou Horatia. — Cros-Crosby, sua pe-peruca é como o úl-último verso da canção. Sa-sabe, diz assim: "Cinco libras de cabelo usavam atrás, para encantar as damas." Só que não nos en-encanta nem um pouco.

— Muito engraçado, senhora — disse Drelincourt, um tanto estridentemente. — Pensei ter visto Rule do seu lado, neste camarote.

— Sim, ma-mas ele saiu um po-pouco — replicou Horatia. — Oh, está se-segurando um le-eque! Lady Amelia, veja só! O Sr. Dre-Drelincourt tem um le-leque muito mais bo-bonito do que o me-meu!

O Sr. Drelincourt fechou rapidamente seu leque.

— Ele saiu? Juro, prima, está muito mal-acostumada, e é casada! — Perscrutou através da lente no cabo de sua bengala os camarotes em frente e emitiu um risinho abafado. — Que loura sedutora poderia tê-lo atraído... Santo Deus, a Massey! Oh, perdão, prima... eu não devia ter falado! Uma brincadeira... uma mera brincadeira, garanto! Não tive a menor intenção... mas observe a criatura de cetim marrom, logo ali!

O visconde Winwood, que ouvira parte dessa conversa, levantou-se de sua cadeira com uma carranca sinistra, mas foi contido por Lady Amelia, que segurou a cauda de seu casaco, sem a menor cerimônia, e deu um puxão de advertência. Ela levantou-se com dificuldade e avançou.

— Então, é você, não é, Crosby? Dê-me o braço e me conduza ao meu camarote, se for forte o bastante para me aguentar.

— Com o maior prazer, senhora! — O Sr. Drelincourt fez uma reverência e saracoteou para fora com ela.

O Sr. Dashwood, percebendo a expressão no rosto da recém--casada, tossiu, trocou um olhar pesaroso com o visconde e se despediu.

Horatia, as sobrancelhas coladas uma na outra, virou-se para o irmão.

— O que e-ele quis di-dizer, Pel? — perguntou ela.

— Dizer? Quem? — disse o visconde.

— Ora, Cro-Crosby! Não ouviu o que ele di-disse?

— Aquele verme! Cristo, nada! O que poderia querer dizer?

Horatia olhou para o camarote no outro lado.

— E-ele disse que não de-deveria ter fa-falado. E *você* fa-falou... outro dia mes-mesmo... sobre Lady Mas-Massey...

— Não falei! — interrompeu o visconde. — Agora, pelo amor de Deus, não faça perguntas tolas, Horry!

Horatia insistiu, com um brilho nos olhos:

— Conte-me, Pel-Pelham!

— Não tem nada o que contar — replicou o visconde, esquivando-se nobremente. — Exceto que a reputação da Massey não resistiria a uma investigação, mas e daí?

— Mu-muito bem — disse Horatia, com uma expressão singularmente tenaz ao redor de sua boca. — Vou perguntar a Ru-Rule.

O visconde, seriamente alarmado com essa ameaça, disse imprudentemente:

— Não, não faça isso! Droga, não tem nada o que perguntar, estou dizendo!

— Tal-talvez, então, Cro-Crosby possa me ex-explicar — insistiu Horatia. — Vo-vou perguntar a e-ele.

— Não pergunte nada àquela víbora! — ordenou o visconde. — Não vai conseguir nada desse difamador além de mentiras. Esqueça isso, é o meu conselho.

Os ingênuos olhos cinza ergueram-se para a sua face.

— Ru-Rule está apaixonado por La-Lady Massey? — perguntou Horatia de forma direta.

— Oh, nada disso! — assegurou o visconde. — Essas aventuras insignificantes nada têm a ver com amor, entende? Esqueça isso, Horry. Rule é um homem experiente! Não há nada sério nisso, minha querida... todos têm esse tipo de caso!

Horatia relanceou, de novo, os olhos para o camarote de Lady Massey, mas o conde tinha desaparecido. Engoliu em seco antes de responder:

— Se-sei. Por fa-favor, não pense que me im-importo, porque não me im-importo. Só a-acho que deviam ter-me con-contado.

— Bem, para dizer a verdade, achei que você devia saber — replicou Pelham. — Todo mundo sabe, e, afinal, você não se casou com Rule por amor.

— Nã-não — concordou Horatia, com tristeza.

IX

Não foi uma questão difícil lorde Lethbridge e Lady Rule darem prosseguimento à sua amizade recém-declarada. Sendo os dois da alta sociedade, visitavam as mesmas casas, encontravam-se, casualmente, em Vauxhall, Marylebone, até mesmo no Astley's Amphitheatre, para onde Horatia arrastava a relutante Srta. Charlotte Winwood para ver mais maravilhas do circo.

— Mas — dizia Charlotte —, tenho de confessar que não vejo nada que entretenha ou eleve a mente no espetáculo de cavalos nobres realizando passos de minueto, e não posso esconder de você, Horatia, que acho singularmente repugnante que as criaturas selvagens sejam obrigadas a imitar as ações dos humanos.

O Sr. Arnold Gisborne, que ela escolheu para acompanhá-las, pareceu ficar muito impressionado com essa declaração e felicitou a Srta. Winwood por seu bom senso.

Nesse momento, lorde Lethbridge, a quem ocorrera, casualmente, ir ao anfiteatro nessa noite em particular, entrou no camarote, e depois de uma troca de cumprimentos com a Srta. Winwood e o Sr. Gisborne, sentou-se na cadeira vazia do lado de Horatia e encetou uma conversa com ela.

Sob o barulho das trombetas, que anunciavam a entrada na arena de um artista que, segundo o cartaz da publicidade, saltaria por sobre uma jarreteira a 4 metros do chão, disparando, ao mesmo tempo, duas pistolas, Horatia disse repreendendo-o:

— Enviei-lhe o convite, mas o senhor não foi ao jogo em minha casa. O que não foi muito cortês de sua parte, foi?

Ele sorriu.

— Não acho que lorde Rule acolheria bem a minha presença em sua casa, senhora.

O rosto dela se endureceu ao ouvir isso, mas respondeu com bastante calma:

— Oh, não pre-precisa se preocupar com isso. Milorde não in-interfere na minha vi-vida, nem... nem eu na dele. Vai ao bai--baile no Almack's na sexta-feira? Pro-prometi a mamãe le-levar Charlotte.

— Charlotte tem sorte! — disse milorde.

Praticamente qualquer jovem sensata teria ecoado essas palavras, mas a Srta. Winwood estava, nesse mesmo momento, confidenciando ao Sr. Gisborne sua aversão por tais diversões frívolas.

— Confesso — concordou o Sr. Gisborne — que acho essa moda de dança excessiva, mas, ainda assim, o Almack's me parece um clube muito distinto, os bailes não sendo nem um pouco censuráveis, como os que acontecem em Ranelagh e Vauxhall Gardens. Na verdade, acho que, desde que a Carlisle House foi deixada de lado, o nível geral desses entretenimentos se elevou muito mais.

— Eu soube — disse Charlotte, com certo rubor — de mascaradas e *ridottos*,* em que qualquer refinamento e decoro... bem, não preciso dizer mais.

Felizmente, para a Srta. Winwood, os bailes nos salões do Almack's nunca haviam sido conspurcados por qualquer ausência

---

* Entretenimento público de origem italiana consistindo de música e dança, muito popular no século XVIII. (*N. da T.*)

de decência. O clube, que se localizava na King Street, era, de certa maneira, uma espécie de filial do Almack's, em Pall Mall. Era tão exclusivo que ninguém posicionado à margem da sociedade teria a menor chance de ser admitido. Tinha sido fundado por um grupo de senhoras lideradas pela Sra. Fitzroy e Lady Pembroke, e pela soma de dez guinéus, uma inscrição muito modesta, era oferecido um baile e ceia uma vez por semana, por três meses durante o ano. O próprio Almack, com seu sotaque escocês e a peruca presa em uma rede, na nuca, recebia na ceia, enquanto a Sra. Almack, em seu melhor vestido *à la française*, preparava o chá para os nobres. O clube passara a ser conhecido como a Praça do Casamento, circunstância que induziu Lady Winwood a persuadir Charlotte a aceitar o convite de sua irmã. Sua saúde precária impossibilitava-a de acompanhar Charlotte aos lugares de entretenimento, onde uma jovem dama debutando devia ser vista. Portanto, mais uma vez, sentiu-se extremamente grata por Horatia ter feito um casamento conveniente.

Lorde Winwood e seu amigo Sir Roland Pommeroy, um jovem dândi muito bonito, foram escolhidos por Horatia para acompanhá-las ao baile. Sir Roland expressou que seria um prazer, mas o visconde foi menos cortês.

— Essa não, Horry! Odeio dançar! — objetou ele. — Tem centenas de admiradores disputando a chance de sair com você. Por que, bolas, quer que seja eu?

Mas parecia que Horatia, por alguma razão que só ela conhecia, queria. Avisando que não fazia a menor ideia de como dançar e que acabaria na sala de carteado, o visconde cedeu. Horatia disse, o que era verdade, que não fazia a menor objeção a que ele jogasse cartas, desde que, é claro, ela encontrasse parceiros suficientes sem ele. Se o visconde tivesse percebido que parceiro, em particular, ela tinha em mente, não teria cedido tão facilmente.

Assim sendo, acompanhou suas duas irmãs à King Street e cumpriu seus deveres para sua própria satisfação, conduzindo

Horatia no minueto de abertura e Charlotte em uma das contradanças. Depois disso, vendo-as confortavelmente instaladas no meio da corte habitual de Horatia, afastou-se em busca de algo para beber e de um entretenimento mais atraente. Não que esperasse se divertir mais na sala de carteado, pois dançar e não jogar era o objetivo do clube, logo as apostas seriam baixas, e a companhia, provavelmente, inepta. Entretanto, ao chegar, tinha avistado seu amigo Geoffrey Kingston, e não teve dúvida de que ele gostaria de sentar para jogar, tranquilamente, *piquet*.

Foi algum tempo antes de lorde Lethbridge aparecer no salão de baile. Ele estava muito elegante no cetim azul, e a Srta. Winwood, que, por acaso, o viu primeiro, reconheceu instantaneamente o cavalheiro saturnino que se juntara a elas no Astley's. Quando ele se aproximou de Horatia, e a Srta. Winwood observou os termos afáveis, para não dizer íntimos, com que pareciam se tratar, foi tomada pela apreensão e começou a temer que a frivolidade de Horatia não se restringisse à extravagância de sua roupa, cuja grande armação e grande número de fitas e rendas ela já tinha deplorado. Conseguiu atrair o olhar de Horatia de maneira reprovadora, assim que sua irmã, de braço com lorde Lethbridge, preparava-se para a segunda dança seguida com o mesmo parceiro.

Horatia ignorou seu olhar. Mas esse mesmo olhar não escapou a Lethbridge, que disse, erguendo os sobrolhos:

— Ofendi sua irmã? Surpreendi uma expressão hostil em seu olhar.

— Be-bem — replicou Horatia, com seriedade —, não foi cortês de su-sua parte, não tirá-la para dan-dançar desta vez.

— Mas nunca danço — disse Lethbridge, conduzindo-a na roda.

— Bo-bobagem! Es-está dançando! — disse Horatia.

— Ah, com você — replicou ele. — É diferente.

Separaram-se pelo movimento da dança, mas não sem antes Lethbridge ter notado, com satisfação, o rubor subir à face de Horatia.

Certamente ela gostou disso. Era verdade que Lethbridge quase nunca dançava, e ela já sabia disso. Tinha percebido um ou dois olhares furtivos invejosos acompanhando seu movimento na pista de dança e era jovem demais para não ter consciência de seu triunfo. Rule podia preferir os atrativos mais maduros de Caroline Massey, mas milady Rule lhe mostraria, e ao resto da sociedade elegante, que era capaz de, sozinha, capturar uma presa rara. Independentemente de uma mera simpatia, que ela indubitavelmente sentia em relação a ele, Lethbridge era o homem perfeito para o seu propósito atual. Suas conquistas fáceis, como o Sr. Dashwood, ou o jovem Pommeroy, não corresponderiam de maneira nenhuma. Lethbridge, com sua reputação comprometida, sua languidez arrogante e seu suposto coração de pedra, era um cativo que valia a pena exibir. E se Rule não gostava disso... ora, tanto melhor!

Lethbridge, perfeitamente ciente dessas maquinações sombrias, jogava suas cartas com habilidade. Esperto demais para demonstrar um ardor que achava que assustaria Horatia, tratava-a com admiração temperada e um quê de troça, que ele sabia que ela achava uma tortura. Suas maneiras eram sempre as de um homem anos mais velho do que ela; provocava-a, como em sua recusa a jogar cartas com ela; feria seu amor-próprio ignorando sua presença por metade da noite, dedicando-se a outra dama encantada.

Quando se juntaram de novo, ele disse, com sua aspereza desconcertante:

— Milady, este sinal!

O dedo dela moveu-se, sub-repticiamente, ao minúsculo quadrado de seda preta no canto de seu olho.

— O que, se-senhor?

— Não — disse ele, sacudindo a cabeça. — O Mortífero não, por favor! Não.

Os olhos dela piscaram divertidos. Quando se preparava para a dança de novo, disse por sobre o ombro:

— Qual en-então, por fa-favor?

— O Maroto! — respondeu Lethbridge.

Quando a dança acabou, e ela deveria voltar para perto de Charlotte e Sir Roland, ele pegou-a pelo braço e a levou para a sala em que estavam as bebidas.

— Pommeroy a diverte? A mim não.

— Nã-não, mas tem Char-Charlotte, e talvez...

— Perdoe-me — interrompeu Lethbridge com firmeza —, mas tampouco Charlotte me diverte... Vou buscar-lhe uma taça de ratafia.

Voltou em um instante e lhe deu uma taça pequena. Ficou do lado da sua cadeira, bebericando seu próprio clarete e olhando direto em frente, em um de seus acessos de abstração.

Horatia ergueu os olhos para ele, se perguntando, como fazia tantas vezes, por que ele, de repente, perdia o interesse nela.

— Por que O Maroto, mi-milorde?

Ele relanceou os olhos para baixo.

— Maroto?

— Di-disse que eu devia u-usar o sinal Maroto.

— Eu disse. Estava pensando em outra coisa.

— Oh! — disse Horatia, sentindo-se afrontada.

O sorriso repentino iluminou seus olhos.

— Estava me perguntando quando vai deixar de me tratar tão formalmente de "milorde" — disse ele.

— Oh! — disse Horatia, animando-se. — Ma-mas realmente, se-senhor...

— Mas realmente, senhora!

— Bem... ma-mas como deveria cha-chamá-lo? — perguntou ela, em dúvida.

— Tenho um nome, minha cara. E a senhora também tem... um nome que passarei a usar, com a sua permissão.

— Nã-não acredito que ligue para a mi-minha permissão! — disse Horatia.

— Não muito — admitiu milorde. — Vamos apertar as mãos para selar a barganha, Horry.

Ela hesitou, viu-o rir e sorriu fazendo covinhas.

— Muito bem, Ro-Robert!

Lethbridge curvou-se e beijou a mão que ela lhe estendera.

— Nunca percebi como meu pobre nome poderia soar tão encantador — disse ele.

— Ora! — replicou Horatia. — Estou ce-certa de que não foram poucas as mu-mulheres que o di-disseram antes de mim.

— Mas nenhuma delas me chamou de Ro-Robert — explicou milorde.

Nesse meio-tempo, o visconde, emergindo brevemente da sala de carteado, foi obrigado a responder ao aceno da Srta. Winwood. Atravessou a sala até onde ela estava e perguntou casualmente:

— Então, Charlotte, o que é?

Charlotte aceitou seu braço e o fez acompanhá-la até um dos vãos de janela.

— Pelham, gostaria que não voltasse à sala de jogo. Estou constrangida por causa de Horry.

— Ora, o que a assanhadinha fez agora? — perguntou o visconde, sem dar muita importância.

— Não digo que seja algo mais grave do que a imprudência que, infelizmente, já conhecemos tão bem — replicou Charlotte com seriedade —, mas dançar duas vezes seguidas com o mesmo cavalheiro e sair de braço com ele lhe presta um ar de excentricidade que sei que nossa querida mãe, ou lorde Rule, desaprovariam.

— Rule não é tão moralista. Com quem Horry está?

— Com o cavalheiro que encontramos no Astley's outra noite, acho — replicou Charlotte. — Seu nome é lorde Lethbridge.

— O quê? — exclamou o visconde. — Esse sujeito está aqui? Desgraçado!

A Srta. Winwood apertou as duas mãos em seus braços.

125

— Então, meus temores não são infundados? Gostaria de não falar mal de alguém que, na verdade, mal conheço. Mas desde o momento em que pus os olhos em milorde, ele me despertou uma desconfiança, que a sua conduta hoje não contribuiu em nada para desfazer.

O visconde fez uma carranca sinistra.

— Desconfiou, hein? Bem, não é da minha conta e avisei Horry, mas se Rule não tomar uma atitude firme, logo deixará de ser o homem que acho que é, e acho que deve contar a Horry.

A Srta. Winwood assombrou-se.

— Isso é tudo o que pretende fazer, Pelham?

— Bem, o que mais posso fazer? — perguntou o visconde. — Está achando que vou arrancar Horry de Lethbridge com a ponta da espada?

— Mas...

— Não vou — disse o visconde com determinação. — Ele é um espadachim bom demais. — Com esse discurso insatisfatório se afastou, deixando a Srta. Winwood extremamente confusa e não pouco indignada.

Talvez o visconde parecesse à irmã ter tratado o assunto de maneira insensível, mas estava decidido a mencioná-lo a seu cunhado, de uma maneira que considerava delicada.

Ao sair da sala de carteado no White's, quase colidiu com Rule e disse com grande animação:

— Mas ora, que sorte. Justamente quem eu queria!

— Quanto, Pelham? — perguntou o conde, entediado.

— Na verdade, estava procurando alguém que pudesse me emprestar uma grana — disse o visconde. — Mas como adivinha me deixa perplexo!

— Intuição, Pelham, apenas intuição.

— Bem, me empreste cinquenta libras e as devolverei amanhã. Minha sorte vai mudar.

— O que o faz achar isso? — perguntou Rule, estendendo uma nota de cinquenta.

O visconde a guardou no bolso.

— Estou muito agradecido. Juro que é um bom sujeito. Estou perdendo há uma hora, e um homem não pode perder para sempre. A propósito, Rule, tenho uma coisa a lhe dizer. Nada muito grave, entende, mas sabe como são as mulheres, muito parvas!

— Ninguém sabe melhor disso — replicou o conde. — Portanto, pode deixar por minha conta, meu caro Pelham.

— Cristo, parece saber o que vou dizer antes de eu abrir a boca! — queixou-se o visconde. — Ouça, avisei Horry que ele era perigoso logo no começo. Mas as mulheres são tão tolas!

— Não somente as mulheres — murmurou Rule. — Pode me fazer um favor, Pelham?

— Qualquer coisa! — replicou o visconde, prontamente. — Com prazer!

— É algo pequeno — disse Rule. — Mas eu me tornaria seu devedor se, no futuro, se abstivesse de... ahn... avisar Horry.

O visconde olhou-o surpreso.

— Como quiser, é claro, mas não gosto de ver esse sujeito, o Lethbridge, fazendo a corte à minha irmã! Pode ter certeza!

— Ah, Pelham! — O visconde, que se virara para retornar à sala de jogo, parou e olhou por cima do ombro. — Nem eu — disse Rule pensativamente.

— Oh! — disse o visconde. Teve um flash de compreensão. — Não quer que eu me intrometa, hein?

— Entenda, meu caro rapaz — disse o conde, justificando-se —, na verdade, não sou tão tolo quanto acha que sou.

O visconde sorriu largo, prometeu que não se intrometeria e retornou à sala de jogo, para recuperar o tempo perdido. Cumprindo sua palavra, chegou, na manhã seguinte, em Grosvenor Square e colocou, surpreendentemente, uma nota de cinquenta libras sobre a mesa, diante de Rule. Sua sorte, ao que parecia, tinha virado.

Não sendo do tipo que negligencia oportunidades, passou uma semana obedecendo, desenfreadamente, sua rara boa sorte. Nada menos que cinco apostas suas foram registradas no livro do White's. Ganhou 4 mil no faraó, em uma noite; perdeu seis no *quinze*, na quarta-feira; recuperou e lucrou na quinta-feira; na sexta--feira, entrou na sala de jogo de dados no Almack's e se sentou à mesa de cinquenta guinéus.

— Mas como, Pel, achei que tinha quebrado! — exclamou Sir Roland Pommeroy, que havia estado presente na desastrosa quarta-feira.

— Quebrado? Coisa nenhuma! — replicou o visconde. — Minha sorte está firme. — Continuou a fixar dois pedaços de couro ao redor do pulso para proteger os babados. — Na segunda, apostei com Finch 25 libras como Sally Danvers daria à luz um menino na terça.

— Ficou louco, Pel! — disse o Sr. Fox. — Ela já teve quatro meninas!

— Que os loucos sejam amaldiçoados — citou o visconde. — Recebi a notícia a caminho daqui. Venci.

— O quê? Ela, finalmente, deu um herdeiro a Danvers? — gritou o Sr. Boulby.

— Um herdeiro? — disse o visconde com desprezo. — Dois deles! Ela teve gêmeos!

Depois dessa notícia surpreendente, ninguém duvidou de que os ventos estavam extremamente propícios ao visconde. De fato, um cavalheiro precavido retirou-se para a sala de *quinze*, onde vários jogadores estavam à volta de mesas, em silêncio, com máscaras no rosto para ocultar qualquer emoção que os traísse e com rolos de guinéus na frente.

Enquanto a noite passava, a sorte do visconde, que tinha começado a flutuar de uma maneira incerta, se firmou. Ele iniciou a noite perdendo três vezes seguidas, circunstância que induziu o

Sr. Fox a observar que os caçadores de otários, ou agiotas, que esperavam por ele no que chamava de câmara de Jerusalém, teriam, no lugar dele, o visconde como cliente. No entanto, o visconde logo remediou seu revés tirando o casaco e o recolocando pelo avesso, mudança que respondeu esplendidamente, pois assim que foi feita, ele empurrou, intrepidamente, três rolos para o centro da mesa, anunciou o cinco e ganhou. Por volta da meia-noite, seu ganho, na forma de rolos, notas de dinheiro e várias notas promissórias, cobriam a mesa em seu cotovelo, e o Sr. Fox, que havia perdido muito, pediu sua terceira garrafa.

Havia duas mesas na sala de jogo de dados, as duas redondas e grandes o bastante para acomodar mais de vinte pessoas. Em uma, todo jogador tinha de manter não menos de cinquenta guinéus na sua frente; na outra, a soma era mais moderada, fixada em vinte guinéus. Do lado de cada jogador, havia uma mesa com espaço suficiente para apoiarem o copo ou xícara de chá e uma tigela de madeira com os rolos de guinéus. A sala era iluminada com velas em candelabros suspensos, e a luz era tão intensa que vários jogadores, incluindo o visconde, usavam anteparos de couro na testa para proteger os olhos. Outros, notadamente o Sr. Drelincourt, que apostava febrilmente, arriscando a sorte na mesa de vinte guinéus, usavam chapéus de palha com abas bem largas, que serviam o duplo propósito de proteger os olhos e impedir as perucas de se lançarem por terra. O chapéu do Sr. Drelincourt estava enfeitado de flores e fitas e era considerado muito bonito por vários outros almofadinhas. Tinha vestido um sobretudo de lã, em vez de sua criação azul, e formava um quadro extraordinário bebericando seu chá e lançando os dados, alternadamente. Entretanto era moda usar casacos de lã e chapéus de palha à mesa do jogo, e nem mesmo seus críticos mais severos achavam em sua aparência algo digno de observação.

Durante a maior parte do tempo, o silêncio só era quebrado pelo ruído dos dados e a monótona lenga-lenga das vozes dos *Groom--porters** gritando as chances; mas, de vez em quando, irrompiam fragmentos de conversas desconexas. Logo depois de bater uma hora, brotou com ímpeto uma conversa na mesa de vinte guinéus, um dos jogadores metendo na cabeça anunciar as apostas, na esperança de mudar sua sorte. Alguém, enquanto esperavam por novo par de dados, tinha começado um tópico interessante de fofoca, e uma gargalhada agredindo os ouvidos de lorde Cheston, um jogador nervoso, na outra mesa, fez com que jogasse os dados com um movimento abrupto que virou a sua sorte.

— Cinco a sete e três a dois contra! — cantou o *groom-porter* imparcialmente.

As apostas calaram o barulho da outra mesa, mas quando o silêncio voltou a se impor e lorde Cheston pegou a caixa, a voz do Sr. Drelincourt derivou para a mesa de cinquenta guinéus com uma clareza desastrosa.

— Oh, milorde, protesto. Da minha parte, eu apostaria no sucesso de lorde Lethbridge com a esposa gaga do meu primo! — disse o Sr. Drelincourt, com um risinho.

O visconde, já um tanto inflamado pelo vinho, estava levando seu copo à boca quando essa observação infeliz foi transportada a seus ouvidos. Os olhos azuis cerúleos, ligeiramente toldados, mas ainda assim extraordinariamente inteligentes, flamejaram com uma fúria assassina, e exprimindo explosivamente um "Com mil demônios!", levantou-se de um pulo antes que pudessem detê-lo.

Sir Roland Pommeroy agarrou-o pelo braço.

— Pel, ouça, Pel! Controle-se!

---

* *Groom-porter* era o título conferido pelo rei da Inglaterra ao encarregado de organizar o jogo na corte dos Tudor, que, mais tarde, passou também a controlar os salões de jogo. Por fim, o termo passou a denotar o proprietário ou operador do salão de jogo. (*N. da T.*)

— Deus, ele está bêbado feito um gambá! — disse o Sr. Boulby.

— Aí está um belo escândalo! Pelham, pelo amor de Deus, pense no que está fazendo!

Mas o visconde, tendo se soltado de Pommeroy, já se encaminhava, com determinação, à outra mesa, e dava a impressão de não ter a menor dúvida do que estava fazendo. O Sr. Drelincourt, olhando em volta, assustado ao ver quem se lançava contra ele, deixou seu queixo cair em um terror risível e recebeu o conteúdo do copo do visconde em cheio na cara.

— Maldito rato, tome! — urrou o visconde.

Houve um momento de silêncio, todos em choque, enquanto o vinho pingava da ponta do nariz do Sr. Drelincourt, que olhava espantado para o visconde enfurecido, como se estupidificado.

O Sr. Fox, vindo da outra mesa, segurou lorde Winwood pelo cotovelo e falou com o Sr. Drelincourt, com severidade.

— É melhor pedir desculpas, Crosby — disse ele. — Pelham, acalme-se! Contenha-se, esta não é maneira de se comportar!

— Acalmar-me? — disse o visconde com ferocidade. — Ouviu o que ele disse, Charles! Acha que vou ficar sentado e deixar que um desbocado...

— Milorde! — interrompeu o Sr. Drelincourt, levantando-se e enxugando o rosto com a mão instável. — Eu... eu entendo o motivo de seu aborrecimento. Mas asseguro-lhe que me interpretou mal! Se eu disse alguma coisa que... que deu a impressão de...

O Sr. Fox sussurrou com insistência:

— Deixe isso para lá, Pel! Não pode lutar pelo nome de sua irmã sem provocar um escândalo.

— Dane-se, Charles! — replicou o visconde. — Vou tratar disso à minha maneira. Não gosto do chapéu desse sujeitinho!

O Sr. Drelincourt recuou um passo. Alguém deu uma gargalhada, e Sir Roland disse, sensatamente:

— Isso é bastante razoável. Não gostar do seu chapéu. Isso é muito sensato, se é! Já que mencionou isso, bem, tampouco eu gosto!

— Não, eu não gosto! — declarou o visconde, girando um olhar colérico para a estrutura insultada. — Rosas, nossa!, sobre esta compleição! Cristo, isso me ofende, e como ofende!

O peito do Sr. Drelincourt inflou.

— Senhores, todos são testemunhas de que milorde está embriagado!

— Está recuando, é isso? — disse o visconde, empurrando o Sr. Fox para o lado. — Bem, não vai usar este chapéu de novo! — Puxou a confecção de palha da cabeça do Sr. Drelincourt e jogou-a no chão, triturando-a com seu salto.

O Sr. Drelincourt, que havia suportado, com uma compostura estoica, o insulto de um copo de vinho jogado em sua cara, deu um grito de raiva e pôs as mãos na cabeça.

— Minha peruca! Meu chapéu! Meu Deus, isso passou dos limites! Vai me enfrentar por causa disso, milorde! Eu digo que terá de me enfrentar por causa disso!

— Pode ter certeza! — prometeu o visconde, balançando-se sobre as solas dos pés, as mãos nos bolsos. — Quando quiser, onde quiser, espada ou pistola!

O Sr. Drelincourt, pálido e tremendo de fúria, pediu a milorde que designasse seus padrinhos. O visconde ergueu um sobrolho para Sir Roland Pommeroy.

— Pom? Cheston?

Os dois homens indicados expressaram sua disposição em assisti-lo.

O Sr. Drelincourt informou-os que seus padrinhos os estariam aguardando de manhã e, com uma mesura, de certa maneira, abrupta, deixou a sala. O visconde, sua raiva do insulto a Horatia um pouco abrandada pelo resultado satisfatório do tumulto, retornou à sua mesa e, ali, prosseguiu, em seu melhor humor, até as 8h da manhã.

Por volta do meio-dia, ainda estava na cama e adormecido, quando Sir Roland Pommeroy passou em seu apartamento em Pall Mall e, ignorando os protestos do criado, entrou no quarto de milorde e o acordou rudemente. O visconde sentou-se na cama, bocejando, revolveu os olhos anuviados para o seu amigo e perguntou o que diabos estava errado.

— Não tem nada errado — replicou Sir Roland, sentando-se na beira da cama. — Já acertamos tudo, confortavelmente, como você gosta.

O visconde puxou para trás sua touca de dormir e, desnorteado, lutou para entender o que se passava.

— Acertaram o quê? — perguntou com a voz engrolada.

— Cristo! O seu duelo, homem! — disse Sir Roland, chocado.

— Duelo? — O visconde avivou-se. — Desafiei alguém? Mas isso é formidável!

Sir Roland, lançando um olhar neutro e experiente ao combatente, levantou-se, foi até a bacia e molhou uma das toalhas do visconde na água fria. Torceu-a e, em silêncio, a passou para o visconde, que a pegou, agradecido, e pôs sobre a testa doída. Isso pareceu ajudá-lo a clarear a mente, pois disse:

— Briguei com alguém? Maldição, minha cabeça parece que vai explodir! Que coisa mais diabólica, aquele Borgonha!

— É mais provável que tenha sido o conhaque. Bebeu muito dele — disse Sir Roland desalentadamente.

— Bebi? Sabe, houve alguma coisa relacionada a um chapéu... uma coisa horrível com rosas cor-de-rosa. Estou me lembrando. — Segurou a cabeça, enquanto Sir Roland sentava-se e palitava os dentes com uma paciência meditativa. — Santo Deus! Agora me lembro! Desafiei Crosby! — exclamou, de súbito, o visconde.

— Não, não desafiou — corrigiu Sir Roland. — Ele o desafiou. Você limpou seus pés em seu chapéu, Pel.

— Sim, limpei, mas não foi isso — disse o visconde, sua expressão se tornando mais sombria.

Sir Roland tirou o palito dourado da boca e disse sucintamente:

— Vou lhe dizer uma coisa, Pel, é melhor que seja o chapéu.

O visconde assentiu com a cabeça.

— Isso foi obra do diabo — disse ele, com pesar. — Devia ter-me detido.

— Detido você? — ecoou Sir Roland. — Jogou um copo de vinho na cara dele antes que qualquer um tivesse tempo de perceber o que estava se passando.

O visconde refletiu e sentou-se de novo, com um solavanco.

— Deus do céu, estou feliz por ter feito isso! Você ouviu o que ele disse, Pom?

— Estava bêbado, provavelmente — propôs Sir Roland.

— Não tem uma palavra de verdade naquilo — disse o visconde, com determinação. — Nem uma palavra, Pom, acredita em mim?

— Por Deus, Pel, ninguém nunca achou que tinha! Um combate não é o bastante para você?

O visconde sorriu de maneira acanhada e se recostou na cabeceira da cama.

— O que vai ser? Espadas ou pistolas?

— Espadas — replicou Sir Roland. — Não queremos que se transforme em motivo para morte. Foi acertado que você deverá estar em Barn Elms, na segunda, às 6h.

O visconde concordou com a cabeça, mas pareceu um pouco distraído. Retirou a toalha molhada da testa e olhou para o seu amigo.

— Eu estava bêbado, Pom, foi isso o que aconteceu.

Sir Roland, que, de novo, usava o palito nos dentes, deixou-o cair surpreso e proferiu com a voz entrecortada:

— Você não vai voltar atrás, vai, Pel?

— Voltar atrás? — disse o visconde. — Voltar atrás de um combate? Se eu não o achasse um tolo, Pom, o faria engolir isso, ah, se faria!

Sir Roland aceitou suas palavras envergonhado e pediu perdão.

— Eu estava bêbado — disse o visconde — e não gostei do chapéu de Crosby... Droga! O que ele quer com rosas cor-de-rosa no chapéu? Dá para me explicar?

— Exatamente o que eu disse a mim mesmo — concordou Sir Roland. — Pode-se usar chapéu no Almack's, se quiser. Eu mesmo faço isso, às vezes. Mas rosas cor-de-rosa... não.

— Bem, então foi isso — disse o visconde como se encerrasse o assunto. — Você disse que eu estava embriagado. Foi isso o que aconteceu.

Sir Roland concordou que certamente isso era o que tinha acontecido e pegou seu chapéu e bengala. O visconde se preparou para retomar seu sono interrompido, mas quando Sir Roland abria a porta, abriu um olho e rogou-lhe que não se esquecesse, de maneira nenhuma, de encomendar o desjejum em Barn Elms.

A segunda-feira amanheceu com o tempo bom, uma névoa fria ascendendo prometia um belo dia pela frente. O Sr. Drelincourt, em uma carruagem, acompanhado de seus padrinhos, o Sr. Francis Puckleton e o capitão Forde, chegou em Barn Elms um pouco antes das 6h, essa excessiva pontualidade sendo resultado da irregularidade do relógio do capitão.

— Mas não tem importância — disse o capitão. — Beba um bom copo de conhaque e dê uma olhada no terreno, hein, Crosby?

O Sr. Drelincourt assentiu com um sorriso lívido.

Era o seu primeiro duelo, pois, embora gostasse de proferir discursos iracundos, até aquela sexta-feira fatal, não tinha tido o menor desejo de duelar com ninguém. Quando, no Almack's, vira o visconde vindo na sua direção, tinha ficado apavorado, e estaria perfeitamente disposto a engolir as palavras imprudentes que tinham causado todo o rebuliço se o visconde não tivesse estragado, de maneira tão aviltante, o seu chapéu e sua peruca. O Sr. Drelincourt estava tão habituado a considerar a sua aparência acima de qualquer outra coisa que esse ato brutal havia-lhe provocado um furor realmente heroico. No momento, tinha desejado, genuinamente, trespassar o visconde com a ponta de uma pequena espada, e se tivessem se enfrentado ali, naquele momento, não tinha dúvidas de que teria se saído bem. Infelizmente, a etiqueta não permitia um procedimento tão irregular, e tinha sido obrigado a esperar, impacientemente, por dois dias intermináveis. Quando sua ira se abrandou, deve-se dizer que ele começou a esperar o confronto na segunda-feira com apreensão. Passou grande parte do fim de semana lendo cuidadosamente a *Ecole d'Armes*, de Angelo, uma obra que fez seu sangue gelar nas veias. Tinha, evidentemente, aprendido a arte da esgrima, mas tinha uma noção arguta de que um florete com um botão revestido de couro em sua extremidade apresentava uma aparência muito diferente de uma espada de duelo sem proteção. O capitão Forde congratulou-o por se bater com um oponente do nível do visconde que, disse ele, embora um tanto intrépido, não era nenhum espadachim medíocre. Já havia duelado duas vezes, uma, porém, com pistola, arma em que era considerado muito perigoso. O Sr. Drelincourt só podia se sentir grato por Sir Roland ter escolhido espadas.

O capitão Forde, que parecia sentir um prazer sinistro com o caso, aconselhou-o a se deitar cedo no domingo à noite e, de maneira nenhuma, beber muito. O Sr. Drelincourt obedeceu-lhe irrestritamente, mas passou a noite insone. Enquanto se virava na cama, ideias tresloucadas de induzir suas testemunhas a fazerem um acordo por ele passaram por sua cabeça. Nutriu uma esperança desesperada de o visconde estar, àquela hora, se embebedando além da conta. Se pelo menos um acidente ou uma doença o acometesse! Ou quem sabe pudesse, ele próprio, ser acometido de uma indisposição repentina? Mas na fria luz da alvorada, foi obrigado a abandonar suas maquinações. Não era um homem corajoso, mas tinha lá seu orgulho: não se podia recuar de um compromisso assumido.

O Sr. Puckleton foi a primeira de suas testemunhas a chegar e, enquanto Crosby se vestia, ele, sentado em uma poltrona, com as pernas escarranchadas, apoiava os lábios no cabo de sua comprida bengala e observava seu amigo com olhos melancólicos e reverentes.

— Forde está trazendo as armas — disse ele. — Como se sente, Crosby?

Com uma sensação estranha na boca do estômago, o Sr. Drelincourt respondeu:

— Oh, nunca me senti melhor! Nunca, lhe asseguro.

— Por mim — disse o Sr. Puckleton —, eu deixaria tudo por conta de Forde. Confesso, Crosby, que nunca representei um homem antes. Não faria isso por mais ninguém, só por você. Não suporto ver sangue, sabe? Mas estou levando meus sais comigo.

Então, o capitão Forde chegou com um comprido estojo debaixo do braço. Lorde Cheston, disse ele, tinha-se comprometido a levar um médico, e era melhor Crosby se apressar, pois estava na hora.

O ar da manhã gelou os ossos do Sr. Drelincourt; abraçou a si mesmo em seu sobretudo e sentou-se em um canto da carruagem, escutando a conversa macabra de seus dois companheiros. Não que o capitão ou o Sr. Puckleton falassem sobre duelos; na verdade, conversavam sobre os assuntos mais amenos, tais como a beleza do dia, a quietude das ruas, e a festa *al fresco* da duquesa de Devonshire. O Sr. Drelincourt se pegou odiando-os por sua aparente insensibilidade. Mas quando o capitão mencionou o duelo e lembrou-lhe de lutar com um oponente tão arrojado quanto o visconde com calma e cautela, assumiu uma cor doentia e não respondeu.

Ao chegarem em Barn Elms, pararam em uma hospedaria adjacente ao local do combate, e, ali, o capitão percebeu que seu relógio estava consideravelmente adiantado. Lançando um olhar entendido ao pálido combatente, sugeriu que bebessem um copo de conhaque, pois, disse ao ouvido do Sr. Puckleton:

— Não chegaremos ao campo do combate com o nosso homem, a julgar por sua fisionomia.

O conhaque pouco fez para recuperar o ânimo do Sr. Drelincourt, mas bebeu-o e, pretendendo demonstrar indiferença, acompanhou seus padrinhos à saída dos fundos da hospedaria e ao outro lado do campo, a um terreno agradavelmente situado em uma espécie de pequeno bosque. O capitão Forde disse que ele não poderia ter outro lugar melhor para duelar.

— Dou minha palavra, Crosby, que o invejo! — disse ele, entusiasticamente.

Depois disso, voltaram aos fundos da hospedaria e viram que uma segunda carruagem tinha estacionado, com lorde Cheston e um homenzinho de preto que, segurando um estojo com instrumentos, fez uma profunda reverência a todos. De início, confundiu o capitão Forde com o Sr. Drelincourt, o que foi logo corrigido. Ele fez outra mesura a Crosby e pediu desculpas.

— Asseguro-lhe, senhor, que se o acaso o tornar meu paciente, não vai precisar se alarmar, de maneira nenhuma. Um ferimento por uma espada limpa é uma coisa muito diferente de um ferimento a bala, oh, muito diferente!

Lorde Cheston ofereceu sua caixinha de rapé ao Sr. Puckleton.

— Assistiu a inúmeros desses casos, não, Parvey?

— Santo Deus, sim, milorde! — replicou o cirurgião, friccionando as mãos. — Estava presente quando o jovem Sr. Folliot foi fatalmente ferido no Hyde Park. Ah, isso não foi da sua época, milorde. Um caso triste... nada a ser feito. Morreu no mesmo instante. Terrível!

— No mesmo instante? — repetiu o Sr. Puckleton, empalidecendo. — Oh, espero que não aconteça nada disso... realmente gostaria de não ter consentido no ato!

O capitão riu com desdém e virou-se, dirigindo-se a Cheston.

— Onde está Sir Roland, milorde? — perguntou ele.

— Oh, está vindo com Winwood — replicou Cheston, sacudindo um pouco de rapé que caíra no babado de renda. — Acho que irão direto para o campo. Achamos que era melhor Pom ir e impedir que Winwood dormisse demais. É um verdadeiro inferno conseguir acordar Pel, como vocês sabem.

Uma última e tênue esperança aflorou na alma do Sr. Drelincourt: a de que Sir Roland não conseguisse trazer seu oponente ao campo a tempo.

— Bem — disse o capitão, relanceando os olhos para o relógio —, acho que talvez esteja na hora de irmos para o campo, não, senhores?

O pequeno cortejo pôs-se em marcha mais uma vez, o capitão à frente com lorde Cheston, o Sr. Drelincourt atrás, com seu amigo Puckleton, e o médico fechando a raia.

O Dr. Parvey cantarolava uma cançoneta enquanto atravessava a relva; Cheston e o capitão conversavam casualmente sobre as melhorias em Ranelagh. O Sr. Drelincourt pigarreou uma ou duas vezes e, finalmente, disse:

— Se... se ele me apresentasse suas desculpas, acho que deixaria o assunto morrer, não deixaria, Francis?

— Oh, sim, por favor, faça isso! — concordou o Sr. Pluckleton arrepiando-se. — Sei que vou me sentir horrivelmente nauseado se houver sangue.

— Ele estava bêbado, sabem disso — disse Crosby ansiosamente. — Talvez eu não devesse tê-lo levado a sério. Estou certo de que, agora, deve estar arrependido. Não... não faço objeção a que lhe perguntem se quer se desculpar.

O Sr. Puckleton balançou a cabeça.

— Ele nunca vai fazer isso — opinou. — Já esteve em dois duelos, me disseram.

O Sr. Drelincourt deu uma risada que trepidou de maneira incerta no meio dos dois.

— Bem, espero que ele não tenha passado a noite bebendo.

O Sr. Puckleton estava inclinado a pensar que até mesmo um jovem louco como Winwood não faria isso.

A essa altura, tinham chegado ao campo, e o capitão Forde tinha aberto aquele estojo sinistro. Sobre um forro de veludo estavam duas espadas reluzentes, as lâminas brilhando perversamente à luz pálida do sol.

— Ainda faltam alguns minutos para as 6h — observou o capitão. — Acredito que o seu homem não vai se atrasar, vai?

O Sr. Drelincourt avançou.

— Atrasar? Dou minha palavra que não pretendo esperar e ficar à disposição da conveniência de milorde! Se ele não chegar às 6h, vou presumir que não pretende me enfrentar e voltarei para a cidade.

Lorde Cheston examinou-o com uma certa altivez.

— Não se preocupe, senhor, ele estará aqui.

Da extremidade da clareira era possível ter uma visão da estrada. O Sr. Drelincourt observava agoniado, em suspense, e, à medida que os minutos se arrastavam, foi ficando esperançoso.

Mas assim que ia perguntar a Puckleton as horas (pois estava certo de que devia ter passado da hora), um cabriolé surgiu em boa velocidade estrada abaixo. Aproximou-se do portão que permanecia aberto para a campina e entrou.

— Ah, aí está o seu homem! — disse o capitão Forde. — Às 6h em ponto!

Qualquer esperança que o Sr. Drelincourt porventura ainda acalentasse debandou. O visconde, com Sir Roland Pommeroy do seu lado, estava conduzindo a carruagem ele próprio, e pela maneira como lidava com um cavalo fogoso, era evidente que não estava nem um pouquinho embriagado. Parou na extremidade da clareira e saltou, com agilidade, do assento no alto.

— Não estou atrasado, estou? — disse ele. — Puckleton. Forde. Nunca vi uma manhã tão perfeita em minha vida.

— É, não se veem muitas assim, Pel — comentou Cheston, com um sorriso largo.

O visconde riu. Sua risada pareceu demoníaca ao Sr. Drelincourt.

Sir Roland retirou as espadas do forro de veludo e verificou as lâminas.

— Nenhuma diferença entre elas — disse Cheston, andando calmamente em sua direção.

O capitão deu um tapinha no ombro do Sr. Drelincourt.

— Está pronto, senhor? Fico com seu casaco e sua peruca.

O Sr. Drelincourt teve seu casaco retirado e viu que o visconde, já em mangas de camisa, tinha-se sentado em um cepo e estava tirando as botas de cano alto.

— Um gole de conhaque, Pel? — perguntou Sir Roland, mostrando-lhe um cantil. — Afasta o frio.

A resposta do visconde chegou com clareza aos ouvidos do Sr. Drelincourt.

— Nunca bebo álcool antes de uma luta, meu caro amigo. Distrai o olhar. — Levantou-se de meias e se pôs a arregaçar as mangas. O Sr. Drelincourt, entregando a peruca aos cuidados do Sr. Puckleton, se perguntou por que nunca tinha-se dado conta de como os braços do visconde eram rijos. Percebeu que lorde Cheston estava lhe mostrando duas espadas idênticas. Prendeu a respiração e pegou uma delas, as mãos molhadas.

O visconde recebeu a outra, deu uma estocada, como se testando sua flexibilidade, e ficou esperando, com a ponta ligeiramente apoiada no chão.

O Sr. Drelincourt foi conduzido ao seu lugar; os padrinhos recuaram. Ficou sozinho, de frente para o visconde, que havia sofrido uma espécie de transformação. O bom humor descuidado havia abandonado seu belo rosto, seu olhar errático agora extraordinariamente aguçado e firme, a boca espantosamente inflexível.

— Prontos, senhores? — disse o capitão Forde. — Em guarda!

O Sr. Drelincourt viu a espada do visconde reluzir na saudação e, cerrando os dentes, fez os mesmos movimentos.

O visconde abriu com um golpe perigoso, que o Sr. Drelincourt aparou, mas de que não conseguiu se aproveitar. Agora que a luta tinha-se iniciado, seus nervos irritados se tornaram mais equilibrados; lembrou-se do conselho do capitão Forde e tentou manter uma boa defesa. Quanto a atacar seu oponente, se manteve ocupado demais com a defesa para pensar nisso. Aproveitando uma oportunidade, desferiu um golpe na terceira posição que deveria encerrar o combate. Mas o visconde o aparou e revidou tão rapidamente que o coração do Sr. Drelincourt quase lhe saiu pela boca quando, no mesmo instante, recuperou a guarda.

O suor escorria da testa e a respiração se tornou ofegante. Imediatamente achou perceber uma abertura e deu uma estocada feroz. Algo gélido perfurou seu ombro, e, ao perder o equilíbrio, as espadas de seus padrinhos impeliram sua lâmina oscilante para cima. Ela escapou de sua mão e ele caiu para trás nos braços do Sr. Puckleton, que gritou:

— Meu Deus, ele está morto? Crosby! Oh, há sangue! Não consigo suportar isso!

— Morto? Cristo, não! — disse Cheston com desdém. — Aqui, Parvey, um ferimento nítido no ombro. — Considera-se satisfeito, Forde?

— Acho que sim — resmungou o capitão. — Que raios me partam se já vi um duelo tão insípido! — Olhou com desprezo para a forma prostrada e perguntou ao Dr. Parvey se era um ferimento perigoso.

O médico ergueu os olhos e replicou sorridente:

— Perigoso, senhor? Mas o quê! Nem um pouco. Perdeu apenas um pouco de sangue, e pronto. Um ferimento perfeitamente limpo!

O visconde, vestindo o casaco, disse:

— Bem, estou a fim de comer. Pom, encomendou o desjejum?

Sir Roland, que conferenciava com o capitão Forde, olhou-o por cima do ombro.

— Acha, Pel, que eu me esqueceria de algo assim? Estou perguntando a Forde se ele gostaria de se juntar a nós.

— Oh, mas é claro! — disse o visconde, sacudindo os babados das mangas. — Bem, se estão prontos, também estou, Pom. Estou morto de fome.

Com isso, deu o braço a Sir Roland e foi instruir seu cavalariço a conduzir a carruagem para a frente da hospedaria.

O Sr. Drelincourt, com o ombro enfaixado e o braço na tipoia, foi ajudado a se levantar pelo animado doutor, que lhe assegurou que tinha sofrido um mero arranhão. Sua surpresa ao se ver vivo deixou-o em silêncio por um momento, e então se deu conta de que o terrível combate tinha-se encerrado e que sua peruca estava no chão, ao lado de seus sapatos.

— Meu chinó! — disse ele, com a voz fraca. — Como pôde, Francis! Dê-me a peruca já!

X

Durante vários dias após o duelo com o visconde, o Sr. Drelincourt ficou acamado, um inválido pálido, abatido. Tendo criado antipatia pelo Dr. Parvey, rejeitou todas as ofertas desse membro da faculdade de atendê-lo em seu apartamento e foi para casa somente com o leal, mas abalado, Sr. Puckleton para lhe dar apoio. Partilharam os sais e, ao chegarem a Jermyn Street, o Sr. Drelincourt foi auxiliado a subir a escada até o seu quarto de dormir, enquanto o Sr. Puckleton mandava o criado ir correndo chamar o elegante Dr. Hawkins. O Dr. Hawkins, convenientemente, examinou com gravidade o ferimento e não somente sangrou o Sr. Drelincourt, como ordenou que ficasse deitado por um ou dois dias, e mandou o criado à botica do Graham buscar um dos famosos pós do Dr. James.

O Sr. Puckleton tinha ficado tão perturbado com a fúria da espada do visconde, e tão grato por não estar na posição de seu amigo, que se sentia inclinado a ver o Sr. Drelincourt como uma espécie de herói. E repetiu tantas vezes que era admirável Crosby ter desafiado Winwood tão friamente, que o Sr. Drelincourt começou a sentir como se realmente tivesse se comportado com grande intrepidez. Não ficara menos impressionado do que o Sr.

Puckleton com a habilidade que o visconde tinha demonstrado, e por ter frisado os dois embates anteriores do visconde, logo passou a acreditar que havia sido ferido por um duelista exímio e violento.

Essas reflexões agradáveis foram dispersas pelo aparecimento do conde de Rule, que foi visitar o parente acamado na manhã seguinte.

O Sr. Drelincourt não tinha o menor desejo de se encontrar com Rule naquele momento e apressou-se em enviar uma mensagem lá para baixo dizendo que não estava em condições de receber ninguém. Congratulando-se por ter agido com uma considerável presença de espírito, arrumou de novo os travesseiros e retomou sua leitura do *Morning Chronicle*.

Foi interrompido pela voz agradável do primo.

— Lamento que esteja doente demais para me atender, Crosby — disse o conde, entrando no quarto.

O Sr. Drelincourt levou um susto prodigioso, deixando o *Morning Chronicle* cair. Seus olhos se esbugalharam ao ver Rule, e ele replicou, entre alarmado e indignado:

— Eu disse ao criado que não podia receber visitas!

— Sei que disse — replicou o conde, pondo seu chapéu e bengala em uma cadeira. — Ele transmitiu a mensagem apropriadamente. A não ser que me segurasse, nada conseguiria me deter. Nada, meu caro Crosby!

— Não consigo atinar com o que o tornaria tão ansioso por me ver — disse o Sr. Drelincourt, se perguntando o quanto milorde saberia.

O conde pareceu surpreso.

— Mas como seria de outra maneira, Crosby? Meu herdeiro gravemente ferido, e eu não estar ao seu lado? Ora, ora, meu caro amigo, não deve acreditar que eu seja tão insensível!

— É muito atencioso, Marcus, mas ainda estou fraco demais para conversar — disse o Sr. Drelincourt.

— Deve ter sido um ferimento extremamente grave, Crosby — disse o conde, solidário.

— Oh, quanto a isso, o Dr. Hawkins não considera o meu caso sem esperança. Uma estocada profunda e perdi uma quantidade tremenda de sangue, e tive muita febre, mas o pulmão saiu ileso.

— Você me tranquiliza, Crosby. Temi ser chamado para providenciar suas obséquias. Um pensamento triste!

— Muito! — disse o Sr. Drelincourt, observando-o com ressentimento.

O conde puxou uma cadeira e se sentou.

— Sabe, tive a sorte de encontrar seu amigo Puckleton — explicou ele. — O relato que fez do seu estado me alarmou. Esta minha credulidade estúpida, é claro. Refletindo melhor, percebo que deveria ter adivinhado, a partir de sua descrição do manejo da espada de Pelham, que ele era propenso a exagerar.

— Oh — disse o Sr. Drelincourt, com um riso constrangido. — Não professo ser páreo para Winwood na esgrima!

— Meu caro Crosby, não o considero um mestre, mas isso, certamente, é uma modéstia exagerada, não?

O Sr. Drelincourt replicou inflexivelmente:

— Milorde Winwood é reputado como um expoente da arte, creio eu.

— Bem, não — replicou o conde, considerando a sua opinião. — Eu não diria que é medíocre. Talvez fosse um julgamento excessivamente severo. Digamos, um esgrimista mediano.

O Sr. Drelincourt juntou, com uma mão trêmula, as partes espalhadas do *Morning Chronicle*.

— Muito bem, milorde, muito bem, e isso é tudo o que tem a dizer? Recebi ordens de repousar, sabe?

— Ah, me fez lembrar — disse o conde. — Lembro-me de que havia mais alguma coisa. Ah, sim, me lembrei! Diga-me, Crosby... se não estiver exausto demais com esta minha visita cansativa, é claro... por que desafiou Pelham a um duelo? Estou morrendo de curiosidade.

O Sr. Drelincourt lançou-lhe um olhar rápido.

— Oh, pode perguntar! Na verdade, acho que eu deveria ter levado em conta o estado de milorde. Bêbado, sabe, completamente bêbado!

— Você me constrange. Mas continue, caro primo, por favor, continue!

— Foi ridículo... um típico acesso de irritação de um bêbado, estou convencido. Milorde desaprovou o chapéu que eu estava usando no salão de carteado. Seu comportamento foi violento. Em resumo, antes de eu ter tempo de perceber o que ia fazer, arrancou o chapéu da minha cabeça. Há de concordar que fiquei sem outra alternativa a não ser pedir-lhe satisfação.

— Certamente — concordou Rule. — Ahn... suponho que esteja satisfeito, não, Crosby? — O Sr. Drelincourt olhou-o iradamente. O conde cruzou as pernas. — É estranho como se passam informações falsas — cismou o conde. — Disseram-me, e uma fonte que pensei ser digna de confiança, que Pelham jogou um copo de vinho na sua cara.

Houve uma pausa desconfortável.

— Bem, quanto a isso... milorde estava fora de si, não era responsável, entende.

— Então ele jogou mesmo o vinho na sua cara, Crosby?

— Sim, oh, sim! Já disse, ele foi muito violento, estava fora do juízo perfeito.

— Parece até que ele estava provocando uma briga, não parece? — sugeriu Rule.

— Acho que sim, primo. Ele estava querendo arrumar confusão — murmurou o Sr. Drelincourt, remexendo em sua tipoia. — Se estivesse presente, saberia que não havia nenhum motivo.

— Caro Crosby, se eu estivesse presente — disse Rule, calmamente —, meu bem-intencionado, mas mal orientado, jovem parente não teria cometido nenhuma dessas agressões contra a sua pessoa.

— Nã... não, primo? — gaguejou o Sr. Drelincourt.

— Não — replicou Rule, levantando-se e pegando sua bengala e seu chapéu. — Ele teria deixado a questão em minhas mãos. E eu, Crosby, teria usado a bengala, não um espadim.

O Sr. Drelincourt pareceu se encolher entre os travesseiros.

— Eu... eu não entendi o que quis dizer, Marcus!

— Gostaria que eu explicasse melhor? — perguntou o conde.

— Realmente, eu... realmente, Marcus, esse tom...! Meu ferimento... imploro que saia! Não estou em condições de prosseguir esta conversa, que afirmo não estar entendendo. Além do mais, estou esperando o médico!

— Não se alarme, primo — disse o conde. — Não vou tentar aprimorar a obra de Pelham, desta vez. Mas não deve se esquecer de agradecer, em suas orações, por este ferimento. — Com essas palavras de despedida, proferidas suavemente, saiu do quarto, fechando, calmamente, a porta, atrás de si.

O Sr. Drelincourt talvez se sentisse um pouco mais confortado se soubesse que seu último adversário tinha se saído não muito melhor nas mãos do conde.

Rule, ao visitar Pelham, mais cedo, não tivera muita dificuldade em lhe extrair toda a história, se bem que, no começo, o visconde tenha tentado manter-se fiel ao relato que o Sr. Drelincourt apresentou depois. Entretanto, com aqueles olhos cinza encarando com firmeza os seus e aquela voz indolente pedindo para que falasse a verdade, tinha hesitado e acabado contando exatamente o que tinha acontecido. Rule escutou com atenção, em silêncio, flagrantemente sem se admirar, e, no fim, disse:

— Ah. Devo agradecê-lo por esse ato heroico, Pelham?

O visconde, que estava no meio do seu desjejum, fortaleceu-se com uma grande dose de *ale* e replicou airosamente:

— Bem, não nego que tenha agido irrefletidamente, mas eu estava um pouco bêbado, sabe?

— O pensamento do que você poderia ter-se sentido compelido a fazer se estivesse mais do que um pouco embriagado me parece singularmente enervante — observou o conde.

— Droga, Marcus, está me dizendo que teria me feito ignorar isso? — perguntou Pelham.

— Oh, de maneira nenhuma! — replicou Rule. — Mas se tivesse evitado assumir isso em público, eu teria ficado em dívida com você.

O visconde trinchou um pedaço de carne.

— Não precisa temer nada — disse ele. — Providenciei para que ninguém comentasse. Mandei Pom atribuir a desfeita ao fato de eu estar bêbado.

— Foi, de fato, um ato previdente de sua parte — disse Rule secamente. — Sabe, Pelham, que estou quase irritado com você?

O visconde pôs seu garfo e faca no prato e disse resignadamente:

— Raios me partam se entendo por quê!

— Tenho uma antipatia natural por ser obrigado a antecipar um ato — disse Rule. — Achei que tivéssemos concordado com que eu... ahn... trataria dos meus assuntos sozinho, e da minha própria maneira.

— Pois, pode tratar — disse o visconde. — Não o estou impedindo.

— Meu caro Pelham, você, tenho certeza, já causou o dano. Até essa lamentável ocorrência, a simpatia de sua irmã por Lethbridge não chegava ao ponto de chamar qualquer... ahn... atenção indevida.

— Chamou a atenção daquele pequeno verme — objetou o visconde.

— Por favor, Pelham, eu lhe peço, permita ao seu cérebro a indulgência de raciocinar um pouco — disse o conde com um suspiro. — Esquece-se de que Crosby é meu herdeiro. A única emoção consistente que o vi expressar em toda a sua vida foi a sua violenta aversão ao meu casamento. E tornou isso do conhecimento de todos. De fato, percebo que virou uma piada nos círculos elegantes. Sem a sua interferência intempestiva, meu caro rapaz, penso que o seu comentário teria sido considerado mero despeito.

— Oh — disse o visconde, desconcertado. — Entendo.

— Eu tinha esperança de que sim — disse Rule.

— Mas Marcus, então foi despeito! Maldito despeito!

— Certamente — concordou Rule. — Mas quando o irmão da dama explode em uma fúria nobre... não pense que não simpatizo com você, meu caro Pelham, simpatizo do fundo do meu coração, e leva a coisa tão a sério a ponto de provocar uma disputa a contragosto e divulgar um desafio velado ao mundo de modo geral, fez isso, não fez, Pel? Ah, sim, eu tinha certeza! Bem, continuando... um desafio velado para o caso de alguém se atrever a repetir o escândalo... ora, há assunto bastante para especulação! Neste momento, imagino que não deva haver sequer um par de olhos que não esteja fixo em Horry e Lethbridge. O que, sem a menor dúvida, devo agradecer a você.

O visconde sacudiu a cabeça, desalentado.

— Foi grave assim? Sou um idiota, Marcus, é isso o que eu sou. Sempre fui, sabe. Para dizer a verdade, eu estava disposto a lutar com o sujeito. Devia tê-lo deixado engolir suas palavras. Acredite, ele as teria engolido.

— Tenho certeza de que sim — concordou Rule. — Mas agora é tarde demais. Não se aflija, Pelham. Pelo menos teve a distinção de ser o único homem na Inglaterra a ter conseguido provocar Crosby a um duelo. Onde o feriu?

— No ombro — replicou o visconde, a boca cheia de carne. — Podia tê-lo matado meia dúzia de vezes.

— Podia? — disse Rule. — Ele deve ser um péssimo esgrimista.

— Ele é — replicou o visconde com um sorriso largo.

Tendo visitado os dois participantes do recente duelo, o conde passou no White's para dar uma olhada nos jornais. A sua entrada em uma das salas pareceu interromper a conversa em voz baixa que atraía a atenção de várias pessoas reunidas em um canto. A conversa cessou de estalo, para ser retomada quase imediatamente após, dessa vez, bem audível. Mas o conde de Rule, sem nada demonstrar, não supôs que o assunto da discussão anterior fosse cavalos de corrida.

Almoçou no clube e logo depois voltou para casa, em Grosvenor Square. Milady, ele foi informado, estava em seus aposentos.

Esse apartamento, que tinha sido decorado por Horatia em nuances de azul, ficava no fundo da casa, no segundo andar. O conde subiu, com um ligeiro sulco entre as sobrancelhas. Foi parado na metade do caminho pela voz do Sr. Gisborne, chamando-o do patamar embaixo.

— Milorde — disse o Sr. Gisborne. — Estava esperando que retornasse.

O conde fez uma pausa e olhou para baixo, uma mão apoiada no corrimão.

— Mas que encantador de sua parte, Arnold!

O Sr. Gisborne, que conhecia bem o conde, deu um suspiro aflito.

— Milorde, se dispusesse de apenas alguns minutos para dar uma olhada em algumas contas que tenho aqui!

O conde sorriu conciliatoriamente.

— Caro Arnold, vá para o inferno! — disse ele, e subiu a escada.

— Mas, senhor, não posso agir sem a sua autorização! Uma conta por um faetonte, de um construtor de carruagens! É para ser paga?

— Caro rapaz, é claro que sim. Por que me pergunta?

— Não é uma de suas contas, senhor — disse o Sr. Gisborne, com uma expressão severa.

— Sei disso — disse o conde, achando certa graça. — Uma das contas de lorde Winwood, creio. Pague-a, meu caro amigo.

— Está bem, senhor. E o caso do Sr. Drelincourt?

Ao ouvir isso, o conde, que estivera absorto alisando uma prega em sua manga, ergueu os olhos.

— Está me perguntando sobre o estado de saúde do meu primo, ou o quê? — perguntou ele.

O Sr. Gisborne pareceu perplexo.

— Não, senhor, eu falava de sua questão financeira. O Sr. Drelincourt escreveu há cerca de uma semana, declarando suas dificuldades, mas o senhor não o atendeu.

— Acha-me desagradavelmente impertinente, Arnold? Estou certo de que deve achar. Está na hora de eu reparar isso.

— Quer dizer que vai examinar as contas, senhor? — perguntou o Sr. Gisborne, esperançoso.

— Não, meu caro rapaz, não. Mas pode... ahn... usar seu próprio discernimento na questão das dificuldades do Sr. Drelincourt.

O Sr. Gisborne deu uma breve risada.

— Se eu tivesse de usar o meu próprio discernimento, senhor, as exigências incessantes do Sr. Drelincourt, explorando a sua generosidade, iriam direto para o fogo! — disse ele sem rodeios.

— Exatamente — assentiu o conde, e prosseguiu subindo a escada.

O *boudoir* cheirava a rosas. Havia grandes vasos com rosas no quarto: rosas vermelhas, rosas e brancas. No meio desse caramanchão, enroscada sobre um sofá com o rosto nas mãos, Horatia estava deitada, adormecida.

O conde fechou a porta sem fazer barulho e atravessou o espesso tapete Aubusson até o sofá. Ali permaneceu em pé, por um momento, olhando a sua mulher.

Ela formava um quadro bonito, seus cachos sem pó, penteado solto, no estilo francês chamado de *Grècque à boucles badines*, e um ombro alvo projetando-se da renda do seu *négligé*. Um raio de sol, atravessando uma das janelas, refletia-se em sua bochecha. Ao ver isso, o conde foi até a janela e puxou a cortina de modo a fechá--la um pouco. Ao se virar, Horatia mexeu-se e abriu seus olhos sonolentos que pousaram nele e se escancararam. Ela sentou-se.

— Milorde? A-adormeci. Quer fa-falar comigo?

— Quero — replicou Rule. — Mas não pretendia acordá-la, Horry.

— Oh, não tem im-importância! — Olhou para ele com an-siedade. — Veio me re-repreender por jogar *loo* ontem à noite? Ganhei, sa-sabia?

— Querida Horry, que marido desagradável eu devo ser! — disse o conde. — Só a procuro quando quero repreendê-la?

— Nã-não, é claro que não! Mas a-achei que po-podia ser i-isso. É al-alguma coisa desa-desagradável?

— Eu não chamaria de desagradável — replicou Rule. — Eu diria antes um pouco cansativa.

— Oh, Cris-Cristo! — exclamou Horatia com um suspiro. Ela lançou-lhe um olhar desconfiado. — Vai se-ser um marido desa--desagradável, senhor. Sei que va-vai.

— Não — replicou Rule —, mas receio que vá aborrecê-la, Hor-ry. Meu deplorável primo tem unido seu nome ao de Lethbridge.

— U-unido meu no-nome! — repetiu Horatia. — Bem, real-mente a-acho Cros-Crosby o ser mais re-repulsivo que e-existe! O que e-ele disse?

— Algo muito grosseiro — replicou o conde. — Não vou cons-trangê-la repetindo-o.

— A-acho que ele pen-pensa que estou a-apaixonada por Ro--Robert — disse Horatia francamente. — Mas não es-estou e nã-não ligo a mí-mínima para o que ele diz!

— Certamente não. Ninguém dá importância para o que Crosby diz. Mas infelizmente ele disse isso perto de Pelham, que, insensatamente, lhe desafiou.

Horatia bateu palmas.

— Um du-duelo! Oh, que fan-fantástico! — Ocorreu-lhe um pensamento. — Mar-Marcus, Pelham foi fe-ferido?

— Não, nada. O ferido foi Crosby.

— Fico contente em saber disso — disse Horatia. — Ele me--merece ser fe-ferido. É cla-claro que você não acha que isso iria me a-aborrecer, a-acha?

Ele sorriu.

— Não. É a sequela disso que receio que possa aborrecê-la. É necessário que mantenha distância de Lethbridge. Está entendendo, Horry?

— Não — replicou Horatia, de forma direta. — Nã-não estou!

— Então, tentarei explicar. Você tornou Lethbridge seu amigo... ou devo dizer que você optou por ser sua amiga?

— É a mes-mesma coisa, senhor.

— Pelo contrário, minha cara, há uma grande diferença. Mas independentemente disso, você está sempre, creio eu, em sua companhia.

— Não te-tem nada de mais ni-nisso, senhor — disse Horatia, suas sobrancelhas começando a baixar.

— Absolutamente nada — replicou o conde placidamente. — Mas vai ter de perdoar eu falar tão francamente, Horry, já que Pelham, aparentemente, considerou a questão digna de um duelo. Há pouquíssimas pessoas que acreditarão que realmente não há nada demais nisso.

Horatia enrubesceu, mas respondeu sem rodeios:

— Não ligo pa-para o que as pessoas a-acham! O se-senhor mesmo disse que sabe que nã-não tem nada ni-nisso, por-portanto se não se im-importa, ninguém mais precisa se im-importar!

Ele ergueu os sobrolhos ligeiramente.

— Querida Horry, pensei ter deixado bastante claro, desde o começo, que me importo.

Horatia torceu o nariz e pareceu mais revoltada do que nunca. Ele observou-a por um momento, depois se curvou, e pegando suas mãos levantou-a.

— Não faça cara feia para mim, Horry — disse ele extravagantemente. — Faria o favor, por mim, de desistir dessa amizade com Lethbridge?

Ela olhou-o espantada, hesitando entre dois sentimentos. As mãos de Rule deslizaram de seu braço para os seus ombros. Ele estava sorrindo, metade por achar certa graça, metade por ternura.

— Querida, sei que sou velho e apenas seu marido, mas nós dois podemos nos entender bem melhor do que isso.

A imagem de Caroline Massey surgiu nítida na frente dela. Ela se afastou bruscamente e disse, com um nó na garganta:

— Mi-milorde, combinamos nã-não interferir um na vida do ou-outro. Tem de a-admitir que não in-interfiro na sua, na ver--verdade, não te-tenho o menor desejo de in-interferir, po-posso lhe garantir. Não vou dis-dispensar Ro-Robert só-ó porque tem me-medo do que as pe-pessoas vulgares po-podem dizer.

O sorriso tinha abandonado seus olhos.

— Entendo. Ah, Horry, um marido tem algum direito de mandar, já que não pode pedir?

— Se as pe-pessoas comen-comentam, a culpa é-é toda sua! — disse Horatia, ignorando suas palavras. — Se, pelo menos, fosse e-educado com Ro-Robert também, e... e a-amável, ninguém fa--falaria nada!

— Receio que isso seja impossível — replicou o conde, secamente.

— Por quê? — perguntou Horatia.

Ele pareceu refletir.

— Por um motivo que... ahn... se tornou passado, minha cara.

— Muito bem, se-senhor, e qual é ele? Pre-pretende contá-lo a mim?

A boca do conde estremeceu.

— Admito que me pegou, Horry. Não pretendo contá-lo.

Ela falou enfurecida:

— Verdade, milorde? Não va-vai me dizer po-por que mas espera que eu me a-afaste de Ro-Robert?

— Reconheço que soa um pouco arbitrário — admitiu o conde, pesarosamente. — O caso, entende, não envolve somente a mim. Mas ainda que eu não possa divulgá-la, a razão é suficiente.

— Mu-muito interessante — disse Horatia. — É-é uma pena que eu não po-possa julgar por mi-mim mesma. Pois de-devo lhe dizer, se-senhor, que nã-não tenho a menor in-intenção de me a-afastar de meus amigos só porque seu ho-horrível primo fala coisas repul-pulsivas a meu res-respeito!

— Então, receio que terei de tomar providências para que minha ordem seja cumprida — disse o conde, sem se perturbar.

Ela retorquiu exasperada.

— Não po-pode me coa-coagir a obedecer-lhe, mi-milorde!

— Que palavra mais feia, minha querida! — observou o conde. — Estou certo de que nunca coagi ninguém.

Ela sentiu-se um tanto desconcertada.

— Por fa-favor, o que pretende fa-fazer, se-senhor?

— Querida Horry, já não lhe disse? Pretendo pôr um fim na intimidade entre você e Robert Lethbridge.

— Be-bem, não po-pode fazer isso! — declarou Horatia.

O conde abriu sua caixa de rapé e aspirou uma pitada, de maneira fleumática.

— Não? — disse ele, cortesmente interessado.

— Não!

Fechou a caixa de rapé e limpou sua manga com lenço debruado de renda.

— Não te-tem mais nada a di-dizer? — perguntou Horatia, espicaçada.

— Mais nada, minha querida — replicou o conde, com um bom humor sereno.

Horatia emitiu um som semelhante ao de uma gatinha enraivecida e retirou-se bruscamente do aposento.

XI

Nenhuma mulher geniosa resistiria, é claro, à tentação de fomentar a questão, e Horatia tinha bastante gênio. Saber que os olhos da sociedade elegante estavam fixos nela fez crescer o desafio em seu comportamento. O fato de alguém se atrever a supor que ela, Horry Winwood, tinha-se apaixonado por Lethbridge era uma presunção ridícula, que só podia ser tratada com escárnio. Podia estar atraída por Lethbridge, mas havia uma razão irrefutável para ela não estar nem um pouquinho apaixonada por ele. A razão tinha 1,80 metro de altura, e, usando o jargão vulgar, seria demonstrado que se um pode fazer o outro também pode. E se o conde de Rule podia ser incitado a agir, tanto melhor. Horatia, seu aborrecimento inicial tendo evaporado, estava impaciente para ver o que ele faria. Mas teria de perceber que sua mulher não tinha a menor intenção de dividir seus favores com a amante.

Portanto, com o louvável objetivo de provocar ciúme, em milorde, Horatia tentou imaginar algo ultrajante a fazer.

Não demorou a que lhe ocorresse o quê. Aconteceria um *ridotto* em Ranelagh, ao qual, para dizer a verdade, ela havia descartado a ideia de ir, já que Rule tinha-se recusado, peremptoriamente, a acompanhá-la. Haviam discutido um pouco por causa disso, mas Rule tinha encerrado o assunto dizendo, jocosamente:

— Acho que não iria gostar, minha querida. Não vai ser um evento muito elegante, sabe?

Horatia estava ciente que *ridottos* públicos eram desprezados pela classe refinada como mascaradas vulgares e acatou a decisão do conde de bom grado. Ouvira todo tipo de história escandalosa dos excessos cometidos em tais entretenimentos e não tinha, realmente, nenhuma vontade, além de uma certa curiosidade, de comparecer a um.

Mas agora que a batalha com o conde estava declarada, a questão adquirira um nova feição, e, de imediato, pareceu eminentemente desejável a ela comparecer ao *ridotto* de Ranelagh, com Lethbridge, é claro, acompanhando-a. Não haveria por que temer um escândalo, já que os dois estariam mascarados, e a única pessoa a saber da travessura seria milorde Rule. E se isso não o fizesse reagir, nada mais faria.

O passo seguinte era aliciar Lethbridge. Ela havia receado que isso fosse um pouco difícil (já que ele estava tão preocupado em não macular a reputação dela), mas acabou sendo fácil.

— Levá-la ao *ridotto* em Ranelagh, Horry? — disse ele. — Mas por quê?

— Por-porque quero ir e Ru-Rule não quer... não po-pode me le-levar — replicou Horatia, apressando-se em se corrigir.

Os olhos brilhantes de Lethbridge contiveram o riso.

— Mas que grosseiro!

— I-isso não tem im-importância — disse Horatia. — Pode me le-levar?

— É claro que sim — replicou Lethbridge, curvando-se sobre sua mão.

Sendo assim, cinco noites depois, a carruagem de lorde Lethbridge estacionou em Grosvenor Square, e milady Rule, de vestido de baile, um dominó cinza sobre o braço, e uma máscara de mão pendendo de seus dedos, surgiu da casa, desceu os degraus da entrada e entrou na carruagem. Tinha deixado, deliberadamente, uma mensagem para lorde Rule com o porteiro:

— Se milorde perguntar por mim, diga-lhe que fui a Ranelagh — disse ela airosamente.

A sua primeira visão de Ranelagh fez com que se sentisse feliz por ter ido, independentemente do objetivo original da aventura. Milhares de lampiões dourados dispostos com bom gosto iluminavam os jardins. Acordes flutuavam no ar e uma multidão de pessoas alegres, usando dominós, ocupavam as alamedas de cascalhos. Nas diversas rotundas e tendas espalhadas pelo terreno, eram oferecidas bebidas leves, enquanto se dançava no pavilhão propriamente dito.

Horatia, observando a cena através da brecha em sua máscara, virou-se impulsivamente para Lethbridge, que usava um dominó escarlate pendendo aberto de seus ombros, e gritou:

— Es-estou tão feliz por ter-termos vindo! Ve-veja só que bo- -bonito! Nã-não está en-encantado com isso, Ro-Robert?

— Em sua companhia, sim — replicou ele. — Gostaria de dan-çar, minha querida?

— Sim, é cla-claro! — replicou Horatia com entusiasmo.

Não havia nada que pudesse chocar a pessoa mais decorosa no comportamento dos que estavam no salão de baile, mas Horatia abriu um pouco os olhos com a visão de um certo tumulto criado pelo esforço para conseguir a posse da máscara de uma mulher, à margem do lago, sob a varanda. A mulher fugia com risinhos estridentes e afetados, perseguida por seu cavalheiro. Horatia não disse nada, mas pensou que Rule talvez tivesse razão em não querer que sua mulher frequentasse *ridottos* públicos.

Entretanto, justiça seja feita, lorde Lethbridge mantinha sua protegida longe de qualquer divertimento grosseiro, e ela continuou a se distrair com o entretenimento da noite. De fato, como disse durante a ceia, foi a aventura mais deliciosa que se poderia imaginar, e só faltava uma coisa para que fosse perfeita.

— Santo Deus, Horry, o que deixei de fazer? — perguntou Lethbridge jocosamente.

Ela sorriu formando covinhas.

— Bem, Ro-Robert, acho que se-seria a festa mais bo-bonita que já fui se pu-pudéssemos jogar car-cartas juntos!

— Oh, que marota! — disse ele baixinho. — Vai chocar o homem solitário na tenda ao lado, minha querida.

Horatia ignorou isso, a não ser comentar que as chances de ele ser um estranho eram de dez para uma.

— Não gos-gosta de dançar, Ro-Robert, sabe que não! E que--quero testar minha des-destreza com você.

— Bastante ambiciosa, Horry — provocou ele. — Eu já jogava cartas quando a senhora bordava. E posso apostar que jogava melhor do que a senhora bordava.

— Li-Lizzie finalizava os bordados por mim — admitiu Horatia. — Mas jogo cartas mui-ito melhor do que co-costuro, posso lhe garantir. Ro-Robert, por que não que-quer?

— Acha que eu tosquiaria um cordeiro tão pequeno? — perguntou ele. — Não tenho coragem!

Ela inclinou o queixo.

— Tal-talvez seja eu a tos-tosquiá-lo, senhor! — replicou ela.

— Sim... se eu permitir — sorriu ele. — E é claro que, sem dúvida, permitirei.

— Dei-deixar eu ganhar? — disse Horatia com indignação. — Não so-sou uma criança, se-senhor! Se jo-jogo, jogo a sé-sério.

— Está bem — disse Lethbridge. — Jogaremos... a sério.

Ela bateu palmas, fazendo o homem que estava sozinho na tenda ao lado se virar para olhá-la.

— Va-vai mesmo?

— *Piquet*... e uma certa aposta — replicou Lethbridge.

— Es-está bem, é claro. Não me im-importo de jogar a-alto, sa-sabe?

— Não jogaremos por guinéus, minha querida — disse Lethbridge, acabando o champanhe em sua taça.

Ela franziu o cenho.

— Rule não go-gosta que eu a-aposte minhas joias — disse ela.

— De jeito nenhum! Jogaremos algo mais alto do que isso.

— Santo Cristo! — exclamou Horatia. — O quê, então?

— Por um cacho, um cacho precioso... de seu cabelo, Horry — replicou Lethbridge.

Ela recuou instintivamente.

— Isso é uma bobagem — disse ela. — Além do mais... eu não poderia.

— Achei que não — disse ele. — Perdoe-me, minha querida, mas, como vê, não é uma jogadora de verdade.

Ela ruborizou-se.

— Sou! Mas não posso jo-jogar com o se-senhor por um cacho de cabe-belo! É i-idiota, e não devo. Além di-disso, o que a-apostaria em troca?

Ele pôs a mão na gravata Mechlin em seu pescoço e retirou um prendedor curioso, que quase sempre usava. Era um camafeu com a figura da deusa Atena com seu escudo e coruja, e parecia muito antigo. Segurou-o na palma da mão para que Horatia o visse.

— Tem passado pela minha família há muitos e muitos anos — disse ele. — Eu o apostarei contra um cacho do seu cabelo.

— É uma herança? — perguntou ela, tocando-o com a ponta do dedo.

— Quase — disse ele. — Há uma lenda encantadora ligada a ele: que nenhum Lethbridge jamais deixará que o tirem de si.

— E que-quer realmente a-apostá-lo? — perguntou Horatia, abismada.

163

Ele o prendeu de novo na gravata.

— Por um cacho do seu cabelo, sim — respondeu ele. — Eu *sou* um jogador.

— Nu-nunca diga que eu não so-sou! — disse Horatia. — Jogarei com o se-senhor por meu cabe-belo! E para mostrar que re-realmente jogo a sé-sério.... — Pôs a mão dentro da sua bolsinha procurando alguma coisa. — Aqui es-está! — Suspendeu uma tesoura.

Ele riu.

— Mas que sorte, Horry!

Ela guardou a tesoura de volta na bolsa.

— Ain-inda não ga-ganhou, senhor!

— É verdade — concordou ele. — Digamos, uma melhor de três partidas.

— Fe-feito! — disse Horatia. — A-acabei de comer e gos-gostaria de jogar a-agora.

— Com muito prazer! — Lethbridge curvou-se, levantou-se e ofereceu seu braço.

Ela pôs a mão sobre ele, e saíram juntos da tenda, percorrendo o caminho que os separava do pavilhão principal. Ladeando um grupo que conversava animado, Horatia disse, com sua gagueira pronunciada:

— Onde va-vamos jogar, Ro-Robert? Não nes-nesta sala lo-lotada! Não se-seria discreto.

Uma mulher alta em um dominó verde-maçã virou o rosto rapidamente, viu Horatia, e seus lábios se separaram surpresos.

— É claro que não — disse Lethbridge. — Jogaremos na pequena sala que a senhora gostou, que dá para a varanda.

O dominó verde imobilizou-se, aparentemente perdida ou surpresa ou em meditação, e só foi despertada de novo para o mundo por uma voz murmurando:

— Com licença, senhora.

Ela percebeu que estava bloqueando o caminho de um grande dominó preto e se afastou para o lado com uma palavra de desculpas.

Embora se escutasse música vinda de todos os lados do jardim, os violinistas que arranhavam seus instrumentos no salão de baile estavam momentaneamente silenciosos. O pavilhão estava deserto, pois o intervalo para a ceia ainda não tinha-se esgotado. Horatia atravessou o salão vazio de braço com Lethbridge, e estava para sair para a varanda iluminada pelo luar, quando alguém que entrava quase colidiu com ela. Era o homem de dominó preto, que devia ter vindo do jardim subindo a escada da varanda. Os dois se detiveram no mesmo instante, mas, de uma maneira inexplicável, a barra rendada da saia de Horatia ficou presa sob o pé do estranho. Houve o ruído de um rasgão, uma exclamação de Horatia, e o pedido de desculpas do ofensor.

— Oh, peço mil desculpas, senhora! Perdoe-me, por favor! De maneira nenhuma eu... Não sei como pude ser tão desajeitado.

— Não tem i-importância, se-senhor — replicou Horatia, impassivelmente, pegando a saia e atravessando para a varanda.

O dominó preto se afastou para que Lethbridge a seguisse, pedindo desculpas mais uma vez e, em seguida, retirando-se para o salão.

— Que irritante! — disse Horatia, olhando para o babado rasgado. — Vou ter de ir prendê-lo. É claro que não terá conserto.

— Devo tomar-lhe satisfação? — disse Lethbridge. — Cristo, ele merece! Como conseguiu pisar em seu vestido?

— Só De-Deus sabe! — replicou Horatia. Deu um risinho. — Ele ficou ter-terrivelmente constrangi-ido, não ficou? On-onde o encontro, Ro-Robert?

— Vou esperá-la aqui — respondeu ele.

— E depois, va-vamos jogar?

— E depois vamos jogar — concordou ele.

— Vol-volto em um i-instante — prometeu Horatia, com otimismo, e desapareceu no salão.

Lorde Lethbridge dirigiu-se ao parapeito que rodeava o terraço e ali ficou, as mãos apoiadas sobre a balaustrada, olhando negligentemente o lago com nenúfares, alguns metros abaixo. Pequenos lampiões coloridos o circundavam e algumas pessoas haviam, de maneira original, projetado ramalhetes de flores provavelmente falsas para conter lampiões minúsculos. Flutuavam na água parada e haviam provocado muitos risos e admiração no começo da noite. Lorde Lethbridge os estava observando com um sorriso sobranceiro que torcia seus lábios, quando duas mãos rodearam seu pescoço por trás e desataram os cordões que fechavam seu dominó.

Surpreso, tentou se virar, mas as mãos, que, em um movimento ágil, haviam-lhe tirado o dominó, fecharam-se em sua garganta e a apertaram, sufocando-o. Ele as agarrou, lutando violentamente. Uma voz falou, em tom arrastado, em seu ouvido:

— Não vou estrangulá-lo desta vez, Lethbridge. Mas receio... sim, realmente acho que terá de ser este lago. Tenho certeza de que vai reconhecer a necessidade.

O punho soltou o pescoço de Lethbridge mas, antes que ele tivesse tempo de se virar, um empurrão entre suas omoplatas fez com que perdesse o equilíbrio. O parapeito era baixo demais para sustentá-lo; passou por cima dele e caiu no lago de nenúfares, com uma pancada na água que apagou as luzes nas flores artificiais para as quais olhara com tanto desprezo um minuto antes.

Quinze minutos depois, o salão de baile recomeçou a encher e os violinistas retomaram seu trabalho. Horatia surgiu no terraço e se deparou com várias pessoas em pequenos grupos. Hesitou, procurando o dominó escarlate e, um minuto depois, o localizou, sentado no parapeito, observando meditativamente o lago embaixo. Aproximou-se dele.

— Não de-demorei muito, de-demorei?

Ele virou a cabeça e levantou-se imediatamente.

— Não, de maneira nenhuma — replicou cortesmente. — E agora à pequena sala...!

Ela estava com a mão quase em seu braço, quando a retirou. Ele estendeu a sua e pegou a dela.

— Algum problema? — perguntou ele baixinho.

Ela pareceu insegura.

— Sua voz está es-estranha. É... é vo-cê, não é?

— Mas é claro que sou! — disse ele. — Acho que engoli um pedaço de osso na ceia, que arranhou minha garganta. Vamos, senhora?

Ela deixou que ele pusesse sua mão no braço dele.

— Sim, mas tem cer-certeza de que nin-ninguém vai entrar na sala? Se-seria muito con-constrangedor se alguém me visse perder um cacho do cabelo para o se-senhor, se e-eu perder.

— Quem iria reconhecê-la? — disse ele, puxando a cortina pesada em uma janela no fim do terraço. — Mas não precisa se preocupar. Depois de fecharmos as cortinas... assim... ninguém vai entrar.

Horatia ficou ao lado da mesa no meio da pequena sala e observou o dominó escarlate fechar as cortinas. De repente, apesar de sua vontade de fazer algo ultrajante, desejou não ter insistido nesse jogo. Tinha parecido bastante inocente dançar com Lethbridge, cear com ele publicamente, mas ficarem sozinhos em uma sala privada era outra história. De repente, ele lhe pareceu mudado. Olhou furtivamente para seu rosto mascarado, mas as velas na mesa deixavam-no na sombra. Relanceou os olhos para a porta, que abafavam um pouco o ruído dos violinos.

— A por-porta, Ro-Robert?

— Trancada — replicou ele. — Dá para o salão de baile. Continua nervosa, Horry? Não disse que não era uma jogadora de verdade?

— Ner-nervosa? Eu? San-santo Deus, não! — replicou ela, com brio. — Vai descobrir que não sou uma jo-jogadora tão me-medío-cre, se-senhor! — Sentou-se à mesa e pegou um dos baralhos para piquet que estavam sobre ela. — Pro-providenciou tudo?

— Certamente — replicou ele, encaminhando-se a outra mesa colocada contra a parede. — Um copo de vinho, Horry?

— Não, o-obrigada — replicou ela, sentando-se ereta na cadei-ra, lançando mais um olhar de relance à janela com as cortinas fechadas.

Ele retornou à mesa do carteado, deslocou ligeiramente as velas em cima e se sentou. Pôs-se a embaralhar um dos baralhos.

— Diga-me, Horry — disse ele —, veio hoje comigo para isto ou para aborrecer Rule?

Ela deu um pulo e, depois, riu.

— Oh, Ro-Robert, é tí-ípico seu! Sem-sempre a-acerta.

Ele continuou a embaralhar as cartas.

— Posso saber por que ele tem de ser atormentado?

— Não — replicou ela. — Não di-discuto sobre meu ma-marido nem com o se-senhor, Ro-Robert.

Ele fez uma mesura que lhe pareceu irônica.

— Mil perdões, minha querida. Ele goza de uma alta estima sua, percebo eu.

— Muito alta — disse Horatia. — Cortamos?

Ela ganhou e escolheu cartear. Pegou o baralho e deu uma sa-cudidela habilidosa no braço para jogar para trás a queda pesada de renda em seu cotovelo. Era uma jogadora zelosa demais para falar enquanto jogava. Assim que tocava nas cartas, não pensava em mais nada, assumindo uma expressão de concentração grave e inabalável, e raramente erguia os olhos da sua mão.

Seu adversário juntou as cartas, olhou-as de relance e pareceu decidir qual descartar sem a menor hesitação. Horatia, perceben-do estar enfrentando um bom jogador, recusou-se a se apressar e demorou a descartar. A retenção de um valete em sua mão resultou positivamente e possibilitou que frustrasse o repique da mão principal.

Ela perdeu a primeira partida, mas não com uma diferença de pontos que a preocupasse. Sabia que uma vez abrira uma defesa que devia ter mantido, porém, na maior parte, achou que tinha jogado bem.

— A partida é minha — disse o dominó escarlate. — Mas acho que recebi boas cartas.

— Sim, talvez — disse ela. — Vai cortar de no-novo?

Ela ganhou a segunda partida, em seis mãos rápidas. Desconfiou que ele a tivesse deixado vencer, mas se seu adversário tinha jogado com uma negligência deliberada, não havia sido de uma maneira flagrante, que permitisse alguma observação. Portanto conteve a língua e, em silêncio, observou-o dar as cartas para a terceira e última partida.

No fim de duas mãos, ela teve certeza de que ele tinha permitido que ela ganhasse a segunda. As cartas tinham sido descartadas com tranquilidade durante toda a partida, e assim continuava a ser. Mas, agora, o jogador mais experiente estava na frente. Pela primeira vez, sentiu que estava diante de um jogador incomensuravelmente mais destro do que ela. Ele nunca cometia um erro, e a precisão de seu jogo e julgamento parecia salientar as deficiências dela. Ela jogou suas cartas com bastante perspicácia, mas sabia que a sua fraqueza estava no cálculo das chances de encontrar a carta desejada no monte. Sabendo que ele tinha quarenta pontos na frente, começou a descartar com menos cautela.

O jogo tinha-se tornado, para ela, uma luta implacável, seu adversário uma figura disfarçada de Nêmesis. Quando pegou suas cartas, na última rodada, seus dedos estremeceram quase imperceptivelmente. A menos que ocorresse um milagre, não havia nenhuma esperança de ganhar. O máximo que podia esperar era evitar atravessar o rubicão.

Não ocorreu nenhum milagre. Como não estavam jogando por pontos não significava que tivesse atravessado o rubicão, ainda que, irracionalmente, quando somou seus pontos e o total encontrado foi 98, poderia ter-se debulhado em pranto.

Ergueu os olhos, forçando um sorriso.

— Ga-ganhou, senhor. A-acho que com gran-grande diferença. Não jo-joguei bem a úl-última partida. Deixou que e-eu ganhasse a se-segunda, não dei-deixou?

— Talvez — replicou ele.

— Pre-preferia que não ti-ivesse feito i-isso. Não go-gosto de ser tra-atada como criança, senhor.

— Satisfaça-se com isso, minha cara. Nunca tive a menor intenção de deixá-la ganhar mais de uma partida. Minha mente estava concentrada em seu cacho. Eu o reclamo, senhora.

— É cla-claro — disse ela, orgulhosamente. Por dentro, se perguntava o que Rule diria se pudesse vê-la agora e estremeceu com o próprio atrevimento. Pegou a tesoura na bolsa. — Ro-Robert, o que vai fa-fazer com i-isto? — perguntou timidamente.

— Ah, isso é assunto meu — replicou ele.

— Sim, eu se-sei. Mas... se al-alguém des-descobrir... pode ha-haver comentários ho-horríveis e chegar aos ou-ouvidos de Ru-Rule, e não quero que ele sai-saiba, porque sei que não... não de-devia ter feito isso! — disse Horatia precipitadamente.

— Dê-me a tesoura — disse ele — e talvez eu lhe diga o que pretendo fazer com isso.

— Não, po-posso cortá-lo e-eu mesma — replicou ela, ciente da tênue apreensão que sentia.

Ele tinha-se levantado e dava a volta na mesa.

— O privilégio é meu, Horry — disse ele rindo, e tirou a tesoura da mão dela.

Sentiu os dedos dele entre seus cachos e corou. Comentou com uma pretensa descontração:

— Vai ser u-um ca-acho muito em-empoado, Ro-Robert!

— E adoravelmente perfumado — concordou ele.

Ela ouviu a tesoura cortar seu cabelo e se levantou imediatamente.

— Pronto! Pelo a-amor de Deus, não con-conte a ninguém, vai con-ontar? — disse ela. Foi até a janela. — A-acho que está na ho--ora de me levar para casa. Deve ser ex-extremamente tarde.

— Em um momento — disse ele, aproximado-se dela. — É uma boa perdedora, querida.

Antes mesmo de Horry suspeitar de sua intenção, ele a tinha em seus braços, e com uma mão hábil retirou a máscara do rosto dela. Assustada, lívida de ódio, tentou se libertar, mas só conseguiu ficar ainda mais impotente. A mão que desatara sua máscara pôs-se debaixo de seu queixo e forçou-o a se erguer. O dominó escarlate curvou-se e beijou-a, em sua boca indignada.

Ela separou-se dele quando, finalmente, ele afrouxou seu abraço. Estava sem ar e abalada, tremendo da cabeça aos pés.

— Como se a-atreve? — Engasgou, levou a mão à boca como que para limpar o beijo. — Oh, como se a-atreve a me to-tocar? — Virou-se, foi à janela, abriu as cortinas e desapareceu.

O dominó escarlate não fez nenhum esforço para segui-la, mas permaneceu no meio da sala, girando, delicadamente, um cacho ao redor de um dedo. Um sorriso estranho pairou ao redor de sua boca. Guardou o cacho cuidadosamente em seu bolso.

Um movimento na janela fez com que erguesse o olhar. Lady Massey estava ali, com um dominó verde por cima de seu vestido, a máscara balançando em sua mão.

— Isso não foi muito bem tramado, hein, Robert? — disse ela maliciosamente. — Uma cena muito bonita, mas estou perplexa com o fato de um homem inteligente como você ter cometido um erro tão estúpido. Deus, não percebeu que a bobinha não estava preparada para beijos? E eu pensando que você sabia como lidar com ela! Ainda vai agradecer a minha ajuda, milorde.

O sorriso tinha desaparecido da boca do dominó escarlate, que, de súbito, ficara muito austero. Levou as mãos aos cordões de sua máscara e os desatou.

— Vou? — disse ele, com a voz bem diferente da de lorde Lethbridge. — Tem certeza, senhora, que não foi a senhora que cometeu... um grande erro?

XII

Horatia tomou o desjejum na cama, mais ou menos seis horas depois. Era jovem demais para que problemas a privassem do sono, mas, apesar de ter dormido, tivera sonhos horríveis e despertou não muito descansada.

Ao escapar da sala de carteado em Ranelagh, estava com tanta raiva que se esqueceu de que estava sem máscara. Tinha esbarrado direto com Lady Massey, também sem máscara, e, por um momento, se encararam. Lady Massey tinha sorrido de uma maneira que fizera o sangue aflorar ao rosto de Horatia. Não tinha dito uma palavra; e Horatia, fechando bem seu dominó, tinha escapulido pela varanda e descido para o jardim.

Um coche de aluguel a levara para casa, deixando-a, ao alvorecer úmido, em Grosvenor Square. Tinha, de certa maneira, esperado encontrar Rule sentado, aguardando a sua chegada, mas, para seu alívio, não havia sinal dele. Ela dissera à criada que ia se deitar e ficou contente com isso também. Queria ficar sozinha, refletir sobre os acontecimentos desastrosos daquela noite. Mas quando conseguiu se despir e se preparar para a cama, estava tão cansada que não conseguiu pensar em nada, e adormeceu assim que apagou a vela.

Despertou por volta das 9h, e, por um instante, se perguntou por que se sentia tão oprimida. Então, se lembrou e sentiu um arrepio.

Tocou seu sino de prata, e quando a criada apareceu com a bandeja com chocolate quente e biscoitos doces, estava sentada na cama, o cabelo ainda empoado, caindo nos ombros, e, no rosto, o cenho franzido.

Enquanto a criada juntava as joias e peças de roupas espalhadas, bebericou o chocolate, refletindo sobre o seu problema. O que, 12 horas antes, tinha parecido uma mera brincadeira, assumira, agora, proporções gigantescas. Primeiro, o episódio do cacho. Na sadia luz do dia, Horatia não conseguia atinar com o que a fizera consentir em uma aposta desse tipo. Era... sim, não adiantava usar meios-termos, era vulgar. Não havia outra palavra para isso. E quem poderia saber o que Lethbridge faria com isso? Antes daquele beijo, ela não temera sua indiscrição, mas, agora, ele lhe parecia monstruoso, capaz de se vangloriar até mesmo de que tinha ganhado um cacho dela. Quanto ao beijo, supôs que o tivesse provocado, pensamento que não lhe trouxe nenhum conforto. Mas o pior de tudo tinha sido o encontro com Caroline Massey. Se ela tivesse visto, e Horatia estava certa de que vira, a história estaria circulando pela cidade toda no dia seguinte. E Massey tinha a atenção de Rule. Certamente, mesmo que não contasse a ninguém mais, acabaria contando a ele, bastante satisfeita por poder fomentar a discórdia entre ele e sua mulher.

De repente, afastou a bandeja.

— Vou me le-levantar! — disse ela.

— Sim, milady. Que vestido milady vai usar?

— Isso não tem importância! — respondeu Horatia laconicamente.

Uma hora depois, ela desceu a escada e com uma voz firme perguntou a um lacaio onde o conde estava.

O conde, disse ele, tinha chegado naquele instante e estava com o Sr. Gisborne.

Horatia respirou fundo, como se preparando para um mergulho em águas profundas, e atravessou o corredor na direção da sala do Sr. Gisborne.

O conde estava em pé do lado da mesa, de costas para a porta, lendo um discurso que o Sr. Gisborne tinha escrito para ele. Evidentemente, vinha de uma cavalgada, pois estava de botas de cano longo, um tanto empoeiradas, calção de couro de gamo, com um paletó simples, mas de corte impecável, de tecido azul com botões prateados. Estava com as luvas e o chicote em uma das mãos, o chapéu jogado em uma cadeira.

— Admirável, meu caro rapaz, mas longo demais. Eu me esqueceria de metade, e os lordes ficariam chocados, extremamente chocados, sabe? — disse ele, e devolveu o papel ao secretário. — E Arnold... o que acha de... um pouco menos veemente? Ah, sim, achei que concordaria! Nunca sou veemente.

O Sr. Gisborne estava fazendo uma mesura a Horatia; milorde virou a cabeça e a viu.

— Mil perdões, meu amor! Não a ouvi chegar — disse ele.

Horatia lançou um sorriso mecânico ao Sr. Gisborne, que, acostumado com um tratamento mais amável de sua parte, perguntou-se, instantaneamente, qual seria o problema.

— Está mu-muito o-ocupado, senhor? — perguntou ela, erguendo seus olhos ansiosos para o rosto de Rule.

— Arnold pode lhe dizer, minha querida, que nunca estou ocupado — replicou ele.

— En-então, pode me con-conceder um pouco do seu tem--tempo? — perguntou Horatia.

— Todo o tempo que quiser — disse ele, e segurou a porta aberta para ela. — Passemos para a biblioteca, senhora?

— Não me im-importa aonde va-vamos — disse Horatia em voz baixa. — Mas quero fi-ficar a sós com o se-senhor.

— Isto é muito lisonjeiro, minha querida — disse ele.

— Não é — replicou Horatia, com tristeza. Ela entrou na biblioteca e o observou fechar a porta. — Quero que es-estejamos a sós por-porque tenho uma coisa a lhe con-ontar.

Um vestígio de surpresa cintilou, por um instante, em seus olhos. Olhou-a, por um momento, de maneira penetrante, achou ela. Depois deu um passo em sua direção.

— Não quer se sentar, Horry?

Ela permaneceu onde estava, as mãos agarrando o espaldar de uma cadeira.

— Não, a-acho que vou fi-ficar em pé — respondeu ela. — Mar-Marcus, é melhor eu di-dizer lo-logo que fiz uma coisa ho-horrível!

Ao ouvir isso, ele não pôde evitar que um leve sorriso aflorasse aos cantos de seus lábios.

— Então, estou pronto para o pior.

— A-asseguro-lhe que não é na-nada en-engraçado — disse ela tragicamente. — Na ver-verdade, acho que vai fi-ficar muití-íssimo irritado, e tenho de con-confessar — acrescentou ela com um ímpeto de honestidade — que mereço, mes-mesmo que me bata com o chi-icote, o que es-espero que não faça, Mar-Marcus.

— Posso prometer, com segurança, que não o farei — disse o conde, colocando as luvas e o chicote sobre a mesa. — Vamos lá, Horry, qual é o problema?

Ela se pôs a traçar o padrão do espaldar da poltrona com um dedo.

— Bem... e-eu... eu, sa-sabe... Mar-Marcus, recebeu mi-minha mensagem on-ontem à noite? — Ergueu os olhos fugazmente e o viu observando-a com gravidade. — Quis que o por-porteiro lhe dissesse... se per-perguntasse... que eu ti-tinha ido a Ranelagh.

— Sim, recebi a mensagem — respondeu Rule.

— Bem... en-então eu fui re-realmente. Ao *ridotto*. E fui com lo-lorde Lethbridge.

Houve um silêncio.

— Isso é tudo? — perguntou Rule.

— Não — confessou Horatia. — É só o co-começo. Tem coisa mui-muito pi-pior por vir.

— Então é melhor eu adiar minha raiva — disse ele. — Prossiga, Horry.

— Fui com lorde Lethbridge e... e dei-deixei a mensagem, porque... porque...

— Porque, naturalmente, queria que eu soubesse que tinha... como dizer?... atirado a luva. Entendo essa parte — disse Rule, encorajando-a.

Ela ergueu os olhos de novo.

— Sim, foi e-essa a razão — admitiu ela. — Não que eu qui--quisesse estar com ele, Rule. E achei que como to-todo mundo es-estaria de máscara, ninguém mais sa-saberia, além do senhor. A-assim eu poderia i-irritá-lo sem causar nenhum es-escândalo.

— Agora está tudo perfeitamente claro — disse Rule. — Passemos para Ranelagh.

— Bem, pri-primeiro foi muito a-agradável, e gos-gostei demais. Depois, ceamos em u-uma das ten-tendas e provoquei Ro-Robert para que jogasse car-cartas comigo. Tem de sa-saber, Marcus, que eu que-queria muito jogar com ele, e ele nun-nunca concordava. Por fim, a-aceitou, mas não por di-dinheiro. — Uniu as sobrancelhas, refletindo sobre alguma coisa, e, de repente, disse: — Rule, a-acha que eu po-posso ter bebido cham-champanhe demais?

— Tenho certeza de que não, Horry.

— Bem, só ha-haveria essa explicação — disse ela. — E-ele disse que jogaria por um ca-cacho do meu cabelo, e não a-adianta en-enganá-lo, Rule, eu concordei! — Como nenhuma explosão de cólera sucedeu essa confissão, ela apertou o espaldar da poltrona e prosseguiu. — E dei-deixei que e-ele me levasse para u-uma sala privada... De fa-fato, eu quis que fo-fosse privada... E jogamos *piquet*, e... e perdi. E te-tenho de dizer — acrescentou — que, embora e-ele seja o ho-homem mais desagradável que conheci, é um jogador mui-muito bom, bom mesmo.

— Acredito que sim — disse o conde. — É claro que não preciso perguntar se pagou a aposta.

— Tive de pa-pagar. Era uma dí-dívida de honra, entende. Deixei que cor-cortasse um cacho me-meu e... que a-agora está com ele.

— Perdoe-me, minha cara, mas me contou isso porque quer que eu consiga o cacho de volta? — perguntou o conde.

— Não, não! — replicou Horatia impacientemente. — Não pode tê-lo de vol-volta! Perdi-o em um jo-jogo justo. Uma coisa mui--muito, mas muito pior, a-aconteceu depois... se bem que a-ainda não foi o pior de tu-tudo. Ele... me... agarrou, tirou mi-minha máscara e... me beijou! E Rule, foi a co-coisa mais ho-horrível! Esqueci a mas-máscara e fugi, e... e Lady Massey estava logo ali fo-fora, e me viu, e sei que e-la estava o-observando o tempo todo! Portanto, co-omo vê, pro-provoquei um escândalo vulgar e achei que a ú-única coisa a fazer era lhe contar logo tu-tudo, porque mes-mesmo que fique fu-furioso comigo, tem de saber, e eu não ia su-suportar que fo-fosse outra pessoa a lhe contar!

O conde não parecia furioso. Escutou calmamente todo esse discurso apressado e, no fim, atravessou o espaço que os separava e, para o espanto de Horatia, pegou sua mão e a levou aos lábios.

— Meus cumprimentos, Horry — disse ele. — Você me surpreendeu. — Largou a sua mão e foi até a escrivaninha que ficava à janela. Pegando uma chave no bolso, destrancou uma das gavetas e a abriu. Horatia hesitou, completamente confusa. Ele voltou para perto dela e estendeu a mão. Na sua palma, estava um cacho empoado.

Horatia arfou ao vê-lo. Em seguida, ergueu os olhos, pasma.

— É me-meu? — gaguejou.

— Seu, minha querida.

— Mas eu... mas... como con-conseguiu?

Ele riu.

— Eu o ganhei.

— Ganhou? — repetiu ela, sem entender. — Como con-conseguiu? Quem... Rule, de quem ga-ganhou isto?

— Ora, de você, Horry. De quem mais eu ganharia este cacho?

Ela segurou seu pulso.

— Rule... era você? — perguntou ela com um guincho.

— Mas é claro que sim, Horry. Achou que deixaria que perdesse para Lethbridge?

— Oh! — gritou Horatia. — Oh, estou tão a-agradecida! — largou seu pulso. — Mas não en-entendo. Como sa-sabia? Onde estava?

— Na tenda ao lado da de vocês.

— O ho-homem de dominó preto! Então... então foi você quem pi-pisou no meu vestido?

— Entenda, eu tinha de garantir que saísse do caminho por alguns minutos — desculpou-se ele.

— Sim, é claro — concordou Horatia, gostando disso. — Foi mui-muito es-esperto. Acho. E quando vol-voltei e achei a voz estranha... e-era você?

— Era. Bem, me envaidece ter imitado a voz de Lethbridge muito bem. Se bem que o barulho daqueles violinos podem ter-me ajudado.

Ela fez uma carranca de novo.

— Sim, mas con-continuo sem entender. Ro-Robert trocou de do-dominó com você?

Uma risada moveu-se furtivamente em seu olhar.

— Não foi exatamente uma troca. Eu... ahn... peguei o dele e escondi o meu debaixo de uma cadeira.

Horatia o olhava atentamente.

— E-ele não se im-importou?

— Pensando nisso agora — disse o conde pensativamente —, acho que me esqueci de lhe perguntar.

Ela se aproximou um pouco mais.

— Marcus, o-obrigou-o a entregá-lo?

— Não — replicou o conde. — Eu... ahn... o peguei.

— Pegou? Mas por que e-ele deixou?

— Na verdade, ele não teve escolha — replicou o conde.

Ela respirou fundo.

— Está di-dizendo que o tirou à for-força? E e-ele não fez nada? O que a-aconteceu com e-ele?

— Imagino que tenha ido para casa — replicou o conde calmamente.

— Para casa! Bem, nun-nunca soube de coi-coisa tão covarde! — exclamou Horatia, com asco.

— Ele não poderia fazer outra coisa — disse o conde. — Talvez eu deva explicar que o cavalheiro teve... ahn... o infortúnio de cair no lago de nenúfares.

Os lábios de Horatia se separaram.

— Rule, o senhor o em-empurrou? — perguntou ofegante.

— Entenda, eu tinha de me desembaraçar dele de alguma maneira — disse o conde. — Ele era realmente *excessivo*, e o lago estava tão convenientemente situado.

Horatia desistiu de qualquer tentativa de preservar sua seriedade e caiu na gargalhada.

— Oh, Ru-Rule, que bárbaro! Que-queria ter visto! — Um pensamento logo lhe ocorreu e ela disse rapidamente: — Ele não vai e-exigir satisfações su-suas, vai?

— Acho que não há a menor possibilidade disso — replicou Rule. — Sabe, Horry, você é minha mulher, circunstância que torna a posição de Lethbridge um tanto incômoda.

Ela não ficou satisfeita.

— Ru-Rule, e se ele ten-tentar fazer intrigas? — perguntou ela apreensivamente.

— Não creio que fosse bem-sucedido — disse Rule, despreocupado.

— Se-sei lá, prefiro que to-tome cuidado, Marcus.

— Asseguro que não precisa temer por mim, minha querida.

Ela pareceu um pouco insegura, mas deixou o assunto morrer.

— Talvez — disse ela rispidamente — de-devesse contar a Lady Ma-Massey que era o senhor o tem-tempo todo.

— Lady Massey — disse ele, sem pressa — não tem de preocupá-la, Horry... em nenhum sentido.

Ela falou com dificuldade:

— Ainda acho que de-devia lhe contar, senhor. Ela... me o-olhou de uma ma-maneira que... de uma maneira...

— Não vai ser necessário eu contar nada a Lady Massey — replicou Rule. — Ela não vai, creio eu, mencionar o que aconteceu ontem à noite.

Ela o olhou intrigada.

— Então ela sa-sabia que era o senhor?

Ele sorriu, tristemente.

— Ela realmente soube — replicou ele.

— Oh! — Horatia compreendeu. — Teria me con-contado tudo isso se eu nã-não tivesse contado an-antes? — perguntou ela.

— Para ser franco, Horry, não, não teria — respondeu Rule. — Vai ter de perdoar a minha estupidez. Não achei que me contaria.

— Bem, a-acho que não teria con-ontado se Lady Ma-Massey não tivesse me vis-visto — disse Horatia com franqueza. — E não a-acho que Ro-Robert teria explicado i-isso porque o faria pa-parecer ridículo. E eu não fa-falaria com ele de novo. Agora, é cla-claro, que ele não se com-comportou tão mal, afinal, se bem que te-tenho de admitir que a-acho que não deveria ter me pro--proposto aquela a-aposta, não a-acha?

181

— Certamente.

— Não. Não o que-quero como amigo, Rule! — disse Horatia graciosamente. — Não vai se im-importar se eu for e-educada com e-le, vai?

— De maneira nenhuma — replicou Rule. — Até eu sou educado com ele.

— Não cha-chamo de educado em-empurrar u-uma pessoa em um la-lago — objetou Horatia. Olhou para o relógio. — Oh, eu di-disse que sairia com Louisa! Veja só que ho-horas já são! — Preparou-se para sair. — Tem uma coi-coisa que me deixa mui-muito irritada — disse ela, fazendo cara feia para ele. — Foi o-odioso deixar eu ga-ganhar a segunda par-partida!

Ele riu, pegou suas mãos e puxou-a para si.

— Horry, podemos mandar Louisa para o inferno? — sugeriu ele.

— Nã-não, tenho de i-ir — respondeu Horatia, de repente, encabulada. — Além do mais, e-ela não viu meu landolé!

O landolé, cuja posse era o bastante para colocar qualquer mulher na vanguarda da moda, era novo, recém-chegado do fabricante. Lady Louisa admirou-o como convinha, dizendo que era extremamente confortável, e foi gentil a ponto de declarar que não tinha se importado nem um pouco em ficar meia hora esperando. Já que tinha compras a fazer em Bond Street, o cocheiro foi instruído a conduzi-las primeiro para lá, e as duas mulheres se recostaram no estofamento e encetaram uma discussão relacionada ao tipo apropriado de fitas para se usar com um vestido de baile de tafetá verde italiano, para as quais Lady Louisa tinha acabado de comprar dois metros de tecido. Quando os méritos rivais das fitas *à l'instant, à l'attention, au soupir de Vénus* e várias outras foram totalmente avaliados, a carruagem estacionou em frente a uma chapelaria elegante, e as duas entraram para escolher um ramo de flores artificiais com que Lady Louisa esperava tornar suportável um chapéu que comprara há dois dias e que já detestava.

Era naturalmente impossível Horatia entrar em uma chapelaria e não comprar nada para si mesma, de modo que quando as flores foram escolhidas, experimentou vários chapéus e acabou comprando uma confecção imensa composta principalmente de musselina em cinza Trianon, chamada não sem razão de *Grandes Prétentions*. Havia uma echarpe de seda transparente *collet monté* no mesmo tom cinza, portanto também a comprou. Uma touca *à la glaneuse* chamou a sua atenção quando saíam da loja, mas decidiu não acrescentá-la às suas compras, Lady Louisa tendo a presença de espírito de declarar que tornava a sua aparência afetada.

Horatia estava só um pouco nervosa por suspeitar que sua cunhada a reprovava, mas Lady Louisa estava se comportando de maneira encantadora e não havia insinuado nem mesmo com um olhar que achava uma extravagância de Horry comprar o tal chapéu. Havia até mesmo dito que era encantador, de modo que quando entraram de novo no landolé, Horatia estava se sentindo mais à vontade do que nunca com Lady Louisa.

Isso era exatamente o que Lady Louisa queria. Quando a carruagem deu partida, ela apontou sua sombrinha fechada para as costas do cocheiro e disse:

— Minha querida, até onde ele escuta o que falamos?

— Oh, na-nada! — garantiu Horatia — Ele é mui-muito surdo, sabe? Não re-reparou como te-tenho de gritar com ele?

— Acho que levarei séculos para me acostumar com carro aberto — disse Lady Louisa com um suspiro. — Mas se ele é realmente surdo, querida, tem uma coisa que eu queria lhe contar. Isto é, não, eu não queria contar, mas acho que devo, pois sei que Rule jamais o fará.

O sorriso de Horatia se desfez.

— Verdade? — disse ela.

— Detesto pessoas que se intrometem — disse ela rapidamente —, mas acho que tem o direito de saber por que não deve aceitar a amizade de lorde Lethbridge.

— Eu sei, Lou-Louisa — disse Horatia. — A sua reputação...

— Não é isso, querida. Somente ele, Rule e eu sabemos, e Rule não vai lhe contar porque ele nunca revelaria um segredo meu.

Horatia virou-se, os olhos arregalados.

— Um segredo seu, Louisa?

Lady Louisa baixou a voz a um tom de murmúrio confidencial e começou, corajosamente, a contar à sua cunhada o que exatamente tinha acontecido em uma impetuosa primavera sete anos antes.

XIII

Praticamente no mesmo momento em que Lady Louisa revelava seu passado para a inspeção de Horatia, lorde Lethbridge estava sendo introduzido em uma casa em Hertford Street. Declinando a companhia do lacaio, subiu a escada até o salão que tinha vista para a rua, onde Lady Massey o aguardava impacientemente.

— Então, minha cara — disse ele, fechando a porta atrás de si. — Sinto-me lisonjeado, é claro, mas por que fui convocado com tanta urgência?

Lady Massey estava à janela, olhando para fora, e se virou.

— Recebeu meu bilhete?

Ele ergueu os sobrolhos.

— Se não tivesse recebido, Caroline, não estaria aqui, agora — replicou ele. — Não costumo fazer visitas pela manhã. — Pôs o monóculo e a examinou, criticamente. — Permita-me dizer, minha querida, que está com a aparência um pouco aquém do seu normal. Então, o que pode estar errado?

Ela deu um passo na sua direção.

— Robert, o que aconteceu em Ranelagh ontem à noite? — perguntou-lhe diretamente.

Os dedos finos de Lethbridge apertaram perceptivelmente a haste de seu monóculo, e seus olhos estreitaram-se até se tornarem meras frestas, fitando-a com surpresa.

— Em Ranelagh...? — repetiu ele. — O quê?

— Oh, eu estava lá! — replicou ela. — Eu o ouvi falar com aquela boboca. Vocês foram para o pavilhão. O que aconteceu depois?

Ele tinha deixado o monóculo cair e pegou a caixa de rapé no bolso. Abriu-a com um peteleco.

— E o que lhe importa, Caroline? — perguntou ele.

— Alguém disse que um dominó escarlate tinha entrado na sala pequena de carteado. Não vi ninguém lá. Saí para o terraço. Eu o vi, ou achei que vi, cortando um cacho dela... oh, isso agora não tem importância! Ela fugiu e eu entrei. — Interrompeu-se, pressionando o lenço nos lábios. — Meu Deus! Era Rule! — disse ela.

Lorde Lethbridge pegou uma pitada de rapé, limpou o resíduo e levou-a primeiro a uma narina, depois à outra.

— Que constrangedor para você, querida! — disse ele suavemente. — Tenho certeza de que se traiu.

Ela encolheu os ombros.

— Achei que era você. Eu disse... não interessa o que eu disse. Então, ele tirou a máscara. Quase desfaleci.

Lorde Lethbridge fechou a caixa de rapé e limpou os babados.

— Muito divertido, Caroline. E espero que tenha aprendido a lição para não interferir em meus assuntos. Como gostaria de tê-la visto!

Ela ruborizou-se de raiva e foi até uma poltrona.

— Sempre foi venenoso, Robert, mas estava em Ranelagh ontem à noite e usava aquele dominó escarlate. Posso afirmar que não havia outro igual lá!

— Não havia — replicou lorde Lethbridge, calmamente. Ele sorriu, não muito amistosamente. — Que noite instrutiva o nosso caro Rule deve ter passado! E como você é tola, Caroline! Por favor, o que disse a ele?

— Não importa — replicou ela asperamente. — Emprestou-lhe o dominó? Seria bem típico de você!

— Agora, está enganada — replicou ele com extrema afabilidade. — Nada seria menos típico de mim. O dominó foi-me arrancado.

Ela franziu os lábios.

— Você permitiu? Permitiu que ele tomasse o seu lugar com a garota? Isso me parece muito pouco provável!

— Não tive escolha — disse ele. — Fui eliminado da maneira mais limpa possível. Sim, eu disse "eliminado", Caroline.

— Aceita isso muito calmamente! — observou ela.

— Naturalmente — replicou ele. — Acha que eu deveria estar trincando os dentes?

Ela ajeitou as dobras de seu vestido.

— Então, está satisfeito? Pretende encerrar o caso com a noivinha? Está tudo acabado?

— Até onde lhe diz respeito, minha cara, penso que certamente está tudo acabado — disse ele pensativamente. — Não, é claro, que eu tenha tido o privilégio de assistir ao seu encontro com Rule. Mas posso adivinhar. Sou muito perspicaz, sabe?

Ela abandonou a atitude sarcástica que tinha adotado e estendeu a mão.

— Oh, Robert, não percebe que estou transtornada?

— Facilmente — respondeu ele. — Meus planos também foram transtornados, mas nem por isso me sinto derrotado.

Ela olhou para ele, em dúvida. Tinha o ar alerta, seus olhos estavam brilhantes e sorrindo. Não, ele não era do tipo que deixava transparecer uma emoção inútil.

— O que vai fazer? — perguntou ela. — Se Rule pretende deter a garota...

Ele estalou os dedos.

— Eu disse que meus planos foram abalados. E é verdade.

— Não parece estar ligando — observou ela.

— Sempre há mais planos a serem elaborados — replicou ele.

— Não para você — acrescentou gentilmente. — Pode ter certeza disso. Estou muito atormentado por você, querida. Rule devia ser tão útil. — Olhou para ela por um momento, e seu sorriso se alargou. — Oh, você o amava, Caroline? Isso não foi sensato de sua parte.

Ela levantou-se.

— Você é abominável, Robert — disse ela. — Tenho de vê-lo. Tenho de fazer com que me veja.

— Certamente — disse Lethbridge, cordialmente. — Gostaria que conseguisse flagelá-lo até a morte. Ele não gostaria disso. Mas não vai conseguir tê-lo de volta, minha pobre querida. Conheço Rule muito bem. Gostaria de vê-lo humilhado? Prometo que o verá.

Ela foi até a janela.

— Não — replicou ela, apaticamente.

— Que estranho! — comentou ele. — Asseguro-lhe que, de minha parte, tornou-se quase uma obsessão. — Aproximou-se dela. — Não está sendo uma boa companhia, hoje, Caroline. Vou me despedir. Faça uma cena para Rule e voltarei a vê-la, e me contará tudo. — Pegou sua mão e a beijou — *Au revoir*, meu amor! — disse ele docemente, e saiu, cantarolando a meia-voz.

Estava a caminho da casa na Half-Moon Street, quando o landolé de milady Rule dobrou a esquina e veio, a um passo veloz, em sua direção. Horatia, agora sentada sozinha, viu-o imediatamente e pareceu indecisa. Lethbridge tirou o chapéu rapidamente e esperou o carro parar.

Algo na suposição tranquila de que ela daria ordens para que o cocheiro parasse atraiu-a. Deu a ordem necessária e o landolé parou ao lado de Lethbridge.

Bastou olhar para ela e perceber que ela sabia o que tinha acontecido em Ranelagh. Os olhos cinza continham um quê de divertimento. Isso o aborreceu, mas não deixou transparecer.

— Ai de mim, o marido ciumento ganhou as honras! — disse ele.

— Ele foi in-inteligente, não fo-foi? — concordou Horatia.

— Inspirado! — disse Lethbridge. — Meu molhado destino foi particularmente apropriado. Preste-lhe meus cumprimentos, por favor. Eu certamente fui pego de surpresa.

Ela achou que ele estava encarando a derrota humilhante muito bem e respondeu um pouco mais afetuosamente:

— Nós dois fo-fomos pegos de sur-surpresa, senhor.

— Assumo a culpa — disse ele pensativamente. — Mas ainda não sei como teria suposto... Se eu soubesse da presença de Caroline Massey, teria ficado mais alerta.

A flecha acertou na mosca, como ele sabia que aconteceria. Horatia sentou-se ereta.

— Lady Massey?

— Oh, não a viu! Não, acho que não. Parece que ela e Rule se uniram para planejar a nossa separação. Temos de admitir que conseguiram admiravelmente.

— Nã-não é ver-verdade! — balbuciou Horatia.

— Mas... — Ele interrompeu-se dramaticamente e fez uma reverência. — Ora, é claro que não, senhora!

Ela olhou furiosamente para ele.

— Por que es-está dizendo i-isso?

— Minha cara, peço mil perdões! Não pense mais nisso! Certamente não foi assim.

— Quem lhe disse? — perguntou ela.

— Ninguém me disse nada — replicou ele de maneira confortadora. — Simplesmente achei que a bela dama sabia de grande parte do que aconteceu na noite passada. Mas estou certo de que me enganei.

— En-enganou-se! — disse ela. — Vo-ou perguntar a Ru-Rule! Ele sorriu.

— Excelente ideia, senhora, se isso a deixará tranquila.

— Acha que e-ele — replicou ela pateticamente — va-ai di-dizer que é tudo bo-bobagem, não acha?

— Estou certo de que sim — respondeu Lethbridge, rindo, e afastou-se a fim de dar espaço para o cocheiro dar partida na carruagem.

Vangloriou-se por ser perito em lançar dardos venenosos; certamente, esse acertara na mosca. Apesar de dizer a si mesma que era uma mentira, Horatia não conseguia deixar de se lembrar, primeiro, do sorriso cruel de Lady Massey, e segundo, das próprias palavras de Rule: *Ela soube realmente.* E é claro que agora que Lethbridge pusera isso na sua cabeça, se deu conta de que a história, independentemente de ser ou não verdadeira, seria negada por Rule. Ela não acreditava, não, mas não conseguia parar de pensar no que ouvira. Não conseguia se desfazer da ideia de que com uma rival tão bonita quanto Lady Massey, não tinha nenhuma chance. Crosby Drelincourt tinha sido o primeiro a lhe contar, de sua maneira ambígua, que Lady Massey era a amante de Rule, mas era a Theresa Maulfrey que devia informação mais detalhada. A Sra. Maulfrey nunca gostara muito de sua jovem prima, mas fez uma tentativa determinada de cultivar a amizade com ela assim que se tornou condessa. Infelizmente, Horatia não nutria mais simpatia por Theresa do que Theresa por ela e percebeu perfeitamente o significado da repentina cordialidade dessa mulher. Como Charlotte, tão sagazmente, percebera, a Sra. Maulfrey tentara tratar Horatia com condescendência, e quando a alegre condessa mostrou claramente que não precisava de proteção, não conseguiu resistir à tentação de dizer coisas abomináveis. A respeito de Rule e suas amantes, ela falou como uma mulher experiente, e como tal, suas palavras tiveram peso. Horatia tinha ficado com a impressão de que Rule tinha sido escravo da Massey durante anos. E, como a Sra. Maulfrey comentou com tanta sapiência, um homem não muda seu modo de vida por uma pirralha adolescente. A Sra. Maulfrey falou dele com admiração no que se referia a ser um amante exímio: Horatia não tinha vontade de engrossar as fileiras de suas conquistas. Supunha — pois os homens eram conhecidos como estranhos nessas questões — que ele seria capaz de fazer amor com sua esposa no intervalo entre o flerte com viúvas e dançarinas. No entanto, como se casara com ele concordando com que podia se divertir como bem quisesse, não tinha como, agora, fazer objeções.

Desse modo, o conde de Rule, ao ter a intenção de cortejar sua jovem esposa, achou-a cortês, sempre alegre, mas extremamente esquiva. Tratava-o da maneira mais amável possível — mais como, pensava ele com tristeza, ela trataria um pai indulgente.

Lady Louisa, considerando essa situação insatisfatória, repreendeu-o severamente.

— Não me diga! — disse ela. — Você está a caminho de babar por essa criança! Santo Deus, esgotou a minha paciência com você! Por que não faz com que ela o ame? Parece capaz de conseguir isso com qualquer outra mulher desencaminhada, se bem que eu não entenda por quê!

— Ah! — disse o conde. — Porque você é apenas minha irmã, Louisa.

— E não tente mudar isso! — disse Lady Louisa enfurecida. — Faça amor com a garota! Céus, por que ela *não* está apaixonada por você?

— Porque — replicou o conde, falando devagar — sou velho demais para ela.

— Besteira! — retrucou milady.

Quando o conde foi para Meering, uma semana depois, propôs que Horatia o acompanhasse. Talvez, se Lady Massey não tivesse se posto em seu caminho na noite anterior, tivesse sido tudo o que Horatia mais desejava. Mas ela e Rule tinham ido a Vauxhall Gardens com um grupo de amigos selecionados a dedo, e Lady Massey também estava lá.

Tudo tinha transcorrido de maneira agradável até depois da ceia. Houve música, dança, e o ambiente estava animado e alegre, a ceia, excelente e o conde, um marido e anfitrião ideal. E então, tudo deu errado, pois quando ela foi com o Sr. Dashwood, Pelham e a Srta. Lloyd ver a cascata, Rule também tinha se afastado para cumprimentar alguns amigos. Horatia o vira caminhando com Sir Harry Topham, um camarada de corridas. Vinte minutos depois, ela o vira de novo, mas não com Sir Harry. Estava na Alameda dos Amantes (o que agravou ainda mais a situação) e, do seu lado, bem perto e olhando para ele de uma maneira enternecida, estava Lady Massey. Mesmo com Horatia vendo, Massey ergueu as mãos até os ombros de Rule.

Horatia tinha-se virado rapidamente e declarado a intenção de voltar por outro caminho. A Srta. Lloyd e Pelham tinham ficado para trás; provavelmente o Sr. Dashwood não havia reparado no conde. Ela o tinha desviado do local fatal no mesmo instante, de modo que não viu quando seu marido retirou as mãos de Lady Massey dos seus ombros.

Ninguém se mostrou mais alegre do que milady Rule durante todo o resto da terrível noite. Várias pessoas repararam nisso, e o Sr. Dashwood achou-a mais fascinante do que nunca.

Mas quando Rule visitou-a em seu quarto, na manhã seguinte, e sentou-se na beira da cama enquanto ela bebia seu chocolate, achou-a com um humor instável. Ir a Meering? Oh, não, ela não podia! Por quê? Porque tinha mil compromissos e seria terrivelmente maçante no campo.

— Não é muito amável de sua parte — disse Rule, com um meio sorriso.

— Mas, Rule, só vai ficar fo-fora por uma semana, e fa-fazer malas para tão po-pouco tempo é muito can-cansativo! É claro que irei, de-depois da reunião de Newmarket, se não for-formos a Bath.

— Eu gostaria muito que viesse comigo agora, Horry.

— Es-está bem — replicou Horatia, com uma voz de mártir. — Se di-diz que devo, i-irei.

Ele levantou-se.

— De jeito nenhum, minha querida!

— Ru-Rule, se ficou cha-chateado, por favor, me di-diga! Não quero ser uma má es-esposa.

— Pareço chateado? — perguntou ele.

— Nã-não, mas nun-nunca sei o que está pensando quan-ando olho para o se-senhor — disse Horatia, com franqueza.

Ele riu.

— Pobre Horry, deve ser muito difícil para você. Fique na cidade, querida. Provavelmente, tem razão. Arnold me acompanhará a Meering. — Ele pôs um dedo sob o queixo dela e o levantou. — Não perca toda a minha fortuna no jogo enquanto eu estiver fora, está bem? — disse ele, provocando-a.

— Não, é cla-claro que não. Serei bo-boa. E não precisa re-recear que eu encoraje lor-lorde Lethbridge, pois Louisa me con-contou tudo sobre ele, e en-entendi que não de-devo manter relações com e-ele.

— Não receio isso — respondeu ele. Curvou-se e a beijou.

XIV

Assim, o conde de Rule partiu para Meering acompanhado somente do Sr. Gisborne, enquanto sua esposa ficou em Londres e tentou se convencer de que não sentia nenhuma falta dele. Não conseguiu, mas pelo menos ninguém suspeitou disso por seu comportamento. Já que a grande casa em Grosvenor Square parecia insuportavelmente vazia sem milorde, Horatia passava todo o tempo que podia fora. Quem quer que a visse nas reuniões de carteado, em festas elegantes, coquetéis e piqueniques jamais diria que ela estava sofrendo de saudades de seu marido. De fato, sua irmã Charlotte repreendeu-a dizendo que a sua frivolidade era excessivamente imprópria.

Quanto a lorde Lethbridge, ela não teve a menor dificuldade em mantê-lo a distância. Encontravam-se, naturalmente, em muitas festas, mas milorde, percebendo que Horatia era educada, mas formal, pareceu aceitar com equanimidade seu banimento à classe dos meramente conhecidos e não fez nenhuma tentativa de reconquistá-la. Horatia tirou-o de sua vida sem nenhum arrependimento. O glamour permanece em um libertino que raptou nobres donzelas, mas nenhum glamour resta em um homem que foi empurrado em um lago vestido a rigor. Horatia, lamentando apenas nunca ter jogado cartas com ele, descartou-o sem nenhum sofrimento e se propôs a esquecê-lo.

Estava conseguindo, de maneira admirável, quando ele forçou ser notado por ela, de uma maneira tão inesperada quanto ofensiva.

Houve uma bela festa em Richmond House, com dança e fogos de artifício. Nunca houve uma festa planejada com tanta elegância. Os jardins foram intensamente iluminados, a ceia, servida nos apartamentos, e os fogos de artifício, lançados de uma plataforma de balsas ancoradas no rio, para a admiração dos convidados e de todos os espectadores não convidados que se aglomeraram nas casas próximas. À meia-noite, caiu uma chuva forte, mas como os fogos já tinham terminado, não teve tanta importância, e os convidados se retiraram ao salão de baile para dançar.

Horatia saiu da festa cedo. Tinha sido bonito ver os fogos de artifício, mas não sentia vontade de dançar. Os sapatos novos bordados com diamante foram, em parte, responsáveis por essa decisão. Eles apertavam seus pés de maneira abominável, e nada, ela descobriu, poderia arruinar mais o prazer de uma pessoa do que um calçado desconfortável. Sua carruagem foi chamada para logo depois de meia-noite e, resistindo a todas as súplicas do Sr. Dashwood, ela partiu.

Concluiu que devia ter ido a bailes demais, pois, certamente, achara esse quase um tédio. Era realmente muito difícil dançar e conversar alegremente, quando se passava o tempo todo imaginando o que um cavalheiro de sorriso largo e sonolento estaria fazendo a milhas de distância, em Berkshire. Isso tornava qualquer uma *distraite* e provocava dor de cabeça. Recostou-se no canto do coche e fechou os olhos. Rule ficaria fora por uma semana. E se lhe fizesse uma surpresa, e fosse, no dia seguinte, para Meering? Não, é claro que não podia fazer isso... mandaria esses sapatos de volta aos sapateiros, e eles teriam de lhe fazer outro par. O cabeleireiro também — francamente, tinha-lhe feito um penteado abominável; havia dezenas de grampos espetando seu couro cabeludo, e o miserável deveria saber que o estilo Quésaco não lhe caía bem. Todas essas penas pesadas juntas para cima a faziam parecer ter 40 anos. E quanto ao novo ruge Serkis que a Srta. Lloyd a induzira a usar, era a coisa mais horrorosa do mundo, e diria isso a ela, na próxima vez em que se encontrassem.

O coche estacionou e ela abriu os olhos com um susto. Chovia muito, agora, e o lacaio segurava um guarda-chuva aberto para proteger a roupa e os adornos de sua patroa. A chuva parecia ter apagado as tochas que ficavam sempre acesas nos braços dos lampadários ao pé da escada que levava à porta da frente. Estava muito escuro, as nuvens obscurecendo o que havia sido uma bela lua.

Horatia fechou bem seu manto, que era de tafetá branco com uma gola de musselina em tufos, ao redor do corpo, e levantando as saias com uma das mãos, desceu para a calçada molhada. O lacaio segurava o guarda-chuva sobre ela, e ela se apressou a subir os degraus até a porta.

Na pressa, se viu no limiar antes de perceber seu erro. Arfou ao olhar em volta. Estava em um hall estreito, não na sua própria casa, ou algo parecido, e o lacaio, agora fechando a porta, não era nenhum criado de Rule.

Ela virou-se rapidamente.

— Houve um eng-gano — disse ela. — A-abram a por-porta, por favor!

Um passo ressoou atrás dela. Olhou por sobre o ombro e viu lorde Lethbridge.

— Seja bem-vinda, milady! — disse lorde Lethbridge, e abriu a porta do salão. — Por favor, entre!

Ela permaneceu perfeitamente imóvel. No seu rosto, a raiva competindo com a perplexidade.

— Não entendo! — disse ela. — O que si-significa isto, se-
-senhor?

— Eu direi, senhora, mas, por favor, entre — disse Lethbridge.

Ela estava ciente do lacaio em silêncio às suas costas; não se
deve fazer uma cena na frente de criados. Depois de uma hesitação
momentânea, ela se moveu e entrou no salão.

Estava iluminado por muitas velas e, em um extremo da sala,
uma mesa estava posta com uma ceia fria. Horatia franziu o cenho.

— Se está o-oferecendo uma festa, se-senhor, a-asseguro-lhe de
que não fui con-convidada e não pretendo ficar — anunciou ela.

— Não é uma festa — replicou ele, fechando a porta. — É só
para nós dois, minha querida.

— Deve estar louco! — disse Horatia, olhando-o perplexa. — É
cla-claro que eu nun-nunca viria cear com o senhor so-sozinha! Se
me convidou, ju-juro que não to-tomei conhecimento e não consi-
-sigo imaginar por que me-meu cocheiro me trou-trouxe para cá.

— Não a convidei, Horry. Quis lhe fazer uma pequena surpresa.

— Então, foi u-uma tre-tremenda im-impertinência de sua
parte! — disse Horatia. — Su-suponho que tenha subor-bornado
meu cocheiro. Bem, a-acompanhe-me de volta ao coche, se-senhor,
i-imediatamente!

Ele riu.

— Sua carruagem, querida, já se foi, e seu cocheiro e seu cavalariço estão caídos debaixo de uma mesa em uma taverna em
Whitehall. Foram meus homens que a trouxeram. Então, concorda
que planejei tudo muito bem?

A fúria inflamou os olhos de Horatia.

— Acho que foi mon-monstruoso! — disse ela. — Es-está
querendo me dizer que te-teve a a-audácia de subjugar me-meus
criados?

— Oh, não! — respondeu ele. — Teria sido desnecessariamente
violento. Enquanto estava em Richmond House, meu amor, o que

seria mais natural do que os bons sujeitos molharem a garganta na taverna mais próxima?

— Eu não a-acredito! — disse Horatia. — Não conhe-nhece Rule, se a-acha que e-ele manteria um cocheiro que se em-embebeda! Deve tê-lo a-atacado e vou cha-chamar um policial a-amanhã e contar tu-tudo! Tal-talvez, então, o senhor la-lamente o que fe-fez!

— Espero que sim — concordou Lethbridge. — Mas acha que o policial acreditaria que um caneco de cerveja surtiria um efeito tão desastroso sobre seus criados? Pois eu não os ataquei como acredita.

— Dro-drogados! — gritou Horatia.

— Exatamente — sorriu milorde. — Por favor, dê-me sua capa.

— Não! — replicou Horatia. — Não vou ti-tirá-la! O se-senhor perdeu o ju-juízo, e se não tiver a de-delicadeza de chamar um carro pra mim, vou pa-para casa a pé!

— Gostaria que entendesse, Horry — disse ele. — Não vai sair da minha casa esta noite.

— Nã-não vou sair da su-sua casa... Oh, está louco! — disse Horatia com convicção.

— Então, enlouqueça comigo, meu amor — disse Lethbridge, e pôs a mão sobre a capa dela, para retirá-la.

— Não me cha-chame de amor! — disse Horatia. — Mas como... está ten-tentando me arruinar!

— Como quiser, minha cara — disse ele. — Estou disposto, sim... estou disposto a fugir com você, ou pode voltar para casa de manhã e contar a história que quiser.

— O se-senhor tem o há-hábito de fugir com mu-ulheres, não? — disse Horatia.

Os sobrolhos de lorde Lethbridge se contraíram, mas somente por um instante.

— Então, sabe da história, hein? Digamos que eu tenha o hábito de fugir com as mulheres da sua família.

— E-eu... — disse Horatia — sou uma Wi-Winwood, o que va-vai descobrir que faz u-uma grande di-diferença. Não pode me obrigar a fugir com o se-senhor.

— Não vou nem tentar — replicou ele calmamente. — Ainda assim acredito que nos daríamos muito bem juntos, eu e você. Há uma coisa em você, Horry, que é extremamente sedutora. Eu poderia fazer com que me amasse, sabe?

— Já-á sei qual é o pro-problema com o se-senhor! — exclamou Horatia, compreendendo de súbito. — Está bê-bêbado!

— Um pouquinho — respondeu milorde. — Vamos, dê-me sua capa. — Ele conseguiu tirá-la enquanto falava e a jogou para o lado. Ficou olhando para ela por um momento, com os olhos semicerrados. — Não, você não é bonita — disse ele baixinho —, mas é tremendamente sedutora, minha querida!

Horatia recuou.

— Não che-chegue perto de mi-mim!

— Não chegar perto de você? — repetiu ele. — Horry, sua tolinha!

Ela tentou se esquivar dele, mas ele a pegou e a puxou rude-mente para si. Houve uma luta selvagem, ela conseguiu soltar uma das mãos, e deu-lhe um tapa sonoro. Ele, então, prendeu seus dois braços no lado do corpo e a beijou sufocantemente. Ela conseguiu afastar a cabeça e pisar fundo com o salto no peito do pé dele. Sentiu-se vacilar e, contorcendo-se, se libertou de seus braços, ouvindo a renda de seu corpete rasgar-se, presa nos dedos dele. No momento seguinte, a mesa estava entre os dois, e Lethbridge passava a mão no pé machucado e ria.

— Nossa, que geniosa! — disse ele. — Nunca imaginei que tivesse um gênio desse! Maldição, acho que não vou deixar que volte para aquele seu marido apático nunca mais. Oh, não faça esta carranca, querida, não vou ficar correndo em volta da mesa para pegá-la. Sente-se.

Ela, agora, estava realmente assustada, pois tinha a impressão de que ele estava fora de seu juízo. Manteve os olhos atentos em seus movimentos e decidiu que a única coisa a fazer era fingir ceder à sua vontade. Esforçando-se para falar sem hesitação, disse:

— Se o senhor se se-entar, eu me sento.

— Olhe para mim! — replicou Lethbridge, deixando-se cair em uma cadeira.

Horatia assentiu com a cabeça e seguiu o seu exemplo.

— Por fa-favor, seja sen-sensato, milorde — pediu ela. — Não adi-adianta nada dizer que es-está a-apaixonado por mim, porque não acredito. Por que me tro-trouxe aqui?

— Para roubar a sua virtude — respondeu ele petulantemente. — Está vendo? Sou completamente franco com você.

— En-então, também po-posso ser franca — retorquiu Horatia, seus olhos brilhando. — Se pensa que va-vai me vio-violar, está muito enga-ganado! Estou bem mais pe-erto da porta do que o se-senhor.

— É verdade, mas está trancada, e a chave... — bateu em seu bolso — está aqui!

— Oh! — disse Horatia. — Então, nem mes-mesmo joga limpo!

— Não no amor — replicou ele.

— Gostaria — disse Horatia com veemência — que pa-parasse de falar em amor. Isso me dá náuseas.

— Minha querida — disse ele —, afirmo-lhe que a cada instante me apaixono mais por você.

Ela franziu o lábio.

— Besteira! — disse ela, enfurecida. — Se me a-amasse u-um pou-pouquinho que fosse, não faria i-isso comigo. E se real-realmente me estuprar, será pre-preso, se Ru-Rule não o ma-matar antes, o que, a-acho, ele fará.

— Ah! — disse Lethbridge. — Sem dúvida eu seria posto na prisão... se tiver a coragem de contar à sociedade sobre esta noite.

Valeria a pena. Oh, valeria a pena só por saber que o maldito orgulho de Rule teria sido humilhado!

Os olhos dela se estreitaram. Ela inclinou-se um pouco à frente, as mãos cerradas no colo.

— Então é isso! — disse ela. — Que pre-presunção, milorde! Isso caberia bem em Drury Lane, penso e-eu, mas não na vi-vida real!

— Não custa tentar — disse Lethbridge. A zombaria tinha desaparecido, deixando sua expressão muito sombria, a boca inflexível, os olhos encarando à frente.

— Não en-entendo como pude que-querer o senhor como a--amigo — disse Horatia, pensativamente. — É tão terri-ivelmente covarde. Não con-consegue encontrar ou-outra maneira de se vi--ingar que não po-por meio de mu-mulheres?

— Nenhuma tão primorosamente completa — respondeu Lethbridge, impassível. Seu olhar dirigiu-se ao rosto dela. — Mas quando olho para você, Horry, ora, me esqueço da vingança, e a desejo só por você mesma.

— Não po-pode i-imaginar como me sinto li-lisonjeada — disse Horatia, cortesmente.

Ele caiu na gargalhada.

— Sua tratante adorável! Acho que um homem seria capaz de tê-la durante 12 meses inteiros e não se cansar de você! — Levantou-se. — Venha, Horry, venha compartilhar a sua sorte comigo! Você foi feita para algo melhor do que ficar amarrada a um homem que não lhe dá a mínima. Parta comigo e lhe ensinarei o que o amor pode ser!

— E então Rule pode se di-divorciar de mim e, é cla-claro, o se-senhor se casar co-comigo? — sugeriu Horatia.

— Posso, até mesmo, fazer isso — concordou ele. Ele foi até a mesa e pegou uma das garrafas que estavam sobre ela. — Vamos beber ao... futuro! — disse ele.

— Está be-bem, senhor — replicou Horatia com uma voz de falsa submissão. Tinha-se levantado com ele e dado um passo na direção da lareira vazia. Agora, enquanto ele estava de costas, ela curvou-se rapidamente e pegou o pesado atiçador de bronze que ali estava.

Lethbridge estava enchendo o segundo copo.

— Iremos à Itália, se quiser — disse ele.

— Itália? — disse Horatia, avançando na ponta dos pés.

— Por que não?

— Por-porque eu não i-iria nem ao fi-final da rua com o senhor! — disse Horatia repentinamente, e o acertou com toda a sua força.

O atiçador caiu com um baque surdo desagradável. Metade horrorizada, metade triunfante, Horatia viu Lethbridge oscilar por um momento e cair no chão. A garrafa de vinho, escorregando de seus dedos sem força, rolaram sobre o tapete, derramando seu conteúdo em um fluido vermelho rubi.

Horatia mordeu o lábio inferior e se ajoelhou do lado da forma flácida, e enfiou a mão no bolso que ele indicara tão confiantemente. Achou a chave e a pegou. Lethbridge jazia assustadoramente imóvel; ela se perguntou se não o teria matado e lançou um olhar assustado à porta. Nenhum som perturbava o silêncio. Percebeu, com um suspiro de alívio, que os criados já deviam ter ido se deitar e se levantou. Não havia sangue no atiçador, e nenhum que ela pudesse ver na cabeça de Lethbridge, embora a sua peruca meio caída sobre a testa talvez o ocultasse. Colocou o atiçador de volta na grelha, pegou sua capa e correu para a porta. Sua mão tremia tanto que só com dificuldade conseguiu encaixar a chave na fechadura, e no momento seguinte, estava no hall, puxando com força os ferrolhos da porta da frente. Eles rangeram ruidosamente e ela lançou um olhar nervoso para trás. Ela abriu a porta e, envolvendo-se com sua capa, desceu rápido os degraus para a rua.

Havia grandes poças de água, e nuvens densas ameaçavam obscurecer a lua, mas, no momento, tinha parado de chover. A rua estava sinistramente silenciosa. Nas duas calçadas, as janelas fechadas, e um vento leve açoitava furtivamente as saias de Horatia ao redor de seus tornozelos.

Ela seguiu, quase correndo, na direção da Curzon Street. Nunca, em toda a sua vida, tinha estado sozinha na rua, a pé, a essa hora, e rezou fervorosamente para não encontrar ninguém. Tinha quase alcançado a esquina da rua, quando, para sua consternação, ouviu vozes. Parou, tentando ver quem esses pedestres tardios poderiam ser. Havia dois deles, e seu passo parecia incerto. Então, um deles falou com uma voz inconfundível, embora um pouco engrolada.

— Vou dizer o que farei — disse. — Vou apostar 25 libras em como está errado!

Horatia deu um gritinho de alívio e se jogou à frente, direto nos braços do assombrado fanfarrão, que cambaleou com o impacto.

— Pe-Pel! — disse ela, soluçando. — Oh, Pe-Pel, leva-me para ca-casa!

O visconde recobrou o equilíbrio segurando-se na balaustrada. Semicerrou os olhos, pasmo diante da irmã e, de súbito, fez uma descoberta:

— É você, Horry! — disse ele. — Bem, bem, bem! Conhece minha irmã, Pom, esta é a minha irmã, Lady Rule. Sir Roland Pommeroy, Horry, um amigo meu.

Sir Roland conseguiu fazer uma bela reverência.

— Seu criado mais obediente! — disse ele.

— Pe-Pel, pode me le-levar para casa? — implorou Horatia, segurando firme seu pulso.

— Permita-me, senhora! — disse Sir Roland, oferecendo-lhe o braço. — Dê-me essa honra!

— Espere um pouco — interrompeu o visconde, franzindo o cenho de maneira auspiciosa. — Que horas são?

— Nã-não sei, mas de-deve ser terrivelmen-ente tarde! — disse Horatia.

— Duas horas em ponto! — replicou Sir Roland. — Não pode ter passado das 2h. Saímos da casa de Monty à 1h30, não foi? Então, muito bem, vamos dizer que sejam 2 horas.

— São mais de 2h — manifestou-se o visconde — e se são mais de 2h, o que me preocupa é: o que diabos está fazendo aqui, Horry?

— Pel, Pel! — rogou seu amigo. — Não se esqueça de que tem uma dama presente!

— É o que eu digo — concordou o visconde. — Damas não saem às 2h da manhã. Onde estamos?

Sir Roland refletiu por um instante.

— Half-Moon Street — disse ele positivamente.

— Muito bem, então — disse o visconde —, responda-me: o que minha irmã está fazendo na Half-Moon Street às 2h da manhã?

Horatia, que escutava a conversa com impaciência, sacudiu seu pulso.

— Não fique pa-parado só falando, Pe-Pel. Não pu-pude e-evitar, não pude mes-mesmo! E estou a-apavorada com a po-possibili--idade de ter ma-matado lorde Lethbridge!

— O quê?

— Ma-matado lor-lorde Lethbridge — repetiu Horatia, arrepiando-se.

— Bobagem! — disse o visconde.

— Não é-é bo-bobagem! Ba-ati nele com um a-atiçador com tan-tanta força que ele caiu e fi-ficou no chão sem se me-mexer!

— Onde o atingiu? — perguntou o visconde.

— Na ca-abeça — respondeu Horatia.

O visconde olhou para Sir Roland.

— Acha que ela o matou, Pom?

— Pode ser — replicou Sir Roland judiciosamente.

— Aposto cinco a um como não — ofereceu o visconde.

— Feito! — disse Sir Roland.

— Sabe de uma coisa? — disse o visconde, de súbito. — Vou ver.

Horatia segurou-o pela aba do paletó.

— Não, não va-ai! Tem de me levar para casa.

— Oh, está bem — replicou o visconde, renunciando a seu propósito. — Mas não tem o direito de ficar matando gente com atiçadores às 2h. Não é correto.

Sir Roland manifestou-se, inesperadamente, em defesa de Horatia.

— Não vejo assim — disse ele. — Por que ela não deveria bater em Lethbridge com um atiçador? Você não gosta dele. Eu não gosto dele.

— Não — disse o visconde, reconhecendo a verdade dessa declaração. — Mas não bateria nele com um atiçador. Nunca ouvi falar numa coisa assim.

— Nem eu — admitiu Sir Roland. — Mas vou dizer o que penso, Pel. Foi muito bem feito!

— Acha mesmo? — disse o visconde.

— Acho — manteve Sir Roland, obstinadamente.

— Bem, é melhor irmos para casa — disse o visconde, tomando outra de suas decisões repentinas.

— Graças a-a De-Deus! — disse Horatia, exasperada. Deu o braço a seu irmão, e o girou, pondo-o na direção certa. — Por aqui, cri-criatura i-idiota!

Mas o visconde, nesse momento, reparou em seu penteado elaborado, com o feixe de plumas inclinadas, e se deteve:

— Sabia que tinha algo muito esquisito em você, Horry — disse ele. — O que fez com o seu cabelo?

— Na-nada, é só-ó um Quésaco. De-depressa, Pel!

Sir Roland, interessado, baixou a cabeça.

— Perdoe-me, senhora, mas o que disse que era?

— Eu di-disse que e-era um Quésaco — replicou Horatia, sem saber se chorava ou ria. — É uma expressão em provençal para "o que significa?".

— Bem, e o que significa? — perguntou o visconde, razoavelmente.

— Oh, Pe-Pel, sei lá! Quer me le-levar logo pa-ara casa?

O visconde deixou-se ser levado. Atravessaram a Curzon Street sem contratempos, e Sir Roland comentou que fazia uma bela noite. Nem o visconde nem a irmã deram a menor atenção à sua observação. O visconde, que estivera refletindo, disse:

— Não estou dizendo que não foi uma boa coisa, se é que matou Lethbridge, mas o que não consigo entender é o que a levou lá a esta hora da noite.

Horatia, percebendo que, em seu estado atual, seria inútil explicar, respondeu:

— Fui à fe-festa em Richmond House.

— E foi agradável, senhora? — perguntou Sir Roland, cortesmente.

— Sim, o-obrigada.

— Mas Richmond House não é em Half-Moon Street — salientou o visconde.

— Ela ia a pé para casa — explicou Sir Roland. — Nós estávamos indo para casa a pé, não estávamos? Então, tudo bem. Ela ia a pé para casa. Passou pela casa de Lethbridge. Entrou. Bateu na cabeça dele com um atiçador. Saiu. Encontrou-nos na rua. Pronto. Simples assim.

— Bem, não sei não — disse o visconde. — Parece-me estranho.

Sir Roland aproximou-se de Horatia.

— Lamento profundamente! — disse em um sussurro rouco. — Pobre Pel, está um pouco desnorteado.

— Por pie-edade, a-apressem-se! — replicou Horatia, com irritação.

Tinham alcançado Grosvenor Square, e começara a chover. O visconde disse abruptamente:

— Disse que fazia uma bela noite?

— Talvez tenha dito — replicou Sir Roland, prudentemente.

— Bem, acho que está chovendo — comunicou o visconde.

— Es-está choven-endo e minhas plumas vão se es-estragar! — disse Horatia. — Oh, o que é agora, Pe-Pel?

O visconde tinha parado.

— Esqueci uma coisa — disse ele. — Devo ir ver se Lethbridge está morto.

— Pe-Pel, isso não tem importância, re-realmente não tem!

— Sim, tem, eu apostei nisso — replicou o visconde, e partiu na direção de Half-Moon Street.

Sir Roland sacudiu a cabeça.

— Ele não devia ter partido dessa maneira — disse severamente. — Uma dama em seu braço... sair assim, sem uma palavra sequer... É muita audácia, muita audácia realmente. Aceite meu braço, senhora!

— Gra-graças a Deus, che-chegamos! — disse Horatia, apressando-o.

Ao pé da escada da frente de sua casa, ela parou e examinou Sir Roland, em dúvida.

— Vo-vou ter de lhe explicar tudo, su-suponho. Ve-venha me ver a-amanhã.. Quer dizer, ho-hoje. Por fa-favor, não se esqueça de vi-vir! E se e-eu realmente ma-matei lor-lorde Lethbridge, não fa-fale nada sobre i-isso!

— Certamente não — replicou Sir Roland. — Nem uma palavra.

Horatia preparou-se para subir os degraus.

— E você va-vai atrás de Pel-Pelham e vai le-levá-lo para casa, nã-não vai?

— Com o maior prazer, senhora — disse Sir Roland, fazendo uma reverência profunda. — Fico feliz em poder servi-la!

"Bem, pelo menos ele não parecia tão bêbado quanto Pelham", pensou Horatia, enquanto o porteiro sonolento abria a porta. "Se pelo menos eu puder fazê-lo entender como tudo aconteceu, e

Pelham não fizer nenhuma loucura, talvez Rule não precise tomar conhecimento de nada disso."

Um pouquinho animada por esse pensamento, subiu para o seu quarto, onde ardia uma lamparina. Com um círio, acendeu as velas na penteadeira e sentou-se diante do espelho, exausta. As plumas em seu cabelo estavam molhadas e bambas; seu corpete estava rasgado. Levou a mão a ele, mecanicamente, e, de repente, seus olhos se arregalaram de terror. Tinha saído usando algumas das joias Drelincourt — um conjunto de pérolas e diamantes: brincos, broche e pulseiras. Os brincos estavam em suas orelhas, as pulseiras continuavam em seus braços, mas o broche tinha desaparecido.

Seu pensamento retrocedeu à luta nos braços de Lethbridge, quando a renda tinha sido rasgada. Olhou assustada para a própria imagem no espelho. Por baixo do ruge Serkis, estava completamente lívida. Seu rosto se franziu e ela desmanchou-se em lágrimas.

XV

Nada sobrevindo que fizesse o visconde desviar-se de seu propósito, prosseguiu um caminho, de certa maneira, errático, de volta a Half-Moon Street. Encontrando a porta da casa de Lethbridge aberta, como Horatia a deixara, entrou sem fazer cerimônia. A porta que dava para o salão também estava entreaberta e iluminada. O visconde pôs a cabeça para dentro do salão e olhou em volta.

Lorde Lethbridge estava sentado em uma cadeira à mesa, segurando a cabeça. Uma garrafa vazia de vinho estava no chão, junto de uma peruca Catogan um tanto desgrenhada. Ao ouvir passos, milorde ergueu os olhos e se deparou, espantado, com o visconde à porta.

O visconde entrou na sala.

— Vim ver se estava morto — disse ele. — Apostei com Pom que não estaria.

Lethbridge passou a mão nos olhos.

— Não estou — disse com a voz enfraquecida.

— Não. Desculpe — disse o visconde, simplesmente. Andou até a mesa e se sentou em uma cadeira. — Horry disse que o tinha matado, Pom disse que talvez sim, e eu disse não. Bobagem.

Lethbridge, sem tirar a mão da cabeça dolorida, tentou pensar com clareza.

— Você disse? — perguntou ele. Seus olhos percorreram o convidado autoimposto. — Entendo. Permita-me que lhe assegure mais uma vez que estou perfeitamente vivo.

— Bem, gostaria que colocasse a sua peruca — queixou-se o visconde. — O que quero saber é por que Horry bateu na sua cabeça com o atiçador.

Lethbridge passou a mão cautelosamente no couro cabeludo ferido.

— Foi com um atiçador? Por favor, pergunte a ela, se bem que eu duvide que vá contar.

— Não devia deixar a porta da frente aberta — disse o visconde. — Impediria que as pessoas ficassem entrando e batendo na sua cabeça. É despropositado.

— Gostaria que fosse para casa — disse Lethbridge, enfadado.

O visconde examinou a mesa posta com um olhar experiente.

— Uma festa de carteado? — perguntou.

— Não.

Nesse momento, a voz de Sir Roland Pommeroy ressoou, chamando seu amigo. Também ele pôs a cabeça pela porta e, vendo o visconde, entrou.

— Você tem de ir para casa — disse ele brevemente. — Dei minha palavra a milady que o levaria para casa.

O visconde apontou um dedo a seu anfitrião relutante.

— Ele não está morto, Pom. Eu disse que não estaria.

Sir Roland virou-se para olhar bem para Lethbridge.

— Não, não está morto — admitiu com certa relutância. — Não resta outra coisa a não ser ir para casa.

— Diacho, que maneira mais boba de terminar a noite — protestou o visconde. — Desafio-o a uma partida de *piquet*.

— Não nesta casa — disse Lethbridge, pegando a peruca e recolocando-a, cautelosamente, na cabeça.

— Por que não nesta casa? — perguntou o visconde.

A pergunta estava destinada a ficar sem resposta. Mas um terceiro visitante tinha chegado.

— Meu caro Lethbridge, peço que me perdoe, mas esta chuva desagradável! Impossível achar uma liteira, qualquer carro que seja! E como sua porta estava aberta, entrei para me abrigar. Estou incomodando? — disse o Sr. Drelincourt, perscrutando a sala.

— Oh, nem um pouco! — replicou Lethbridge, ironicamente. — Entre, faço questão! Acho que não preciso apresentar lorde Winwood e Sir Roland Pommeroy, preciso?

O Sr. Drelincourt se retraiu perceptivelmente, mas tentou compor suas feições proeminentes em uma expressão de indiferença.

— Oh, neste caso... Eu não fazia ideia de que estava recebendo, milorde... Por favor, me perdoe!

— Tampouco eu fazia ideia — disse lorde Lethbridge. — Talvez queira jogar *piquet* com Winwood.

— Realmente, deve me desculpar! — replicou o Sr. Drelincourt afastando-se em direção à porta.

O visconde, que o ficara encarando fixamente, cutucou Sir Roland.

— Este é o tal Drelincourt — disse ele.

Sir Roland concordou com a cabeça e disse:

— Sim, este é o Drelincourt. Não sei por que, mas não gosto dele, Pel. Nunca gostei. Vamos embora.

— De jeito nenhum — disse o visconde, com dignidade. — Quem o convidou a entrar? Vamos, quem? Cristo, é muita petulância, se é, um sujeito meter o nariz em uma festa privada de carteado. Vou dizer o que farei: vou puxar o nariz dele eu mesmo.

O Sr. Drelincourt, profundamente alarmado, lançou um olhar súplice a Lethbridge, que, meramente, olhou de maneira sombria. Sir Roland, no entanto, conteve o amigo.

— Não pode fazer isso, Pel. Lembre-se de que duelou com ele. Deveria ter puxado o seu nariz antes. Não pode fazer isso agora. —

Olhou em volta da sala com o cenho franzido. — Ah, e outra coisa! — disse ele. — O carteado era na casa de Monty, não era? Bem, aqui não é a casa de Monty. Eu sabia que tinha alguma coisa errada!

O visconde sentou-se ereto e se dirigiu a lorde Lethbridge com uma certa severidade.

— Vai haver o carteado ou não? — perguntou ele.

— Não — replicou lorde Lethbridge.

O visconde levantou-se e pegou seu chapéu.

— Devia ter dito antes — disse ele. — Se não é uma reunião para carteado, o que diabos é isto?

— Não faço a menor ideia — replicou Lethbridge. — Isso está me intrigando já há algum tempo.

— Se um homem oferece uma festa, deve saber que tipo de festa é — argumentou o visconde. — Se não sabe, como nós vamos saber? Deve ser uma maldita *soirée*, e, nesse caso, não teríamos vindo. Vamos para casa, Pom.

Pegou o braço de Sir Roland e andou com ele até a porta. Ali, Sir Roland lembrou-se de alguma coisa e virou-se.

— Uma noite muito agradável, milorde — disse ele formalmente, fez uma reverência e saiu atrás do visconde.

O Sr. Drelincourt esperou até que os dois companheiros embriagados estivessem bem afastados para ouvirem e emitiu um som desolado.

— Não sabia que se dava tanto com Winwood — disse ele. — Não interrompi mesmo a sua festa? Mas a chuva, sabe! Não se consegue nem mesmo uma liteira!

— Tire da sua cabeça a ideia de que qualquer um de vocês tenha estado aqui a convite meu — disse Lethbridge, rudemente, e encaminhou-se à mesa.

Alguma coisa chamou a atenção do Sr. Drelincourt. Curvou-se e pegou debaixo da borda do tapete persa um broche de diamantes e pérolas de design antigo. Seu queixo caiu. Lançou um olhar rápido e penetrante a Lethbridge, que estava bebendo de um único gole um copo de vinho. No momento seguinte, o broche estava no seu bolso, e quando Lethbridge se virou, ele disse gentilmente:

— Peço mil perdões! Acho que a chuva parou. Permita-me fazer minha despedida.

— Com prazer — disse Lethbridge.

O olhar do Sr. Drelincourt percorreu a mesa posta para dois. Perguntou-se se Lethbridge estaria escondendo a sua bela visitante.

— Não, imploro, não se dê o trabalho de me acompanhar até a porta!

— Quero me certificar de que ficará fechada — disse Lethbridge, implacavelmente, e o levou para fora.

Algumas horas depois, o visconde despertou para um novo, mas consideravelmente avançado, dia, com uma lembrança bastante imperfeita dos acontecimentos da noite. No entanto, recordou-se o suficiente para que, assim que tomou um café forte, afastasse os lençóis e pulasse da cama, chamando seu criado.

Estava de mangas de camisa, sentado diante da penteadeira, ajeitando a gravata de renda, quando foi-lhe transmitida a mensagem de que Sir Roland Pommeroy estava lá embaixo e gostaria de ter uma palavra com ele.

— Que ele suba — disse o visconde brevemente, colocando um prendedor na gravata. Pegou seu solitário, uma faixa estreita de fita preta, e estava colocando-a ao redor do pescoço quando Sir Roland entrou.

O visconde ergueu o olhar e encontrou os olhos de seu amigo no espelho. Sir Roland parecia muito solene. Sacudiu sutilmente a cabeça e emitiu um suspiro.

— Não preciso mais de você, Corney — disse o visconde dispensando o criado.

A porta fechou-se discretamente atrás do homem. O visconde girou em sua cadeira e apoiou os braços no espaldar.

— Quanto eu estava bêbado ontem à noite? — perguntou ele.

Sir Roland pareceu mais soturno do que nunca.

— Muito bêbado, Pel. Queria puxar o nariz daquele Drelincourt.

— Isso não prova que eu estava bêbado — disse o visconde com impaciência. — Mas não consigo tirar da minha cabeça que minha irmã Rule tinha alguma coisa a ver com isso. Ela disse ou não que tinha batido na cabeça de Lethbridge com um atiçador?

— Um atiçador, foi isso? — exclamou Sir Roland. — Eu não conseguia me lembrar de jeito nenhum de com que ela tinha dito que batera nele! Então foi isso! E aí, você saiu para ver se ele estava morto. — O visconde praguejou baixinho. — E eu a levei para casa. — Franziu o cenho. — E mais uma coisa. Ela disse que eu fosse vê-la pela manhã!

— É uma confusão dos diabos — murmurou o visconde. — O quê, por Deus, ela estava fazendo na casa daquele sujeito?

Sir Roland pigarreou.

— Naturalmente... não preciso lhe dizer... pode contar comigo, Pel. Uma história embaraçosa... conte com meu silêncio

O visconde concordou com um movimento da cabeça.

— Muita bondade sua, Pom. Tenho de ver minha irmã antes de mais nada. É melhor vir comigo.

Levantou-se e pegou o colete. Alguém bateu na porta e, depois de ouvir que entrasse, um criado apareceu com uma carta selada sobre uma salva. O visconde pegou-a e rompeu o lacre.

O bilhete era de Horatia e tinha sido, evidentemente, escrito em grande agitação. *Querido Pel, aconteceu a coisa mais terrível. Por favor, venha imediatamente. Estou completamente aturdida. Horry.*

— Está esperando resposta? — perguntou o visconde, sucintamente.

— Não, milorde.

— Então, por favor, mande Jackson, na estrebaria, preparar o faetonte.

Sir Roland, que observara com interesse a leitura do bilhete, pensou que eram raras as vezes em que vira seu amigo empalidecer daquele jeito e pigarreou uma segunda vez.

— Pel, meu caro amigo, tenho de lembrá-lo que ela o golpeou com um atiçador. Deixou-o sem sentidos.

— Sim — disse o visconde, parecendo um pouco menos sombrio. — Foi o que ela fez. Ajude-me a vestir o paletó, Pom. Vamos para Grosvenor Square imediatamente.

Quando, vinte minutos depois, o faetonte parou em frente à casa de Rule, Sir Roland disse que talvez fosse melhor ele não entrar, portanto o visconde foi introduzido sozinho em um dos salões menores. Ali, se deparou com sua irmã, parecendo a própria imagem do desespero.

Recebeu-o sem recriminações.

— Oh, Pe-Pel, estou tão fe-feliz por ter vi-vindo! Estou ar-arruinada, vai ter de me a-ajudar!

O visconde pôs o chapéu e as luvas numa cadeira e disse severamente:

— E então, Horry, o que aconteceu ontem à noite? Não precisa ficar aflita, simplesmente me conte!

— É cla-claro que vou con-ontar! — replicou Horatia. — Fui a Rich-Richmond House, pa-para o baile e fo-fogos de artifí-fício.

— Não importa o baile nem fogos de artifício — interrompeu o visconde. — Você não estava em Richmond House, nem em qualquer lugar próximo, quando nos encontramos.

— Não, e-eu estava em Ha-Half-Moon Street — disse Horatia, francamente.

— Foi à casa de Lethbridge?

O tom de acusação na voz de seu irmão fez Horatia jogar a cabeça para cima.

— Sim, fu-ui, mas se pen-pensa que fui até lá po-por vontade pró-própria vo-você é-é... execrável! — Seus lábios estremeceram. — Se bem que por que a-acreditaria nisso, nã-não posso i-imaginar, pois é a his-história mais i-idiota que já ou-ouviu, e sei que não parece ver-verdade.

— Bem, qual é a história? — perguntou ele, puxando uma cadeira.

Ela enxugou os olhos com a ponta do seu lenço.

— Sabe, meus sa-sapatos estavam me ma-machucando e saí do bai-baile mais cedo, e es-estava cho-chovendo. Mi-minha carruagem foi cha-chamada e a-acho que não o-olhei para o la-lacaio, por que o-olharia?

— O que diabos tem o lacaio a ver com isso? — perguntou o visconde.

— Tudo — replicou Horatia. — Ele não era o ce-erto.

— Não entendo que diferença isso faz.

— Es-estou di-dizendo que não era um dos no-ossos cri-criados. Tampouco o cocheiro e-era. Eram de lor-lorde Lethbridge.

— O quê? — disse o visconde, surpreso, sua fronte tornando-se ameaçadora como um trovão.

Horatia balançou a cabeça confirmando.

— Sim, e me le-levaram para a casa dele. E en-entrei antes de me-me dar conta!

O visconde teve de protestar:

— Cristo! Devia saber que não era a sua casa!

— Já di-disse que não sa-sabia! Sei que parece es-estúpido, mas estava cho-chovendo, e o la-lacaio segurava o guarda-chuva, de modo que e-eu não vi di-direito, e quan-quando dei por mim, já es-estava dentro.

— Foi Lethbridge que abriu a porta?

— Nã-não. Foi o por-porteiro.

— Então, por que diabos você não saiu de novo?

— Sei que devia — confessou Horatia —, mas, en-então, lor-lorde Lethbridge a-apareceu e me convidou a en-entrar, e, Pe-Pel, não en-entendi. A-achei que era um en-engano e não quis fa-fazer uma cena na fre-frente do por-porteiro, por i-isso entrei. Só a-agora vejo como fu-fui tola, porque se Ru-Rule che-chegar a saber di-disso e investigar, os cri-criados vão dizer que entrei vo-voluntariamente, o que é verdade!

— Rule não pode saber — disse o visconde sinistramente.

— Não, é cla-claro que não pode, por i-isso mandei chamá-lo.

— Horry, o que aconteceu no salão? Vamos, conte-me logo tudo!

— Foi ho-horrível! Ele di-disse que ia me vio-violentar e, oh, Pel, era só para se vin-vingar de Rule! En-então fingi que fu-fugiria com ele e, a-assim que se virou de cos-costas, bati nele com o a-atiçador e fugi.

O visconde deu um suspiro de alívio.

— Isso é tudo, Horry?

— Não, não é tu-tudo — replicou Horatia, em desespero. — Meu ves-vestido rasgou-se qua-quando ele me be-beijou e só no-notei ao che-chegar em casa que o meu bro-broche tinha caído, e, Pe- -Pel, está com ele!

— Acalme-se — disse o visconde, levantando-se. — Ele não o terá por muito tempo.

Percebendo em seu rosto retesado uma expressão assassina, Horatia gritou:

— O que vai fa-fazer?

— Fazer? — disse o visconde, com uma risada breve e sinistra. — Cortar a garganta daquele cachorro!

Horatia deu um pulo.

— Pe-Pel, não pode fa-fazer isso! Pelo a-amor de Deus, não o de-desafie! Sabe que e-ele luta muito me-melhor que você, e pen- -pense só no escândalo! Pe-Pel, vai me a-arruinar se fizer i-isso! Não pode pedir-lhe sa-satisfação!

O visconde se deteve com um desgosto amargo.

— Tem razão — disse ele. — Não posso. Diabos, tem de haver uma maneira de provocar uma briga com ele sem meter você no meio!

— Se lu-lutar com ele, todo mundo vai dizer que é po-por minha causa, porque de-depois que due-elou com Crosby as pe-pessoas comentaram, e eu fi-fiz coisas i-idiotas... oh, não de-deve, Pel. Já é ru-ruim o bastante Sir Ro-Roland saber...

— Pom! — exclamou o visconde. — Vamos mandá-lo entrar! Ele deve ter alguma ideia de como eu posso lidar com isso.

— Mandá-lo en-entrar? Por quê? On-onde ele es-está?

— Lá fora, no faetonte. Não precisa se preocupar, Horry. Ele é extraordinariamente discreto.

— Be-bem, se a-acha que ele po-pode nos ajudar, ele po-pode entrar — disse Horatia, em dúvida. — Mas, por fa-favor, explique tu-tudo a ele, an-antes, Pel, pois de-deve es-estar pensando as piores coisas a meu res-respeito.

Desse modo, quando o visconde retornou ao salão com Sir Roland, esse personagem ilustre já estava a par de toda a história. Curvou-se sobre a mão de Horatia e encetou um pedido de desculpa, de certa maneira complicado, por sua embriaguez na noite anterior. O visconde o interrompeu.

— Isso não tem importância! — rogou o visconde. — Posso pedir satisfações a Lethbridge?

Sir Roland refletiu profundamente sobre isso e, após uma longa pausa, pronunciou seu veredicto.

— Não — disse ele.

— Te-tenho de a-admitir que tem muito mais ju-juízo do que pen-pensei — disse Horatia, de maneira aprovadora.

— Está querendo me dizer — perguntou o visconde — que devo ficar sentado sem fazer nada enquanto aquele cachorro rapta minha irmã? Não, maldição, não vou ficar sentado!

— É um golpe terrivelmente duro para você, Pel — concordou Sir Roland, solidário. — Mas não vai dar certo, sabe? Desafiou Drelincourt. Houve muito falatório. Desafiar Lethbridge... será fatal!

O visconde bateu na mesa com o punho fechado.

— Dane-se, Pom. Você se dá conta do que ele fez? — gritou ele.

— Um caso extremamente desagradável — disse Sir Roland.

— Péssimo *ton*. Tem de ser silenciado.

O visconde pareceu ficar sem palavras.

— Por enquanto, se cale — disse Sir Roland. — Os comentários vão morrer... digamos... em três meses. Arrume uma briga com ele, então.

O visconde se iluminou.

— Sim, posso fazer isso. O que resolve o caso.

— Re-resolve o caso? Não re-resolve! — declarou Horatia. — Preciso ter meu bro-oche de vol-volta! Se Ru-Rule sentir fa-falta dele, vai vir tudo à to-tona!

— Bobagem! — disse seu irmão. — Diga-lhe que o perdeu na rua.

— Não vai a-adiantar dizer isso! Lethbridge pode se a-aproveitar. Pode u-usá-lo só para dei-deixar Rule des-desconfiado.

Sir Roland mostrou-se chocado.

— Que mau caráter! — disse ele. — Nunca gostei desse sujeito.

— Que tipo de broche é? — perguntou o visconde. — Rule o reconheceria?

— Sim, é cla-claro que sim! Faz parte de um con-conjunto e é mui-muito antigo... do sé-século XV, eu a-acho.

— Nesse caso — decidiu milorde —, temos de consegui-lo de volta. É melhor eu ir ver Lethbridge agora mesmo. Se bem que não sei como vou manter minhas mãos longe dele. Que grande tolo eu fui indo à sua casa ontem à noite!

Sir Roland, mais uma vez, estava absorto em pensamentos.

— Não vai dar certo — disse ele, finalmente. — Se for para perguntar sobre um broche, Lethbridge fatalmente perceberá que é de milady. Eu vou.

Horatia olhou para ele com admiração.

— Sim, se-será muito me-melhor — disse ela. — O se-senhor é muito prestativo.

Sir Roland enrubesceu, e se preparou para cumprir sua missão.

— Rogo que não se preocupe, senhora. É uma questão de sutileza... requer tato... só isso!

— Tato! — disse o visconde. — Tato com um canalha como Lethbridge! Meu Deus, isso me dá nojo, se dá! É melhor tomar o faetonte. Vou esperá-lo aqui.

Sir Roland curvou-se mais uma vez sobre a mão de Horatia.

— Espero, em meia hora, colocar o broche em suas mãos, senhora — disse ele, e saiu.

A sós com sua irmã, o visconde se pôs a andar de um lado para o outro na sala, resmungando alguma coisa a meia-voz sempre que pensava na iniquidade de Lethbridge. Deteve-se de repente.

— Horry, vai ter de contar a Rule, maldição! Ele tem o direito de saber!

— Não po-posso lhe contar! — respondeu Horatia com uma paixão reprimida. — Não de novo!

— De novo? — disse milorde. — O que quer dizer?

Horatia baixou cabeça e contou, com a voz vacilante, a história do *ridotto* em Ranelagh. O visconde adorou pelo menos uma parte da história e bateu na perna, alegre.

— Sim, mas eu não sa-sabia que era Ru-Rule, de modo que ti-tive de confessar tu-tudo a ele no dia se-seguinte e não vou... não vou fa-fazer outra confissão! Eu di-disse que não teria na-nada a ver com Leth-Lethbridge durante a sua au-ausência e não posso, não po-posso contar i-isso!

— Não entendo — disse o visconde. — São muitos os fatos em sua defesa. O cocheiro... A propósito, o que aconteceu com ele?

— Dro-drogado — replicou ela.

— Tanto melhor — disse milorde. — Se a carruagem retornou à estrebaria sem ele, obviamente você está falando a verdade.

— Mas não re-retornou! Ele foi in-inteligente demais — disse Horatia com ódio. — Fa-falei com o cocheiro ho-hoje de manhã.

Ele a-acha que foi a má qua-qualidade da cerveja, e o coche foi levado de volta à taverna. En-então eu disse que ti-tinha sido o--obrigada a pro-procurar um pajem facheiro para chamar um carro de a-aluguel para mim. E não a-acho justo des-despedi-lo quando sei que ele e o la-lacaio fo-foram drogados, portanto eu di-disse que, dessa vez, não ia con-contar a Ru-Rule.

— Isso é mau — disse o visconde, franzindo o cenho. — Ainda assim, Pom e eu sabemos que você golpeou Lethbridge na cabeça e fugiu.

— Não vai a-adiantar — disse ela, com tristeza. — É cla-claro que vo-você me defenderia, e é i-isso que Ru-Rule pensaria.

— Mas, espere aí, Horry. Por que ele pensaria isso?

— Bem, eu... bem, não fu-fui muito de-delicada com e-ele antes de par-partir, e ele que-queria que eu fo-fosse junto e eu não quis, e você não per-percebe, Pe-Pel, que parece que pla-planejei tudo isso e que não de-desisti de Leth-Lethbridge, e di-disso tudo. E saí desse baile ho-horrível cedo, só para pio-piorar as coisas!

— A situação não parece fácil, certamente — admitiu o visconde. — Você brigou com Ru-Rule?

— Não. Bri-brigar não. Só que... Não.

— É melhor me contar e acabar logo com isso — disse milorde inflexivelmente. — Suponho que tenha armado mais uma das suas, de novo. Avisei que ele não ia tolerar.

— Não foi na-nada disso! — inflamou-se Horatia. — Foi só que des-descobri que ele planejou a his-história de Ranelagh com aquela re-repulsiva Lady Ma-Massey.

O visconde olhou para ela surpreso.

— Você está delirando — disse ele calmamente.

— Não es-estou. E-ela estava lá, e-ela sabia!

— Quem lhe disse que ele planejou tudo com ela?

— Be-bem, ninguém e-exatamente, mas Leth-Lethbridge acha que sim, e, é cla-claro que eu per-percebi...

— Lethbridge! — interrompeu o visconde com escárnio. — Dou a minha palavra que você é uma tola, Horry! Por Deus, não seja tão simplória! Um homem não conspira com a amante contra sua esposa. Nunca soube de uma besteira igual!

Horatia aprumou o corpo.

— Pe-Pel, você re-realmente pensa a-assim? — perguntou ela, tristonha. — Mas não con-consigo esquecer de e-ele dizendo que *ela re-realmente soube* que era ele o tem-tempo todo.

O visconde olhou para ela com um desprezo franco.

— Bem, se ele disse isso é uma prova de que ela não estava envolvida. Se é que é preciso alguma prova. Santo Deus, Horry, preste atenção, seria possível ele dizer isso se ela tivesse alguma participação na história? E tem mais, isso explica por que Massey partiu para Bath, de repente. Com certeza, se ela descobriu que era ele no dominó escarlate, aconteceu algum tipo de cena, e Rule não é homem para suportar isso. Eu me perguntava o que teria acontecido para fazê-la partir com essa pressa toda. Ei, com mil demônios! — Horatia, com um grito súbito de alegria tinha-se jogado em seus braços.

"Não faça isso — disse o visconde, com mau humor, soltando-se.

— Oh, Pe-Pel, eu nun-nunca tinha pen-pensado nisso! — disse Horatia com um suspiro.

— Você é uma tolinha — disse o visconde.

— Sim, sou — admitiu ela. — Mas se ele rom-rompeu com essa mu-mulher, mais u-uma razão para eu não lhe con-contar sobre a no-noite passada.

O visconde refletiu.

— Tenho de admitir que é uma história muito esquisita — disse ele. — Acho que tem razão. Se conseguirmos pegar o broche de volta, você estará salva. Se Pom não for bem-sucedido... — Apertou os lábios e balançou a cabeça sinistramente.

Sir Roland, nesse meio-tempo, tinha chegado a Half-Moon Street e tido a sorte de encontrar lorde Lethbridge em casa.

Lethbridge recebeu-o em um belo robe estampado de flores. Não parecia ter piorado do golpe na cabeça e saudou Sir Roland com uma amabilidade melíflua.

— Por favor, sente-se, Pommeroy — disse ele. — A que devo a honra desta visita inesperada?

Sir Roland aceitou a cadeira e prosseguiu com seu tato.

— Uma coisa desagradável — disse ele. — Na noite passada, eu estava meio fora de mim, entende, perdi um broche. Deve ter caído da minha gravata.

— Oh? — disse Lethbridge, olhando para ele severamente. — Um alfinete, de fato?

— Não, não um alfinete. Um broche. Joia de família... às vezes, o uso. Não gostaria de perdê-lo. Por isso passei para ver se o tinha deixado cair aqui.

— Entendo. E como é esse broche?

— Um broche redondo, pérolas no círculo interno e adorno em alto-relevo, na borda externa, pérolas e diamantes — disse Sir Roland loquazmente.

— Mesmo? Um ornamento feminino, alguém pensaria.

— Pertenceu à minha tia-avó — disse Sir Roland, desenredando-se da situação difícil com uma habilidade de mestre.

— Ah, sem dúvida tem grande apreço por ele — observou milorde, com simpatia.

— Exatamente — disse Sir Roland. — Sentimento, entende? Ficaria feliz em recuperá-lo.

— Lamento infinitamente não poder ajudá-lo. Permita-me sugerir que o procure na casa de Montacute? Parece-me ter dito que havia passado a noite lá.

— Não o perdi lá — replicou Sir Roland com firmeza. — Naturalmente, fui lá antes.

Lethbridge encolheu os ombros.

— Que infortúnio! Talvez o tenha deixado cair na rua.

— Na rua não. Lembro-me de estar com ele logo antes de vir para cá.

— Deus meu! — disse Lethbridge. — O que o faz se lembrar disso particularmente?

Sir Roland pensou por um instante.

— Lembro-me porque Pel disse: "É um prendedor esquisito, este aí, Pom." E eu respondi: "Pertenceu à minha tia-avó." Em seguida, viemos para cá. Devia estar com ele, então.

— Certamente, essa é a impressão. Mas talvez o tenha perdido depois de sair da minha casa. Ou se lembra de que então, Pel disse: "Ora, onde foi parar seu prendedor?"

— Exatamente — disse Sir Roland, grato pela ajuda. — Pel disse: "Ora, onde foi parar seu prendedor, Pom?" Não voltamos para cá, era hora de ir para casa, sabe. Sabia que aqui estaria seguro!

Lethbridge sacudiu a cabeça.

— Receio que sua lembrança não seja muito clara, Pommeroy. Não achei o seu broche.

Não havia nada que Sir Roland pudesse fazer depois disso a não ser se despedir. Lorde Lethbridge acompanhou-o até o hall e despediu-se cortesmente.

— E por favor, me avise, se por caso encontrar o broche — disse ele com polidez. Lorde Lethbridge observou seu visitante cabisbaixo descer os degraus da entrada e transferiu seu olhar para o porteiro.

— Chame Moxton — disse ele, e voltou para o salão.

Em alguns instantes, seu mordomo apareceu.

— Milorde?

— Quando esta sala foi limpa hoje de manhã, foi encontrado um broche? — perguntou Lethbridge.

As pálpebras desceram discretamente sobre os olhos do mordomo.

— Eu não fui informado de nada, milorde.

— Investigue.

— Sim, milorde.

Enquanto o mordomo esteve fora da sala, Lethbridge ficou olhando pela janela, com o cenho ligeiramente franzido. Quando Moxton voltou, ele se virou.

— Então?

— Não, milorde.

A carranca perdurou.

— Muito bem — disse Lethbridge.

O mordomo fez uma reverência.

— Sim, milorde. Seu almoço está servido.

Lethbridge entrou na sala de jantar, ainda vestindo seu robe, ainda com uma expressão pensativa, intrigada.

Sentou-se, durante algum tempo, diante da refeição, bebericando, distraidamente, seu Porto. Não era, como havia dito a Caroline Massey, homem de ficar remoendo sua própria frustração, mas o malogro de seus planos na noite anterior o tinha aborrecido. Essa pequena geniosa precisava ser amansada. O caso havia adquirido, em sua mente, um certo elemento competitivo. Horatia tinha vencido o primeiro embate. Tornou-se uma questão de suma importância forçar um segundo, em que ela não venceria. O broche pareceu apresentar a ele a oportunidade de que precisava, se ao menos pudesse encontrá-lo.

Sua mente retrocedeu; sua memória afiada recriou o som da renda rasgando. Levou a taça aos lábios, saboreando o Porto. Ah, sim, indubitavelmente o broche havia sido perdido nesse momento. Sem dúvida uma bugiganga distinta, possivelmente parte das joias Drelincourt. Ele sorriu ligeiramente, imaginando a aflição de

Horatia. Esse broche poderia se transformar em uma arma astuta — manejada pelas mãos certas.

O broche não estava na sua casa, a menos que seus criados estivessem mentindo. Nem por um segundo sequer suspeitou que houvesse um ladrão entre eles. Estavam em sua casa já há alguns anos e provavelmente sabiam que ele não era um patrão fácil de se enganar.

A imagem do rosto do Sr. Drelincourt iluminou-se subitamente em sua mente. Pôs a taça sobre a mesa. Crosby. Aquele Crosby era um sujeitinho de olhar aguçado. Mas tinha tido a oportunidade de pegar o broche no chão sem ser visto? Recordou seus movimentos durante a breve visita. A chegada de Crosby: sem chances de ter sido nesse momento. A partida de Winwood e Pommeroy. Tinha os levado à porta? Não. Ainda sem chances para Crosby. Tinha conversado com ele, mas não muito, pois sua cabeça doía enlouquecedoramente. E então, o quê? Seus dedos fecharam-se novamente ao redor do pé da taça e, instantaneamente, lembrou-se de ter-se servido de vinho para se acalmar. Sim, certamente uma oportunidade para Crosby. Tinha-se servido do vinho e se virado. Crosby estava com uma das mãos no bolso? A imagem foi revivida. Viu Crosby em pé atrás da cadeira, olhando para ele e retirando a mão do bolso.

Realmente, era divertido. Não havia prova, é claro, nem sombra de qualquer prova, mas talvez uma visita a Crosby não fosse infrutífera. Sim, podia arriscar o palpite de que o broche era uma joia de família, que passava de uma geração a outra. Crosby — um sujeito astuto, observador — reconheceria de longe uma joia Drelincourt. Decididamente, uma visita a Crosby provavelmente compensaria a atribulação. Crosby, sem dúvida, estava planejando fomentar discórdia entre Rule e sua jovem esposa. Bem, ele o pouparia do esforço. Haveria bastante discórdia, bem mais do que a simples exibição de um broche.

Levantou-se da mesa e subiu a escada vagarosamente, ainda revolvendo em sua cabeça tais pensamentos deliciosos. Que surpresa não seria para o querido Crosby receber a visita de milorde Lethbridge! Tocou o sino chamando seu criado e, tirando o robe, sentou-se diante do espelho para completar sua elaborada toalete.

A caminho, uma hora depois, da casa do Sr. Drelincourt, passou pelo White's, mas foi informado de que o Sr. Drelincourt não tinha aparecido no clube nesse dia. Prosseguiu para Jermyn Street, girando sua bengala de ébano.

O Sr. Drelincourt morava em uma casa que pertencia a um camareiro real aposentado, que abriu ele mesmo a porta para milorde. Ele disse que o Sr. Drelincourt tinha saído.

— Talvez possa me dizer para onde — disse milorde.

Oh, sim é claro, podia. O Sr. Drelincourt tinha saído da cidade e levado uma pequena valise.

— Saiu da cidade, hein? — disse milorde, seus olhos se estreitando. Tirou um guinéu do bolso e ficou jogando-o para cima.

— Será que sabe para onde, fora da cidade?

— Sim, milorde. Para Meering — replicou o Sr. Bridges. — O Sr. Drelincourt quis que eu contratasse uma carruagem de viagem para ele e partiu às 14 horas. Se milorde tivesse chegado vinte minutos antes, o teria visto.

Lethbridge pôs o guinéu na sua mão.

— Ainda posso alcançá-lo — disse ele, e desceu rápido os degraus da entrada.

Chamou um coche e retornou a Half-Moon Street. A criadagem se viu, de súbito, em intensa atividade; o lacaio foi mandado à cavalariça para dar ordens de aprontarem a carruagem leve de viagem puxada por quatro cavalos imediatamente. Milorde subiu a escada, mandando seu criado se apressar e separar uma roupa de viagem. Em vinte minutos, milorde, agora usando um paletó de tecido marrom, com a espada do lado e botas de cano alto, saiu de novo de casa, deu a seus postilhões determinadas ordens enérgicas e subiu na carruagem leve, semelhante a uma liteira, sobre rodas muito altas. Quando a carruagem dobrou a esquina em Piccadilly, seguindo na direção oeste, milorde recostou-se confortavelmente, tranquilo por saber que nenhuma diligência a quatro cavalos chegaria a Meering, mesmo tendo saído uma hora antes, sem ser ultrapassada por ele.

XVI

O sr. Drelincourt, é claro, não fazia a menor ideia de que lorde Lethbridge estava em seu encalço.

Sequer sonhando que alguém, muito menos milorde Lethbridge, tivesse descoberto seu roubo do broche, não viu necessidade de se apressar para chegar a Meering, e protelou a partida para depois da hora do almoço. O Sr. Drelincourt, embora pródigo no vestir e em alguns outros aspectos, era muito cauteloso em relação a gastar dinheiro em itens sem muita importância. O aluguel de uma diligência para transportá-lo 53 quilômetros para o interior custou-lhe uma profunda angústia, e pagar, além disso, possivelmente quatro ou cinco xelins por um almoço em uma taverna na estrada teria lhe parecido uma tremenda extravagância. Almoçando em casa, não teria necessidade de parar para uma refeição na estrada, pois achava que chegaria a Meering a tempo de jantar com seu primo. Estaria lá à noite, e se Rule não lhe oferecesse uma carruagem para o seu retorno, seria uma conduta sovina e que ele não esperava do primo, pois, justiça seja feita, não era um homem mesquinho e devia ter consciência de que o preço de uma diligência seria reduzido se a viagem fosse só de ida.

Foi com uma disposição agradável que o Sr. Drelincourt empreendeu sua viagem. O dia estava bonito, ideal para uma excursão ao campo, e depois de baixar a janela na porta à sua frente para ordenar que os postilhões não conduzissem com tanta velocidade, não lhe restou nada a fazer a não ser se recostar e admirar a paisagem ou permitir à sua imaginação vaguear em agradável reflexão.

É claro que não havia nenhuma parte da herança Drelincourt que lhe fosse desconhecida. Tinha reconhecido o broche no mesmo instante e poderia ter descrito infalivelmente as diferentes peças que compunham esse conjunto particular de joias. Quando se abaixou para pegá-lo rapidamente, não tinha uma ideia clara do que faria com ele, mas uma noite de repouso lhe oferecera um excelente conselho. Não tinha a menor dúvida de que Horatia tinha sido escondida em algum lugar na casa de Lethbridge. O broche era uma prova que o satisfazia e seria uma prova também para Rule. Sempre achara Horatia leviana e não ficou nem um pouco surpreso (embora chocado) ao descobrir que ela se aproveitara da ausência de Rule para passar a noite nos braços de seu amante. Rule, que era sempre indolente demais para enxergar o que estava acontecendo debaixo do nariz, provavelmente ficaria extremamente surpreso e até mesmo mais chocado do que seu primo, que tinha o dever óbvio, mas não doloroso demais, de colocá-lo imediatamente a par da conduta licenciosa de sua mulher. Restaria somente uma alternativa a milorde, e o Sr. Drelincourt estava inclinado a pensar que depois de uma aventura tão desastrosa no casamento, ele dificilmente se arriscaria em outra.

O mundo todo pareceu um lugar melhor ao Sr. Drelincourt nesse dia ameno de setembro do que lhe parecera nos últimos meses.

Não sendo, de modo geral, um estudante interessado da natureza, nesse dia, porém, sentiu-se levado a admirar as tonalidades castanho-avermelhadas nas árvores e aprovar, da carruagem confortável, o belo campo por que passava.

Meering situava-se perto de Twyford, no condado de Berkshire, portanto a estrada para lá saía da cidade por Knightsbridge e Hammersmith, seguindo para Turnham Green e Hounslow, onde, na hospedaria George, a diligência parou para a muda de cavalos. Os dois postilhões, que haviam formado a pior opinião possível a respeito do Sr. Drelincourt a partir do momento em que ordenou que não seguissem tão rápido, ficaram enojados com a sua conduta na George, pois em vez de descer da carruagem para beber um copo de conhaque Nantes, dando-lhes tempo de também refrescar a goela, ficou sentado teso na carruagem e não deu ao palafreneiro nada além de uma moeda de quatro pence.

O segundo estágio foi Slough, 16 quilômetros adiante. A carruagem pôs-se de novo a caminho, saindo de Hounslow para a charneca, uma extensão de terra inculta tão mal-afamada que, durante alguns minutos, extremamente desagradáveis, o Sr. Drelincourt desejou ter gasto contratando uma escolta para a carruagem. Entretanto, nada desafortunado aconteceu, e logo ele estava atravessando Cranford Bridge na direção de Longford.

Em Slough, o Sr. Drelincourt desceu para esticar as pernas, enquanto os cavalos eram trocados. O proprietário que logo saiu da hospedaria Crown, como um bom estalajadeiro devia fazer à chegada da carruagem de um cavalheiro, perdeu o sorriso em seu rosto ao reconhecer o Sr. Drelincourt e moderou um pouco a afabilidade. O Sr. Drelincourt era muito conhecido naquela estrada e não muito benquisto pelos honestos estalajadeiros. Como era parente de milorde de Rule, o Sr. Copper cumpriu a formalidade sugerindo uma bebida leve, mas, diante da recusa, entrou de volta na estalagem, comentando com sua mulher que a única coisa na vida que o deixava aturdido era como um cavalheiro cordial e generoso como milorde tinha um verme mesquinho como o Sr. Drelincourt como primo.

Depois de Slough, a estrada passava por Salt Hill para Maidenhead. Um quilômetro e meio adiante, em Maidenhead Thicket, a estrada se bifurcava a partir da via Worcester e levava à estrada Road, na direção de Hare Hatch e Twyford.

A carruagem passou por Maidenhead e estava avançando em um ritmo respeitável rumo a Thicket, quando um dos postilhões percebeu que outra carruagem vinha logo atrás. Uma curva na estrada permitiu que a visse. Por cima do ombro, disse ao outro postilhão:

— Cristo, isso é que é classe! Esse sabe esporear, nem adianta competir com ele, com a nossa preciosa mocinha dando gritinhos às nossas costas!

O rapaz que montava um dos cavalos mais próximos do carro entendeu que ele se referia ao Sr. Drelincourt e concordou, embora com pesar, que devia se afastar para deixar a outra carruagem passar.

O rufar dos cascos galopando na retaguarda logo penetrou os ouvidos do Sr. Drelincourt, fazendo-o bater com a bengala na janela, e fez sinal ao postilhão que olhou por cima do ombro para que fosse para a margem da estrada. O Sr. Drelincourt tinha tido experiência com rapazes inúteis que lançavam seus cavalos contra outras carruagens, passatempo que ele reprovava energicamente.

A segunda carruagem ultrapassou rapidamente a primeira, os cascos de seus cavalos levantando uma nuvem de poeira. O Sr. Drelincourt a viu apenas rapidamente, mas reparou no brilho de um timbre em um dos painéis. Sentiu-se irritado com o viajante desconhecido por conduzir a essa velocidade e torcia, apreensivamente, para seus postilhões conseguirem controlar seus cavalos (que mostravam sinais de desejarem correr atrás da outra carruagem), quando percebeu que a outra parava à frente deles. Pareceu-lhe muito estranho, pois não havia nenhuma razão aparente para isso. Pareceu ainda mais estranho quando os cavalos giraram e retrocederam, giraram e retrocederam de novo, até a carruagem ficar atravessada na estrada, bloqueando eficazmente a passagem.

Os postilhões do Sr. Drelincourt, que também observavam essa manobra, acharam que a outra carruagem tinha ultrapassado seu destino e estivesse manobrando para regressar. Puxaram as rédeas, avançando a passo. Mas a carruagem timbrada permaneceu atravessada na estrada, e eles foram obrigados a parar.

O Sr. Drelincourt, consideravelmente abismado, inclinou-se à frente para ver melhor e gritou para seus postilhões:

— O que foi? Por que eles não prosseguem? Houve um acidente?

Então, viu lorde Lethbridge descer da outra carruagem e se encolheu no seu assento, o coração disparando de pavor.

Lethbridge aproximou-se da carruagem do Sr. Drelincourt, e esse cavalheiro trêmulo se recompôs com esforço. Não ia adiantar ele se encolher no canto, de modo que inclinou-se à frente e baixou a janela.

— Milorde, é o senhor mesmo? — disse em uma voz aguda. — Mal acreditei em meus olhos! O que o leva a sair da cidade?

— Ora, você, Crosby. Você! — replicou milorde com sarcasmo. — Por favor, desça. Quero ter uma palavrinha com você.

O Sr. Drelincourt se agarrou à moldura da janela e deu uma risada forçada.

— Oh, suas brincadeiras, milorde! Sabe, estou a caminho de Meering, para ver meu primo. Acho... acho que já são 17h, e ele janta às 17h.

— Crosby, desça! — disse Lethbridge com um brilho de tal forma alarmante nos olhos que o Sr. Drelincourt se retraiu com medo e se pôs a remexer na maçaneta da porta. Desceu com cuidado, sob o olhar sorridente de seus postilhões.

— Não posso atinar com o que está querendo falar comigo — disse ele. — E estou atrasado, sabe. Tenho de seguir caminho.

Seu braço foi pego de maneira violenta.

— Caminhe um pouco comigo, Crosby — disse milorde. — Não acha estas estradas rurais encantadoras? Tenho certeza de que sim. Então está indo para Meering? Não foi uma decisão um tanto repentina, Crosby?

— Repentina? — balbuciou o Sr. Drelincourt, retraindo-se com a pressão dos dedos de milorde acima de seu cotovelo. — Oh, não, milorde! De jeito nenhum! Disse a Rule que talvez fosse até lá. Estava com essa intenção há alguns dias, pode ter certeza.

— Não tem nada a ver, é claro, com um certo broche? — disse, em tom satisfeito, Lethbridge.

— Um bro-broche? Não estou entendendo, milorde!

— Um broche circular de pérolas e diamantes, pego em minha casa ontem à noite — disse milorde.

Os joelhos do Sr. Drelincourt tremeram.

— Protesto, senhor, eu... estou perplexo! Eu...

— Crosby, me dê o broche — disse Lethbridge ameaçadoramente.

O Sr. Drelincourt fez uma tentativa de soltar o braço.

— Milorde, não entendo o seu tom! Estou falando francamente, não gosto disso. Não entendo aonde quer chegar.

— Crosby — disse milorde —, vai me dar esse broche ou terei de segurá-lo pelo pescoço e sacudi-lo feito o rato que você é?

— Senhor! — disse o Sr. Drelincourt, os dentes batendo —, isso é monstruoso! Monstruoso!

— Realmente é monstruoso — concordou milorde Lethbridge. — Você é um ladrão, Sr. Crosby Drelincourt.

O Sr. Drelincourt ficou rubro.

— O broche não é seu!

— Nem seu! — replicou rapidamente Lethbridge. — Entregue-o!

— Eu... pedi satisfações a um homem por menos que isso! — explodiu Crosby.

— É a sua vontade? — disse Lethbridge. — Não tenho o hábito de lutar com ladrões. Em vez disso, uso a bengala. Mas posso fazer uma exceção no seu caso.

Para o horror do Sr. Drelincourt, ele impeliu à frente o cabo de sua espada e deu um tapinha nele. O cavalheiro desafortunado lambeu os lábios e disse com a voz trêmula:

— Não vou lutar com o senhor. O broche é mais meu que seu!

— Entregue o broche! — disse Lethbridge.

O Sr. Drelincourt hesitou, percebeu na expressão de milorde que não havia engano e lentamente pôs o indicador e o polegar no bolso de seu colete. No momento seguinte, o broche estava na mão de Lethbridge.

— Obrigado, Crosby — disse ele, de uma maneira que fez o Sr. Drelincourt desejar ter coragem para esmurrá-lo. — Achei que seria capaz de persuadi-lo. Pode, agora, retomar sua viagem para Meering, se achar que ainda vale a pena. Senão, pode me encontrar no Sun, em Maidenhead, onde proponho jantarmos e dormirmos. Quase sinto lhe dever um jantar por ter estragado seu jogo de maneira tão indelicada. — Virou-se, deixando o Sr. Drelincourt sem fala de tão indignado e voltou à sua carruagem, que, à essa altura, tinha estacionado na beira da estrada, virada, de novo, para Londres. Subiu-a com leveza e partiu, acenando airosamente ao Sr. Drelincourt, ainda em pé na estrada empoeirada.

O Sr. Drelincourt olhou-o se afastar, a raiva fervilhando dentro de si. Tinha estragado seu jogo? É o que ia ver! Correu de volta à própria carruagem, se deparou com a expressão de diversão na cara dos postilhões e ordenou que prosseguissem viagem.

Eram apenas 10 quilômetros de Thicket até Meering, mas quando a carruagem chegou aos portões de Lodge, eram 18h. A casa situava-se a um quilômetro dos portões, no meio de um parque muito bonito, mas o Sr. Drelincourt não estava com humor para admirar os belos carvalhos, nem as extensões de relva, e foi tomado pela impaciência, enquanto seus cavalos cansados o conduziam pela longa avenida até a casa.

Encontrou seu primo e o Sr. Gisborne saboreando um Porto na sala de jantar, iluminada por velas. Podia ser dia lá fora, mas milorde tinha uma aversão natural a jantar em plena luz do dia e a excluía fechando as pesadas cortinas.

Ele e o Sr. Gisborne estavam com roupas de montar. Milorde estava reclinado em uma cadeira de espaldar alto, na cabeceira da mesa, uma perna em uma bota de cano alto empoeirada, jogada negligentemente sobre o braço da cadeira. Ergueu os olhos quando o lacaio abriu a porta para introduzir o Sr. Drelincourt e, por um instante, permaneceu imóvel, a expressão bem-humorada desaparecendo de sua face. Então, pegou seu monóculo, com certa deliberação, e examinou seu primo.

— Santo Deus! — disse ele. — O que houve?

Não foi um começo muito promissor, mas a sua raiva havia varrido da mente do Sr. Drelincourt toda lembrança de seu último encontro com o conde, e ele se sentia indômito.

— Primo — disse ele, as palavras se atropelando —, estou aqui por um motivo muito grave. Devo pedir que falemos a sós!

— Imagino que realmente seja grave para tê-lo feito percorrer 50 quilômetros para me ver — disse o conde.

O Sr. Gisborne levantou-se.

— Vou deixá-lo, senhor. — Fez uma breve reverência ao Sr. Drelincourt, que não lhe deu a menor atenção, e saiu.

O Sr. Drelincourt puxou uma cadeira de debaixo da mesa e se sentou.

— Lamento profundamente, Rule, mas tem de se preparar para notícias bastante desagradáveis. Se eu não julgasse meu dever notificá-lo do que descobri, teria me esquivado da tarefa!

O conde não pareceu alarmado. Continuou sentado relaxado, uma mão em cima da mesa, os dedos em volta do pé de sua taça de vinho, seu olhar calmo pousado na face do Sr. Drelincourt.

— Esta autoimolação no altar do dever é novidade para mim — observou ele. — Penso que meus nervos se revelarão fortes o bastante para me possibilitarem escutar a notícia com, tenho certeza, uma equanimidade tolerável.

— Conto com isso, Rule, conto realmente com isso! — disse o Sr. Drelincourt, seus olhos fuzilando. — Sente prazer em escarnecer de meu senso de dever...

— Não queria interrompê-lo, Crosby, mas deve ter notado que nunca escarneço.

— Está bem, primo, está bem! Que seja, mas permita que eu tenha minha parcela de orgulho de família.

— Certamente, se assim diz — replicou o conde delicadamente.

O Sr. Drelincourt enrubesceu.

— Digo realmente! O nosso nome, a nossa honra, significam tanto para mim quanto para você, creio eu! É por essa razão que estou aqui, agora.

— Se veio até aqui para me informar que os beleguins estão atrás de você, Crosby, é justo eu lhe dizer que está perdendo seu tempo.

— Muito engraçado, milorde! — gritou o Sr. Drelincourt. — Minha missão, entretanto, lhe diz mais respeito do que isso! Na noite passada, melhor diria hoje de manhã, pois já passava muito das 2h, pelo meu relógio, visitei ocasionalmente milorde Lethbridge.

— Isto, realmente, é interessante — disse o conde. — Parece uma hora estranha para fazer visitas, mas, às vezes, penso, Crosby, que você é uma criatura estranha.

O peito do Sr. Drelincourt inflou-se.

— Não há nada muito estranho, acho, em buscar abrigo da chuva! — disse ele. — Estava a caminho de casa, vindo de South Audley Street, e virei, por acaso, na Half-Moon Street. Fui pego por um aguaceiro, mas ao notar a porta da casa de lorde Lethbridge aberta, inadvertidamente, estou convencido, entrei. Encontrei milorde, com a aparência em desordem, no salão da frente, onde uma ceia farta e elegante estava servida para dois, milorde.

— Você me choca terrivelmente — disse o conde, e inclinando-se um pouco à frente, pegou o decantador e tornou a encher sua taça.

O Sr. Drelincourt emitiu uma risada estridente.

— Não há por que não dizer isso! Milorde pareceu desconcertado ao me ver, extremamente desconcertado.

— Isso — disse o conde — posso entender perfeitamente. Mas, por favor, Crosby, prossiga.

— Primo — disse o Sr. Drelincourt, seriamente —, quero que acredite que é com a mais profunda relutância que faço isso. Enquanto eu estava com lorde Lethbridge, minha atenção foi atraída por algo caído no chão, parcialmente oculto pelo tapete. Alguma coisa, Rule, que cintilava. Alguma coisa...

— Crosby — disse o conde, com impaciência —, a sua eloquência é, sem dúvida, muito elegante, mas devo pedir que tenha em mente que passei a maior parte do dia sobre uma sela, e que me poupe dela. Na verdade, não estou muito curioso em saber, mas você parece ansioso por me contar: o que era isso que atraiu a sua atenção?

O Sr. Drelincourt engoliu sua irritação.

— Um broche, milorde! Um broche para o corpete de uma senhora!

— Não me admira que lorde Lethbridge não tenha gostado de lhe ver — observou Rule.

— Não admira realmente! — disse o Sr. Drelincourt. — Em algum lugar da casa, estava escondida uma dama, naquele exato momento. Invisível, primo. Peguei o broche e o pus no bolso.

O conde ergueu as sobrancelhas.

— Acho que já disse que você é uma criatura muito estranha, Crosby.

— Pode parecer que sim, mas o meu ato teve um bom motivo. Se não fosse o fato de lorde Lethbridge ter-me perseguido na viagem para cá e me arrancado o broche à força, eu o estaria colocando agora na sua frente. Pois esse broche é muito familiar a mim e a você. Um broche circular, primo, composto com pérolas e diamantes em dois círculos!

O conde não tirou os olhos do Sr. Drelincourt; talvez fosse um artifício das sombras lançadas pelas velas sobre a mesa, mas seu rosto pareceu extraordinariamente intimidador. Levantou, displicentemente, a perna do braço da poltrona, mas continuou reclinado, descontraidamente.

— Sim, Crosby, um broche circular de pérolas e diamantes?

— Exatamente, primo! Um broche que reconheci imediatamente. Um broche que pertence ao conjunto do século XV que deu à sua...

Não foi além daí. Em um movimento rápido, o conde estava de pé e tinha agarrado o Sr. Drelincourt pelo pescoço, arrastando-o de sua cadeira e puxando-o para a mesa que os separava. Os olhos aterrorizados do Sr. Drelincourt se esbugalharam. Tentou em vão se livrar das mãos de milorde. Sua voz foi sufocada. Foi sacudido de um lado para o outro até seus dentes chocalharem em sua cabeça. Houve um rugido em seus ouvidos, mas entendeu distintamente as palavras proferidas pela voz de milorde.

— Seu patife mentiroso e intrigante! — disse. — Tenho sido muito complacente com você. Atreve-se a me trazer suas mentiras pérfidas sobre minha mulher e acha que vou acreditar nelas! Por Deus, minha vontade é matá-lo agora!

Manteve-o assim por mais um momento e, então, milorde empurrou seu primo para longe de si e esfregou as mãos em um gesto de infinito desprezo.

O Sr. Drelincourt oscilou para trás, arfando, tentando respirar, e caiu com um baque no chão. Ali ficou, se encolhendo como um vira-lata açoitado.

O conde olhou para ele por um instante, com um sorriso completamente diferente de qualquer outro que já vira em sua face.

Depois, recostou-se na mesa, quase se sentando nela, apoiado nas mãos, e disse:

— Levante-se, meu amigo. Ainda não está morto.

O Sr. Drelincourt aprumou o corpo e tentou, automaticamente, ajeitar a peruca. Sua garganta parecia destroçada, e suas pernas tremiam tanto que mal se sustentava em pé. Cambaleou até uma cadeira e se deixou cair nela.

— Disse que lorde Lethbridge tirou o broche de você? Onde?

O Sr. Drelincourt conseguiu falar, embora com a voz rouca.

— Maidenhead.

— Tenho certeza de que ele o devolverá a seu verdadeiro dono. Você se dá conta, Crosby, que, às vezes, seu dom para reconhecer meus bens é falho?

O Sr. Drelincourt murmurou.

— Achei que era... eu... eu devo ter-me enganado.

— Você se enganou — disse o conde.

— Sim, sim... eu me enganei. Peço perdão. Lamento, lamento muito, primo.

— Vai lamentar muito mais, Crosby, se uma palavra sobre isso escapar de novo de seus lábios. Fui claro?

— Sim, sim, na verdade, achei... que era minha obrigação, nada além disso, lhe contar.

— Desde o dia em que me casei com Horatia Winwood — disse o conde, sem alterar a voz —, você tem tentado fomentar discórdia entre nós. Não conseguindo, foi tolo o bastante para inventar essa história extremamente ridícula. Não me trouxe nenhuma prova, ah, ia me esquecendo! Lorde Lethbridge tirou-a à força de suas mãos, não foi? Foi um gesto muito oportuno dele.

— Mas eu... mas ele fez isso! — disse o Sr. Drelincourt em desespero.

— Lamento ferir seus brios — disse o conde —, mas não acredito em você. Talvez lhe seja um consolo saber que mesmo que tivesse conseguido pôr o broche na minha frente, eu não teria pensado mal de minha mulher. Não sou nenhum Otelo, Crosby. Acho que você deveria saber disso. — Estendeu a mão para o sino e o tocou. Quando um lacaio entrou, ele disse concisamente:

— A carruagem do Sr. Drelincourt.

O Sr. Drelincourt escutou essa ordem com consternação. Disse desgraçadamente:

— Mas milorde, não jantei, e os cavalos estão cansados. Nunca... nunca pensei que me trataria assim!

— Não? — disse o conde. — O Red Lion, em Twyford, sem dúvida lhe fornecerá ceia e uma muda de cavalos. E agradeça estar deixando minha casa com seu corpo intacto.

O Sr. Drelincourt se encolheu e não falou mais nada. Logo depois, o lacaio retornou para dizer que a carruagem estava na porta. O Sr. Drelincourt deu um olhar de soslaio para a face inflexível do conde e se levantou.

— Desejo-lhe... uma boa noite, Rule — disse ele, tentando unir os fragmentos de sua dignidade.

O conde assentiu com a cabeça e, em silêncio, observou-o sair atrás do lacaio. Ouviu a carruagem passar pela janela com as cortinas fechadas e tocou o sino, mais uma vez. Quando o lacaio voltou, ele disse, examinando distraidamente suas unhas:

— Quero meu corricoche, por favor.

— Sim, milorde! — disse o lacaio surpreso. — É... agora, milorde?

— Imediatamente — replicou o conde com serenidade. Levantou-se da mesa e saiu, sem pressa, da sala.

Dez minutos depois, o corricoche estava à porta, e o Sr. Gisborne, descendo a escada, espantou-se ao ver milorde pronto para partir, o chapéu na cabeça e o sabre do lado.

— Vai sair, milorde? — perguntou ele.

— Como está vendo, Arnold — replicou o conde.

— Espero, senhor... que não seja nada grave.

— Nada, em absoluto, meu caro rapaz — disse o conde.

Lá fora, um cavalariço estava segurando dois magníficos cavalos, tentando controlar seus movimentos caprichosos.

Os olhos do conde os examinaram.

— Indóceis, hein?

— Com o perdão de milorde, eu diria que são dois diabos.

O conde riu, subiu no corricoche e pegou as rédeas com uma das mãos enluvadas.

— Pode soltá-los.

O cavalariço pulou para um lado, e os cavalos se arremessaram à frente.

O cavalariço observou o corricoche fazer a curva na avenida e disse com um suspiro:

— Se eu pudesse manejá-los dessa maneira... — e voltou à cavalariça, sacudindo a cabeça com tristeza.

XVII

O Sun, em Maidenhead, era uma posta muito conhecida, sua decoração e cozinha sendo igualmente excelentes.

Lorde Lethbridge sentou-se para jantar em uma das salas privadas, um apartamento agradável, revestido de madeira de carvalho envelhecido, e foi servido de pato, um quarto de carneiro com cogumelos na salmoura, lagostim e geleia de marmelo. O estalajadeiro, que já o conhecia, achou-o com um humor incomumente jovial e se perguntou em que perversidade se metera. O sorriso reflexivo que pairava sobre os lábios finos de milorde significava alguma maldade, disso tinha certeza. Pela primeira vez na vida, o nobre hóspede não apontou nenhum defeito na comida posta à sua frente e chegou até mesmo a proferir uma palavra de elogio ao Borgonha.

Milorde Lethbridge estava se sentindo quase bondoso. Ter levado a melhor com o Sr. Drelincourt causava-lhe mais prazer do que ter recuperado o broche. Sorria ao pensar em Crosby viajando, desconsolado, de volta a Londres. A ideia de que Crosby seria tolo o bastante para contar uma história vazia a seu primo nunca lhe ocorreu; ele próprio não era do tipo de perder a cabeça, e apesar de ter uma opinião pouco enaltecedora da inteligência do Sr. Drelincourt, esse nível de estupidez estava além de sua compreensão.

Havia muita gente no Sun naquela noite, porém, por mais que houvesse clientes aguardando o jantar, o estalajadeiro providenciou para que lorde Lethbridge fosse servido instantaneamente. Quando a mesa foi tirada, só ficando o vinho, perguntou se milorde queria mais alguma coisa e fechou, ele mesmo, as venezianas. Colocou mais velas sobre a mesa, assegurou milorde de que encontraria seus lençóis bem limpos, fez uma mesura e saiu. Tinha acabado de mandar uma das criadas levar um rechaud lá para cima, quando sua mulher o chamou da porta.

— Cattermole, milorde está chegando!

"Milorde", em Maidenhead, só podia se referir a uma única pessoa, e o Sr. Cattermole apressou-se a ir receber esse honorável hóspede. Arregalou os olhos diante do corricoche, mas gritou chamando um palafreneiro, e ele próprio se desmanchou em mesuras e sorrisos.

O conde se inclinou à frente para lhe falar.

— Boa noite, Cattermole. Sabe se a carruagem de lorde Lethbridge trocou de cavalos aqui há mais ou menos uma hora?

— Lorde Lethbridge, milorde? Mas, ora, está hospedado aqui para passar a noite! — disse Cattermole.

— Mas que sorte! — disse o conde, e desceu do corricoche, flexionando os dedos da mão esquerda. — E onde posso encontrá-lo?

— Na sala de carvalho, milorde. Ele terminou o jantar neste instante. Vou acompanhá-lo, milorde.

— Não, não é preciso — replicou o conde, entrando na hospedaria. — Sei o caminho. — Ao pé da escada, se deteve, e disse baixinho, por cima do ombro. — A propósito, Cattermole, meu assunto com lorde Lethbridge é privado. Estou certo de que posso contar com você para que ninguém nos incomode.

O Sr. Cattermole lançou-lhe um olhar rápido, de viés. Haveria problemas, era isso? Nada bom para a casa, nada bom para a casa, mas pior ainda seria ofender milorde Rule. Fez uma mesura, sua cara uma máscara gorducha, discreta.

— Certamente, milorde — disse ele, e retirou-se.

Lorde Lethbridge ainda estava saboreando seu vinho e refletindo sobre os eventos do dia quando ouviu a porta ser aberta. Ergueu os olhos e se enrijeceu. Por um instante, se encararam, Lethbridge rígido em sua cadeira, o conde em silêncio, à porta. Lethbridge entendeu o olhar do outro no mesmo instante. Levantou-se.

— Então, Crosby foi vê-lo? — disse ele. Pôs a mão no bolso e tirou o broche. — Foi por isto que veio, milorde?

O conde fechou a porta e girou a chave na fechadura.

— Foi por isto que vim — replicou ele. — Por isto e mais alguma coisa, Lethbridge.

— Meu sangue, por exemplo? — Lethbridge deu um risinho. — Terá de lutar pelos dois.

O conde avançou.

— Isso nos proporcionaria, a nós dois, satisfação. Você tem um pendor encantador para a vingança, mas fracassou, Lethbridge.

— Fracassei? — disse Lethbridge, e olhou de maneira significativa para o broche em sua mão.

— Se o seu objetivo foi jogar meu nome na lama, certamente! — disse Rule. — Minha mulher permanece minha mulher. Agora, vai me dizer que meios usou para obrigá-la a entrar na sua casa.

Lethbridge ergueu os sobrolhos.

— E o que o faz ter tanta certeza de que precisei usar de força, milorde?

— Simplesmente o que conheço dela — replicou o conde. — Você tem muitas coisas a explicar, sabe?

— Não me vanglorio de minhas conquistas, Rule — disse Lethbridge, em voz baixa e calma. Percebeu a mão do conde se fechar involuntariamente. — Nada tenho a explicar.

— É o que veremos — disse Rule. Empurrou a mesa para o extremo da sala, contra a parede, e apagou as velas, deixando apenas o candelabro no centro da sala, para iluminá-los.

Lethbridge empurrou as cadeiras para trás, pegou sua espada em uma delas e a desembainhou.

— Meu Deus, como tenho esperado por isto — disse ele repentinamente. — Estou feliz por Crosby ter ido vê-lo. — Largou de novo a espada e se pôs a tirar o paletó.

O conde não respondeu, mas começou a se preparar, tirando suas botas de cano alto, desabotoando o cinto com a espada, arregaçando as mangas com babados.

Encararam-se sob a iluminação suave das velas — dois homens grandes em quem a raiva, há muito reprimida, ardia com uma chama regular, intensa demais para admitir afobações vãs. Nenhum dos dois parecia se dar conta da estranheza da cena, ali, no salão do andar de cima de uma hospedaria, e, vindo lá de baixo e penetrando tenuemente na sala silenciosa, o zum-zum de vozes da sala de café. Com deliberação, armaram o cenário; com deliberação, apagaram uma vela que pingava e se despojaram de botas e paletós. No entanto, nessa preparação silenciosa, havia um quê implacável, implacável demais para encontrar alívio em uma briga barulhenta.

As espadas reluziram em uma saudação breve e se enfrentaram com o arranhar de aço contra aço. Os dois homens eram espadachins experientes, mas não se tratava, agora, da arte de um mestre da esgrima, com seus requintes minuciosos, mas uma luta impiedosa, perigosa em sua presteza inflexível. Para os dois antagonistas, o mundo desapareceu. Nada tinha realidade a não ser a lâmina de um e de outro, fintando, impulsionando, aparando o golpe. Os olhos de um fixos nos do outro; seus pés, cobertos com meias, movendo-se sobre as tábuas do assoalho ressoavam como um baque suave; a respiração de ambos se acelerou e tornou-se mais difícil.

Lethbridge investiu, apoiado em seu pé direito, dando uma estocada na terceira posição, o braço alto, os músculos se salientando estriados e rijos. Rule defendeu-se, enganchando espada com espada; a parte fraca da espada passou por seu braço, deixando um corte comprido e vermelho, as lâminas se separaram.

Nenhum dos dois parou; essa não era uma briga para ser resolvida com um único golpe. O sangue pingou lentamente, do antebraço de Rule, no chão. Lethbridge recuou e baixou a ponta da espada.

— Amarre isto! — disse ele abruptamente. — Não pretendo escorregar no seu sangue.

Rule puxou um lenço do bolso do calção, torceu-o em volta do corte e apertou bem o nó com os dentes.

— Em guarda!

A luta prosseguiu, implacável, infatigável. Lethbridge tentou atingi-lo no lado, opondo sua mão esquerda. A ponta da sua espada mal roçou Rule; o conde aparou o golpe girando a espada. Houve uma confusão de lâminas, e Lethbridge recuperou sua guarda, ofegando um pouco.

Era ele que estava atacando o tempo todo, empregando toda a sua astúcia conhecida nessa arte para induzir Rule a abrir a defesa. Tentava, repetidas vezes, romper a guarda do outro; repetidas vezes, sua lâmina era desviada rapidamente e jogada para o lado. Ele estava começando a esmorecer, o suor escorrendo de sua testa; não ousou usar a mão esquerda para enxugá-lo dos olhos receando que, nesse segundo de cegueira, Rule acertasse o alvo. Em vez disso, atacou indomitamente na quarta posição. O conde aparou o movimento em um semicírculo, e antes que Lethbridge pudesse se recompor, deu um salto e prendeu a espada abaixo do punho. A ponta da sua espada tocou no chão.

— Enxugue o suor dos olhos!

Os lábios de Lethbridge contorceram-se em um sorriso estranho, amargo.

— Então... está... encerrado?

O conde não respondeu; largou a espada e esperou. Lethbridge passou o lenço na testa e o jogou de lado.

— Em guarda!

Houve uma mudança: o conde, finalmente, estava começando a pressionar o ataque. Impelindo vigorosamente, Lethbridge aparou sua lâmina repetidamente, perdendo cada vez mais a força. Percebendo que estava quase exausto, tentou um *botte coupée*, fintando na quarta posição e impelindo na terceira. Sua espada encontrou a oposição da de Rule, e a luta prosseguiu.

Escutou o conde falar, a voz arquejante, mas clara:

— Por que minha mulher entrou na sua casa?

Não tinha forças para desperdiçar no ataque. Só conseguiu se defender mecanicamente, o braço doendo do ombro ao pulso.

— Por que minha mulher entrou na sua casa?

Ele aparou o golpe tarde demais; a ponta da espada de Rule reluziu sob sua guarda, se deteve, retirou-se. Ele percebeu que havia sido poupado, que seria poupado de novo e mais uma vez, até Rule conseguir sua resposta. Sorriu arreganhando os dentes selvagemente. Suas palavras ressoaram entrecortadas por sua respiração difícil.

— Raptei-a.

As espadas soaram, se separaram.

— E depois?

Trincou os dentes, sua guarda oscilou, recuperou-a milagrosamente. O cabo da espada parecia escorregadio no punho úmido.

— E depois?

— Não me... vanglorio de... minhas conquistas! — arquejou, e usou o que lhe restava de força para revidar o ataque que ele sabia que encerraria o assalto.

Sua espada arranhou a de Rule; o coração parecia que ia explodir; a garganta estava ressequida; a dor no braço se transformara em uma agonia; uma névoa se formava diante de seus olhos. Os anos retrocederam repentinamente. Falou ofegando:

— Marcus... pelo amor de Deus... termine isto!

Viu o movimento, a estocada direta na quarta posição, visando o coração. Tentou, em um último esforço, se defender, tarde demais para deter a estocada, mas a tempo de desviá-la ligeiramente. A espada de Rule, deslizando sobre a sua, penetrou fundo em seu ombro. Sua espada se soltou. Ele oscilou por um instante e caiu, o sangue manchando a camisa de vermelho escarlate.

Rule enxugou o suor do rosto, sua mão estava tremendo um pouco. Olhou para Lethbridge, caído como um monte enroscado a seus pés, tentando respirar, o sangue empapando sua camisa, formando uma poça no assoalho. De repente, jogou a espada para o lado e foi até a mesa, varrendo a garrafa e a taça que estavam sobre ela. Puxou a toalha que a cobria e a rasgou com os dentes, de uma ponta a outra. No momento seguinte, estava de joelhos ao lado de Lethbridge, examinando o ferimento. Os olhos turvos se abriram, vendo-o.

— Acho que... não vou morrer... desta vez... tampouco! — disse Lethbridge em um sussurro, de maneira gozadora.

O conde tinha exposto o ferimento e estava estancando o sangue.

— Não, acho que não — disse ele. — Mas é profundo. — Rasgou outra tira da toalha, dobrou-a acolchoada e a apertou bem em volta do ombro. Levantou-se e buscou o paletó de Lethbridge, que estava sobre uma cadeira, dobrou-o e pôs debaixo da sua cabeça. — Vou chamar um médico — disse ele, e saiu. Do topo da escada, gritou pelo estalajadeiro.

O vigoroso Cattermole apareceu tão prontamente que a impressão era a de que tinha ficado esperando ser chamado. Segurou-se no corrimão da escada e olhou para cima, ansiosamente, sua testa franzida, os lábios apertados.

— Mande um de seus rapazes buscar um médico — disse Rule —, e traga uma garrafa de conhaque.

O estalajadeiro assentiu com a cabeça e se virou.

— E Cattermole! — disse milorde. — Traga-a você mesmo!

A isso, o estalajadeiro sorriu com certa irritação.

— Com certeza, milorde.

Rule retornou ao salão de carvalho. Lethbridge continuava deitado onde o tinha deixado, com os olhos fechados. Parecia muito pálido, uma das mãos pousadas flacidamente do lado, os dedos dobrados, a palma para cima. Rule observou-o, franzindo o cenho. Lethbridge não se moveu.

Cattermole entrou com uma garrafa e copos. Colocou-os sobre a mesa, lançando um olhar preocupado à figura imóvel no chão.

— Não está morto, milorde? — perguntou ele em um murmúrio.

— Não. — O conde pegou a garrafa e despejou um pouco de conhaque em um dos copos.

— Graças a Deus! Isto não é bom para mim, milorde.

— Não acho que você vai sofrer — replicou o conde, calmamente, e retornou para perto de Lethbridge, ajoelhando-se do seu lado. Lethbridge, beba isto! — disse ele, levantando-o um pouco.

Lethbridge abriu os olhos. Estavam lívidos de exaustão, mas se tornaram mais vivos depois que bebeu o conhaque. Olhou para Rule por um momento, fez uma careta estranha, e, depois, para Cattermole, curvado sobre ele.

— O que diabos você quer? — disse ele, grosseiramente.

O estalajadeiro curvou o canto da boca.

— Não, ele não está morto — observou a meia-voz. — Estarei por perto, milorde.

Saiu e fechou a porta atrás de si.

O sangue passara para a atadura improvisada. O conde apertou-a mais e se levantou. Pegou sua espada e a limpou com cuidado. Depois a colocou na bainha.

Lethbridge o observava com uma expressão de diversão cínica.

— Por que estragar o que você fez? — perguntou ele. — Tive a impressão de que queria me matar.

O conde relanceou os olhos para ele.

— Se eu o deixasse morrer, as consequências para mim mesmo poderiam ser um pouco difíceis de evitar — replicou ele.

Lethbridge sorriu largo.

— Isto é mais o meu estilo do que o seu — disse ele. Ergueu-se apoiando-se no cotovelo, tentando se sentar.

— É melhor ficar quieto — disse o conde, franzindo ligeiramente o cenho.

— Oh, não! — disse Lethbridge, palpitando. — A posição é... baixa demais. Acrescente à sua humanidade o ato de me ajudar a ir para aquela cadeira.

- O conde curvou-se sobre ele e o ergueu. Lethbridge afundou-se na cadeira, arfando um pouco e pressionando a mão no ombro. Um matiz cinza tinha tomado seu rosto.

— Dê-me o conhaque — disse em um sussurro —, ainda tenho o que lhe dizer.

O conde já o tinha vertido e, então, segurou o copo na boca de Lethbridge. Lethbridge o pegou com suas próprias mãos instáveis, dizendo:

— Dane-se, não estou incapacitado! — Bebeu de um gole e voltou a se recostar, para recuperar a força. O conde pôs-se a desenrolar as mangas. Lethbridge voltou a falar.

— Mandou chamar um médico, não mandou? Como é magnânimo! Bem, ele vai chegar a qualquer momento. Eu acho. Vamos acabar logo com isso. Não fiz nenhum mal à sua mulher. — Viu os olhos cinzas se erguerem rapidamente e deu uma risada. — Oh, não entenda errado! Eu sou o vilão que você pensa. Ela se salvou.

— Está me interessando — disse Rule, caminhando na direção de uma poltrona e se sentando em seu braço. — Sempre a considerei uma mulher de infinitos recursos.

— Recursos — murmurou Lethbridge. — Sim, sem a menor dúvida. Ela usou um atiçador.

Os lábios do conde se franziram.

— Entendo. A sua lembrança dos eventos subsequentes é sem dúvida um pouco... digamos, imperfeita?

Uma gargalhada sacudiu Lethbridge. Estremeceu e pressionou a mão de novo no ombro.

— Creio que ela achou que tinha me matado. Diga-lhe que o único ressentimento que guardo dela é ter deixado a porta da frente aberta.

— Ah, sim! — disse Rule. — A chegada de Crosby.

Lethbridge tinha fechado os olhos, mas, ao ouvir isso, tornou a abri-los.

— É isso tudo o que sabe? Suponho que Crosby não tenha lhe contado que encontrou Winwood e Pommeroy comigo?

— Não, não contou — replicou Rule. — Talvez tenha achado irrelevante, ou talvez, quem sabe, achou que estragaria o efeito de sua história. Lamento se isto o cansa, mas receio ter de pedir que me conte mais. O que, por exemplo, levou Winwood à sua casa?

— Oh, a informação de que eu havia sido morto... com um atiçador.

Rule respirou fundo.

— Você me consterna — disse ele. — Atrevo-me a perguntar... o que aconteceu depois?

— Fique tranquilo. Ele não se ofendeu com a minha recuperação. Pode me servir de mais conhaque. Sim, não se ofendeu nem um pouco. Chegou, até mesmo, a me propor uma partida de *piquet*.

— Ah — disse Rule. — Agora, começo a entender. Seria demais esperar que Pommeroy estivesse no mesmo estado?

— Não percebi grande diferença. Os dois foram induzidos a se despedir ao descobrirem que eu não estava, como aparentemente acreditavam, dando uma festa de carteado. — Pegou o copo e o bebeu de um gole só. — O meu alívio só se igualou ao de Crosby. Então, Crosby pegou o broche. Pela manhã, recebi uma segunda visita de Pommeroy. Veio pegá-lo de volta. O engraçado nisso vai lhe interessar. Até então, eu não sabia da existência do broche. O resto, imagino que já saiba. Se Crosby não tivesse sido tolo a ponto de procurá-lo, ainda haveria uma mão a ser jogada. — Pôs o copo na mesa e tirou o broche do bolso. — Pegue. Ele não vale a pena. Não se iluda achando que me viu arrependido. Vingança, sua mulher chama de presunção. Não sei. Se tivéssemos nos enfrentado... assim — indicou a espada com um movimento da cabeça — anos atrás... quem sabe? — Mexeu-se, tentando aliviar o ombro. Fez uma carranca. — A experiência me leva a admitir que talvez você tenha agido certo ao impedir Louisa de se casar comigo. Não possuo as virtudes de um marido. Ela é feliz com seu fidalgo rural? Tenho certeza de que sim. Na melhor das hipóteses, as mulheres são... criaturas enfadonhas. — Seu rosto se contraiu de dor. Disse com irritação.

"Limpe a minha espada e a ponha na bainha. Vou usá-la de novo, pode acreditar. — Lethbridge observou Rule, em silêncio, por um momento, e depois que a espada estava embainhada, disse com um suspiro. — Lembra-se de esgrimir comigo na academia do Angelo?

— Lembro-me — respondeu Rule, com um meio-sorriso no rosto. — Era sempre uma competição equilibrada.

— Você se aprimorou. Onde está a maldita sanguessuga? Não tenho a menor vontade de realizar seu desejo morrendo.

— Sabe, Robert, na verdade, não realizaria.

Lethbridge ergueu os olhos para ele, retomando a expressão zombeteira.

— A memória é uma coisa danada de intrometida, não? Não vou morrer. — Sua cabeça pendeu um pouco sobre seu peito. Levantou-a com esforço e a apoiou no espaldar acolchoado da poltrona. — Vai ter de admitir que fui esperto ao conquistar a amizade de Horry. A propósito, disse a ela que Caroline estava envolvida na trama em Ranelagh.

— Sempre teve uma língua venenosa, Robert — replicou Rule, delicadamente.

— Oh, sempre — concordou Lethbridge.

Ele escutou a porta sendo aberta e virou a cabeça.

— Finalmente! Por favor, não faça essa cara, meu bom homem. Suponho que já tenha visto um ferimento por espada antes.

O médico pôs sua maleta sobre a mesa.

— Vi muitos, senhor — replicou ele pedantemente. Seu olhar pousou na garrafa de conhaque. — Conhaque? Isso não é remédio. Espero que não termine a noite com febre alta. — Olhou para a atadura manchada de sangue e torceu o nariz. — Hum! Um pequeno sangramento. Estalajadeiro, mande dois de seus rapazes transportarem milorde para seu quarto. Por favor, não se mexa, senhor. Não vou examinar seu ferimento até que esteja na cama.

Lethbridge deu um sorriso irônico.

— Não poderia lhe desejar uma sina mais implacável do que estar no meu lugar agora, Marcus. — Estendeu a mão esquerda. — Encerrei com você. Despertou o pior em mim, sabe. O seu corte vai sarar mais rápido do que o meu, o que lamento. Foi uma boa luta... não me lembro de outra melhor. O ódio estimula, não? Se quiser adicionar mais um ato à sua maldita bondade, mande uma mensagem ao tolo do meu criado para que venha ao meu encontro, aqui.

Rule pegou sua mão e a segurou firme.

— A única coisa que sempre o tornou suportável, meu caro Robert, foi a sua desfaçatez. Estarei na cidade amanhã. Eu o mandarei buscá-lo. Boa noite.

Meia hora depois, ele entrou na biblioteca em Meering, onde o Sr. Gisborne lia um jornal, e se estendeu em um sofá com um suspiro de satisfação.

O Sr. Gisborne olhou para ele de viés, em dúvida. O conde tinha entrelaçado as mãos atrás da cabeça, e onde o babado de renda afastou-se de seu pulso direito, a ponta de um lenço manchado de sangue ficou visível. As pálpebras preguiçosas se ergueram.

— Caro Arnold, receio que vá se decepcionar comigo de novo. Mal me atrevo a lhe dizer, mas retornaremos a Londres amanhã.

O Sr. Gisborne encarou aqueles olhos brilhantes e fez uma mesura ligeira.

— Muito bem, senhor — disse ele.

— Você é... sim, decididamente você é o príncipe dos secretários, Arnold — disse milorde. — E tem toda razão, é claro. Como consegue ser tão perspicaz?

O Sr. Gisborne sorriu.

— Há um lenço em volta de seu braço, senhor — salientou ele.

O conde tirou o braço de trás da cabeça e olhou para ele pensativamente.

— Isto — disse ele — foi resultado de puro desleixo. Devo estar ficando velho. — Dito isso, fechou os olhos e caiu em um estado de estupor agradável.

XVIII

Sir Roland Pommeroy, retornando de sua missão com as mãos vazias, encontrou Horatia e o irmão jogando *piquet* no salão. Pela primeira vez, a mente de Horatia não estava totalmente concentrada nas cartas. Assim que Sir Roland entrou, baixou sua mão e virou-se ansiosamente para ele.

— Con-conseguiu pegá-lo?

— Vai jogar ou não? — disse o visconde, mais absorto na partida do que a irmã.

— Não, é cla-claro que não. Sir Roland, ele o deu a você?

Sir Roland esperou, cautelosamente, até a porta ser fechada atrás do lacaio e pigarreou.

— Tenho de avisá-la, senhora... que é preciso o máximo de cautela na frente dos criados. É um caso que deve ser abafado. Será péssimo caso se espalhe por aí.

— Não se preocupe com isso — disse o visconde, com impaciência. — Nunca tive um criado que não conhecesse todos os meus segredos. Conseguiu o broche?

— Não — replicou Sir Roland. — Lamento profundamente, senhora, mas lorde Lethbridge nega peremptoriamente saber a respeito.

— Ma-mas sei que está lá! — insistiu Horatia. — Não lhe di--disse que e-era meu, di-disse?

— Certamente não, senhora. Pensei em uma história, a caminho. Disse-lhe que o broche pertencia à minha tia-avó.

O visconde, que embaralhava as cartas distraidamente, largou--as sobre a mesa.

— Disse-lhe que pertencia à sua tia-avó? — repetiu ele. — Maldição. Mesmo que o sujeito estivesse derrubado, você nunca conseguiria fazê-lo acreditar que sua tia-avó tinha entrado, com o passo vacilante, em sua casa às 2h da manhã! Não é nada plausível. Além do mais, mesmo que ele chegasse a acreditar nisso, não seria correto você inventar uma história dessa envolvendo sua tia-avó.

— Minha tia-avó está morta — disse Sir Roland, com certa gravidade.

— Bem, o que só piora as coisas — disse o visconde. — Não pode esperar que um homem como Lethbridge preste atenção em histórias de fantasmas.

— Não tem nada a ver com fantasmas! — replicou Sir Roland, com irritação. — Está fora de si, Pel. Eu lhe disse que era uma herança de família.

— Ma-mas é um bro-broche de mulher! — disse Horatia. — E--ele não po-pode ter a-acreditado!

— Oh, com seu perdão, senhora, mas sim! História plausível... contei descontraidamente... nada mais simples. Infelizmente, não está com milorde. Reflita, senhora... na agitação do momento... o broche pode ter caído na rua. É possível, sabe, é bem possível. Acho até que não deve estar se lembrando perfeitamente, mas com certeza foi o que aconteceu.

— Lembro-me perfeitamente! — disse Horatia. — *Eu* nã-não estava bê-bêbada!

Sir Roland ficou tão desconcertado ao escutar isso que caiu em um silêncio ruborizado. Coube ao visconde protestar.

— Ora, isso não está certo, Horry, não está certo! Quem disse que estava bêbada? Pom não insinuou nada desse tipo, não foi, Pom?

— Nã-não, mas vo-vocês estavam, vo-vocês dois!

— Isso não tem importância — apressou-se em responder o visconde. — Não tem nada a ver com a questão. Pom talvez tenha razão, embora eu não afirme que sim. Mas se realmente o deixou cair na rua, não há mais nada a fazer. Não podemos percorrer toda a Half-Moon Street procurando nas valetas.

Horatia segurou o pulso do irmão.

— Pe-Pel, eu o deixei cair na ca-casa de lor-lorde Lethbridge. E-ele rasgou a re-renda do meu cor-corpete e o bro-broche estava pre-preso nela. Foi muito be-bem preso e não cai-iria sem ra-razão.

— Bem, se é assim — disse o visconde —, terei de ir ver Lethbridge pessoalmente. Aposto dez a um como foi essa conversa de tia-avó de Pom que o deixou desconfiado.

Esse plano não pareceu recomendável a nenhum de seus ouvintes. Sir Roland não conseguia acreditar que, onde o tato tinha falhado, os métodos rudes do visconde seriam bem-sucedidos, e Horatia estava apavorada com a possibilidade de seu irmão esquentado tentar recuperar o broche na ponta da espada. Uma discussão acalorada só foi interrompida pela entrada do mordomo anunciando que o almoço estava servido.

Os dois visitantes partilharam essa refeição com Horatia, o visconde sem precisar ser persuadido e Sir Roland, um pouquinho. Enquanto os criados estiveram presentes na sala, o assunto do broche teve necessariamente de ser abandonado, mas assim que a mesa foi tirada, Horatia o retomou exatamente do ponto em que havia sido interrompido.

— Não per-percebe, Pe-Pel — disse ela — que se for à casa de Lethbridge, a-agora que Sir Ro-Roland já foi, ele pode suspeitar da ve-verdade?

— Se quer saber o que acho — replicou o visconde —, ele a conhece desde o começo. Tia-avó! Bem, tenho uma ideia melhor do que essa.

— Pel, eu re-realmente gos-gostaria que não fosse! — disse Horatia apreensiva. — Sa-sabe como você é! Duelou com Crosby e houve um escândalo. Sei que va-vai fazer a mesma coi-coisa com lorde Leth-Lethbridge se o vir.

— Não, não vou — respondeu o visconde. — Ele é melhor espadachim do que eu, mas não atira melhor.

Sir Roland ficou atônito.

— Não deve transformar isso em um caso de pistolas, Pel. A reputação de sua irmã! É uma questão tremendamente delicada.

Interrompeu-se, pois a porta tinha sido aberta.

— Capitão Heron! — anunciou o lacaio.

Houve um momento de silêncio surpreso. O capitão Heron entrou e, fazendo uma pausa no limiar, relanceou os olhos em volta, sorrindo.

— Bem, Horry, não me olhe como se tivesse visto um fantasma! — disse ele.

— Fantasmas! — exclamou o visconde. — Tivemos o bastante deles. O que o traz à cidade, Edward?

Horatia tinha-se levantado da cadeira com um pulo.

— Ed-Edward! Oh, trou-trouxe Li-Lizzie?

O capitão Heron sacudiu a cabeça.

— Não, lamento, minha querida, mas Elizabeth ainda está em Bath. Só vim à cidade por alguns dias.

Horatia abraçou-o afetuosamente.

— Não im-importa. Estou tão fe-feliz em vê-lo, Ed- Edward. Oh, conhe-conhece Sir Roland Pom-Pommeroy?

— Creio que ainda não tive o prazer — replicou o capitão Heron, trocando vênias com Sir Roland. — Rule não está em casa, Horry?

— Não, gra-graças a Deus! — respondeu ela. — Oh, nã-não foi i-isso o que e-eu quis dizer, mas es-estou com um gra-grande problema, entende? Já almoçou?

— Almocei em South Street. O que aconteceu?

— Um caso muito delicado — disse Sir Roland. — É melhor não falar nada, senhora.

— Oh, Ed-Edward é de con-confiança! Ora, e-ele é o me-meu cunhado! Pe-Pel, não acha que tal-talvez Edward pudesse nos a-ajudar?

— Não, não acho — replicou o visconde francamente. — Não queremos ajuda. Conseguirei o broche de volta para você.

Horatia agarrou o braço do capitão Heron.

— Edward, por fa-favor, diga a Pel-Pelham que não deve lu-lutar com lor-lorde Lethbridge! Se-seria fatal!

— Lutar com lorde Lethbridge? — repetiu o capitão Heron. — Parece algo bastante insensato. Por que ele faria isso?

— Não podemos explicar tudo agora — disse o visconde. — Quem disse que eu ia lutar com ele?

— Você! Di-disse que ele não e-era melhor nas pis-pistolas do que você!

— Bem, e não é. Tudo o que tenho a fazer é pôr uma pistola na cabeça do sujeito e mandar que devolva o broche.

Horatia largou o braço do capitão Heron.

— Te-tenho de admitir que esse é um pla-plano muito in- -inteligente, Pe-Pel! — aprovou ela.

O capitão Heron olhou de um para o outro, meio sorrindo, meio assustado.

— Mas estão todos com intenções assaz homicidas! — protes- tou. — Gostaria que me contassem o que está acontecendo.

— Oh, não é nada — disse o visconde. — Aquele sujeito, o Le- thbridge, levou Horry para a casa dele ontem à noite, e ela deixou seu broche cair lá.

— Sim, e e-ele quer me com-comprometer — assentiu Horatia. — Por i-isso, percebe, não quer devolver o bro-broche. É tudo te--terrivelmente e-exasperador.

O visconde levantou-se.

— Vou trazê-lo de volta para você — disse ele. — E não vamos ter nenhum maldito tato para isso.

— Vou com você, Pel — disse o cabisbaixo Sir Roland.

— Pode vir para casa comigo enquanto pego as pistolas — replicou o visconde com gravidade —, mas não quero que vá comigo a Half-Moon Street.

Saiu acompanhado de seu amigo. Horatia deu um suspiro.

— Realmente es-espero que, des-desta vez, ele consiga. Vamos para a biblioteca, Edward, e conte-me tudo sobre Li-Lizzie. Por que e-ela não veio com vo-você?

O capitão Heron abriu a porta para ela passar para o corredor.

— Não era muito recomendável — disse ele. — Mas fui incumbido de uma mensagem para você.

— Não re-recomendável? Po-por que não? — perguntou Horatia, olhando por cima do ombro.

O capitão Heron esperou até chegarem à biblioteca para responder.

— Sabe, Horry, estou feliz em ser eu a lhe contar que Lizzie está, neste momento, em uma situação delicada.

— Fe-feliz em contar? — repetiu Horatia. — Oh! Oh, entendi! Que bárbaro, Ed-Edward! Vou ser tia! Rule vai me le-levar direto a Bath de-depois do Encontro do Newmarket. Isto é, se não pe-pedir o divórcio — acrescentou ela, com tristeza.

— Santo Deus, Horry, é tão grave assim? — exclamou Heron espantado.

— Nã-não, não é, mas se e-eu não conseguir o bro-broche de vol-volta, acho que sim. So-sou uma má es-esposa, Edward. A-agora vejo que sou.

O capitão Heron sentou-se do seu lado no sofá e pegou sua mão.

— Pobre Horry! — disse ele, gentilmente. — Vai me contar tudo, desde o começo?

A história que foi contada de maneira hesitante o confundiu, mas ele a deslindou depois de um tempo, e a sua opinião foi a de que não haveria divórcio.

— Só acho uma coisa, Horry. Que você devia contar a Rule.

— Não po-osso e nã-não vou con-ontar — replicou Horatia, veementemente. — Quem já ou-ouviu uma história de-dessa?

— É uma história estranha — admitiu ele. — Mas acho que ele vai acreditar em você.

— Nã-não depois de to-todas as coisas i-idiotas que fi-fiz. E se a-acreditar, vai ter de pe-pedir satisfação a lorde Leth-Lethbridge, ou al-algo assim, e vai ser um es-escândalo, e ele nunca me per--perdoará por ter si-sido a causa di-disso.

O capitão Heron calou-se. Refletiu por um instante e pensou que poderia haver algo mais por trás dessa história. Não tinha muita intimidade com Rule, mas lembrava-se de Elizabeth ter percebido a inflexibilidade na boca do conde e confessara uma certa apreensão. O capitão Heron considerava muito o julgamento de sua mulher. Não lhe pareceu, pelo que Horatia inconscientemente havia lhe contado, que reinasse, entre os dois, uma perfeita felicidade conjugal, como a que ele e sua querida Lizzie desfrutavam. Se já existia uma leve frieza entre eles (o que, já que Horatia declinara ir a Meering, parecia existir), talvez o momento fosse inadequado para que contasse essa aventura improvável. Ao mesmo tempo, o capitão Heron não estava propenso a confiar no poder de persuasão de seu cunhado. Afagou a mão de Horatia e assegurou-lhe que ia dar tudo certo, mas, em seu interior, não alimentava muitas esperanças. Entretanto, achava que tinha uma grande dívida de gratidão com ela por ter-lhe dado sua Lizzie e foi com uma sinceridade genuína que se ofereceu para ajudá-la como pudesse.

— Sei que me a-ajudaria, Ed-Edward — disse Horatia, nervosa. — Mas talvez Pe-Pel o consiga, e, en-então, vai fi-ficar tudo bem.

Transcorreu muito tempo até que o visconde, ainda acompanhado pelo leal Sir Roland, retornasse a Grosvenor Square. Horatia se atormentara imaginando uma cena medonha de combate, convencida de que o corpo sem vida do visconde seria trazido a qualquer momento. Quando, finalmente, ele chegou, ela quase se atirou em seu peito.

— Oh, Pe-Pel, eu ti-tinha certeza de que es-estava morto! — gritou ela.

— Morto? Por que diabos eu estaria morto? — replicou o visconde, retirando seu elegante paletó das garras da irmã. — Não, não consegui o broche. O sujeito não estava em casa, maldição!

— Não estava? Então, o que va-vamos fazer?

— Visitá-lo de novo — replicou o visconde, sombriamente.

Mas a segunda visita do visconde, feita logo depois do jantar, revelou-se tão infrutífera quanto a primeira.

— Estou convencido de que ele está fugindo de mim — disse Pelham. — Bem, eu o pegarei de manhã cedo, antes que tenha chance de sair. E se aquele maldito porteiro me disser de novo que ele não está, entrarei à força e verificarei com meus próprios olhos.

— Então, acho que será melhor eu acompanhá-lo — decidiu o capitão Heron. — Se tentar entrar à força na casa de alguém, é provável que crie problemas.

— Exatamente o que eu disse a mim mesmo — concordou Sir Roland, sempre pronto a servir. — É melhor irmos todos. Eu o buscarei em sua casa, Pel.

— É extremamente gentil de sua parte, Pom — disse o visconde. — Digamos, às 9h.

— Às 9h — concordou Sir Roland. — Nada mais resta a fazer, a não ser ir para a cama cedo.

O capitão Heron foi o primeiro a chegar na casa do visconde, em Pall Mall, na manhã seguinte. Encontrou-o vestido, ocupado em carregar uma das pistolas.

— Aqui tem uma deliciosa e pequena arma para você — disse o visconde parando o cão a meio gatilho. — Estourei um naipe, certa vez, em uma partida de carteado. Cheston apostou dez a um contra. Ora, não tem como errar com esta pistola! Pelo menos — acrescentou, credulamente —, penso que você talvez, mas eu não.

O capitão Heron sorriu largo ao ouvir essa maledicência lançada em sua perícia no tiro ao alvo e sentou-se na ponta da mesa, observando o visconde se empoar.

— Bem, tudo o que lhe peço, Pelham, é que não estoure a cabeça de Lethbridge.

— Talvez tenha de feri-lo no braço — disse o visconde, pegando um pedaço de pelica macia na mesa e pondo a bala nele. — Não vou matá-lo, se bem que, maldição, vai ser difícil me conter! — Ergueu a pistola e, com o polegar sobre o ouvido da arma, comprimiu, cuidadosamente, a bala. — Pronto. Onde está Pom? Devia saber que ele dormiria demais. — Deslizou a pistola para o bolso e se levantou. — Você sabe, Edward, que é um assunto desgraçado — disse ele gravemente. — Não sei como Rule vai encará-lo, se chegar a seus ouvidos. Conto com você para me ajudar.

— É claro que vou ajudá-lo — replicou o capitão Heron. — Se Lethbridge tiver o broche, nós o recuperaremos.

Sir Roland apareceu nesse momento; pegaram seus chapéus e partiram para Half-Moon Street. O porteiro que abriu a porta negou, mais uma vez, que seu patrão estivesse em casa.

— Não está, hein? — disse o visconde. — Acho que vou entrar e dar uma olhada.

— Mas ele não está, senhor! — insistiu o porteiro, segurando a porta. — Saiu ontem em sua carruagem e ainda não retornou.

— Não acredite, Pel — aconselhou Sir Roland atrás dele.

— Mas senhor, é verdade que milorde não está! Há outra... bem, pessoa procurando por ele, além do senhor.

O capitão Heron pôs seu ombro forte na porta e a empurrou.

— Isto é muito interessante — disse ele. — Vamos subir para termos certeza de que milorde não entrou sem ser notado. Entro com você, Pel!

O porteiro se viu sendo empurrado firmemente para trás e gritou por socorro. Um indivíduo corpulento em um paletó de lã cinza grosseira e um lenço sujo no pescoço, sentado em uma cadeira no corredor estreito, olhou rindo, mas não ofereceu ajuda. O mordomo subiu arquejando a escada, mas fez uma pausa quando viu quem estava lá. Fez uma reverência ao visconde e disse severamente:

— Lorde Lethbridge não está em casa, milorde.

— Talvez não tenha procurado debaixo da cama — replicou o visconde.

Essa tirada foi recebida com uma risada rouca pelo homem de casaco de lã grosseira.

— Ah, é isso aí, excelência. O cara é um almofadinha malandro! É o que eu sempre disse!

— Ahn? — disse Sir Roland, examinando através de seu monóculo. — Quem é este sujeito, Pel?

— Como diabos vou saber? — perguntou o visconde. — Fique onde está, seja-lá-qual-for-o-seu-nome. Vou subir e ter uma conversinha com milorde.

O mordomo colocou-se ao pé da escada.

— Senhor, milorde não está na casa! — Viu o visconde tirar a pistola do bolso e exclamou estupefato: — Milorde!

— Afaste-se do meu caminho ou pode se machucar — disse o visconde.

O mordomo recuou.

— Asseguro-lhe que lorde Lethbridge... eu... eu... não entendo, milorde! Meu patrão foi para o campo!

O visconde riu com desdém e subiu. Retornou dali a alguns instantes.

— É verdade. Ele não está.

— Escapou! — gritou o homem grandalhão. — Que um raio me parta se um dia voltar a trabalhar para um almofadinha espertalhão! — Com essa observação críptica, pôs a mão em seu chapéu e sentou-se furioso.

O visconde olhou para ele com interesse.

— O que quer com ele, hein? Quem é você?

— Isso é assunto meu — retorquiu o homem grandalhão. — Vinte guinéus, é o que quero, e é o que vou conseguir, se ficar aqui até amanhã.

O capitão Heron falou, dirigindo-se ao mordomo.

— O nosso assunto com milorde é urgente. Pode nos informar para onde foi?

— Milorde — replicou o mordomo inflexível — não disse, senhor. De fato, gostaria de saber seu destino, pois esse... essa pessoa insiste em permanecer na casa até seu retorno, embora eu o tenha avisado que vou chamar a polícia.

— Não vai se atrever a pensar em dura nenhuma — disse o homem com escárnio. — Sei o que sei, ah, e sei quem vai dormir na Rumbo, se eu sair daqui.

Sir Roland, que escutara atentamente esse discurso, sacudiu a cabeça.

— Sabem, eu não entendo nada do que ele diz. Rumbo? Nunca ouvi falar nesse lugar.

— Os iguais a vocês chamam de Newgate — explicou o homem mal-encarado. — Eu chamo de Rumbo. Entendeu?

O visconde olhou para ele franzindo o cenho.

— Tenho a impressão de que já o vi antes — disse ele. — Não reconheço o seu rosto, mas, Cristo!, reconheço sua voz!

— Ele devia estar mascarado — propôs Sir Roland, sempre prestimoso.

— Santo Deus, Pom, não seja tão... Espere um pouco! Mascarado? — O visconde bateu na perna. — Agora me lembro! Diacho, você é o patife que tentou me roubar em Shooter's Hill uma vez!

O homem grandalhão, que mudou de cor, escapuliu para a porta, resmungando:

— Não! Nunca fiz isso! É mentira!

— Cristo! Não guardo nenhum rancor contra você — disse o visconde animadamente. — Não levou nada de mim.

— Ele é um salteador? — disse Sir Roland, com interesse. — Que amigos estranhos tem Lethbridge! Muito estranhos!

— Hum! — observou o capitão Heron, examinando o homem grandalhão com censura. — Posso adivinhar qual seja o seu negócio com lorde Lethbridge.

— Pode mesmo? — disse Sir Roland. — Bem, então, qual é?

— Use a inteligência — replicou o capitão de maneira pouco gentil. — Eu gostaria muito de entregá-lo à polícia, mas acho que não podemos. — Virou-se para o mordomo. — Quero que relembre. Na noite de anteontem, foi perdido um broche nesta casa. Lembra-se de tê-lo encontrado?

O mordomo pareceu feliz por, finalmente, ter a resposta para uma pergunta.

— Não, senhor, não achei. Nenhum broche foi achado nesta casa. Lorde Lethbridge perguntou-me, particularmente, se teria sido pego, logo depois que esse cavalheiro o visitou ontem. — Indicou Sir Roland, com um movimento da cabeça.

— Como assim? — perguntou, abruptamente, o visconde. — Disse *depois* da visita?

— Sim, milorde. Milorde chamou-me menos de um minuto depois que o cavalheiro saiu.

O capitão Heron segurou o braço do visconde, contendo-o.

— Obrigado — disse ele. — Vamos, Pelham, não temos mais nada a fazer aqui.

Levou o visconde, que resistia, em direção à porta, que o porteiro abriu com alegria.

Os três conspiradores desceram os degraus da entrada e seguiram, vagarosamente, para Piccadilly.

— Caiu na rua — disse Sir Roland. — Eu disse isso o tempo todo.

— Começa a parecer que sim — concordou o capitão Heron. — Ainda assim, Horry tem certeza de que o perdeu nessa casa. Acho que o mordomo deve estar falando a verdade. Alguém mais poderia tê-lo encontrado?

O visconde estacou subitamente.

— Drelincourt! — disse ele. — Com os diabos! Aquela viborazinha, aquele sujeitinho desprezível, aquele...

— Está falando do almofadinha primo de Rule? — perguntou o capitão Heron. — O que ele tem a ver com isso?

Sir Roland, que tinha ficado olhando fixamente para o visconde, sacudiu-o, de súbito, pela mão.

— Você descobriu, Pel. Você acertou — disse ele. — Aposto que ele pegou o broche.

— É claro que pegou! Não o deixamos a sós com Lethbridge? Santo Deus, vou torcer o pescoço desse desgraçado! — disse o visconde furibundo, e rumou praticamente correndo para Piccadilly.

Os outros dois aceleraram o passo atrás dele.

— Drelincourt estava lá naquela noite? — perguntou o capitão Heron a Sir Roland.

— Entrou porque estava chovendo — explicou Sir Roland. — Pel queria puxar o nariz dele. Acho que, agora, vai mesmo.

O capitão Heron alcançou o visconde.

— Pelham, acalme-se! — disse ele. — Se ele não o tiver e você o acusar, só vai criar mais problemas. Por que ele pegaria o broche?

— Para fomentar discórdia! Como se eu não o conhecesse! — replicou o visconde. — Se ele já o levou para Rule, estamos perdidos.

— É verdade — concordou Sir Roland. — Sim, foi isso, Pel. Não tem mais escapatória. É melhor acabar com Drelincourt também. Nada mais a fazer.

— Pelham, seu doido, me dê sua pistola! — ordenou o capitão Heron.

O visconde o afastou e prosseguiu seu caminho. Sir Roland puxou a manga do capitão Heron.

— É melhor deixar Pel cuidar desse sujeito — disse ele confidencialmente. — É um atirador danado de bom, sabe?

— Santo Deus, você é tão maluco quanto ele — censurou o capitão Heron. — Não podemos deixar que isso acabe em duelo!

Sir Roland franziu os lábios.

— Não vejo porque não — disse ele, judiciosamente. — Um pouco irregular, mas temos nós dois para providenciar que as regras sejam obedecidas. Conhece Drelincourt?

— Não, mas...

— Ah, isso explica! — disse Sir Roland. — Se o conhecesse, concordaria. Esse sujeito tem de ser morto. Acho isso há muito tempo.

O capitão Heron desistiu, em desespero.

XIX

O Sr. Crosby Drelincourt tinha ficado excessivamente abalado com sua experiência para pensar em jantar ao partir de Meering. Tudo o que desejava era chegar em casa. Foi de Meering a Twyford, onde fez a muda de cavalos, e a aflitiva despesa de contratar uma guarda armada para protegê-lo de salteadores. A viagem para casa lhe pareceu interminável, mas a diligência o deixou em Jermyn Street antes de bater as 22h. A essa altura, tinha-se recuperado um pouco de suas aventuras e começava a sentir as pontadas da fome. Infelizmente, já que o seu retorno nessa noite não era esperado, nenhuma ceia havia sido preparada, e ele foi obrigado a sair para jantar, o que, afinal, refletiu com amargura, ele podia muito bem ter feito na estrada.

Dormiu até tarde na manhã seguinte e estava sentado, de robe, para comer seu desjejum, quando ouviu um estrondo na porta da frente, seguido, alguns instantes depois, pelo som de vozes. Largou o garfo, prestando atenção. Uma voz se levantava insistentemente, e o Sr. Drelincourt a reconheceu. Virou-se rapidamente para seu criado, que acabara de colocar o bule de café na sua frente.

— Não estou em casa! — disse ele. — Depressa! Não deixe que subam!

— Perdão, senhor? — replicou o criado, obtusamente.

O Sr. Drelincourt empurrou-o para a porta.

— Diga-lhes que não estou, seu tolo! Impeça que subam! Não estou passando bem! Não posso ver ninguém!

— Está bem, senhor — replicou o criado, dissimulando o riso.

O Sr. Drelincourt afundou-se de volta na cadeira, enxugando o rosto, nervosamente, com o guardanapo. Ouviu o criado descer para falar com os visitantes. Então, para seu horror, ouviu alguém subir, de três em três degraus.

A porta foi aberta com brusquidão. O visconde Winwood surgiu no limiar.

— Você não está? — disse ele. — Por que está tão ansioso para não me ver, hein?

O Sr. Drelincourt levantou-se, agarrando-se na beira da mesa.

— Realmente, milorde... um homem tem o direito de ficar só quando quer! — Percebeu a cara de Sir Roland Pommeroy perscrutando por cima do ombro do visconde e lambeu os lábios. — Por favor... por favor, o que significa essa intrusão, senhor? — perguntou com a voz fraca.

O visconde avançou e se sentou sem cerimônia no canto da mesa, uma das mãos no bolso grande do seu casaco. Atrás dele, Sir Roland apoiou os ombros na parede, e se pôs, displicentemente, a palitar os dentes. O capitão Heron postou-se do lado do visconde, para intervir, se necessário.

O Sr. Drelincourt olhou de um para o outro, com a mais profunda desconfiança.

— Não consigo imaginar o que... o que os traz aqui, senhores! — disse ele.

Os olhos azuis angelicais do visconde fixaram-se em seu rosto.

— O que o levou a sair da cidade ontem, Drelincourt? — perguntou ele.

— Eu... eu...

— Soube por seu criado que partiu em uma diligência e retornou tarde... tarde demais para ser perturbado. Aonde foi?

— Não posso entender... não entendo mesmo como meus atos lhe dizem respeito, milorde!

Sir Roland retirou o palito da boca.

— Não quer nos contar — observou ele. — Estranho, muito estranho!

— Mas ele vai nos contar — disse o visconde, e se levantou.

O Sr. Drelincourt deu um passo para trás.

— Milorde! Eu... eu protesto! Não o compreendo! Fui ao campo tratar de um assunto particular, simplesmente um negócio particular, lhe asseguro!

— Particular, foi? — disse o visconde, avançando para ele. — Não era um assunto relacionado a joias? Acertei?

O Sr. Drelincourt ficou cinza.

— Não! Não! — gritou arquejante.

O visconde tirou a pistola do bolso e a apontou.

— Está mentindo, sua víbora! — disse entre os dentes. — Não se mexa!

O Sr. Drelincourt ficou paralisado, o olhar fixo na pistola. Sir Roland protestou.

— Não imediatamente, Pel! Não já! Tem de fazer a coisa decentemente!

O visconde não deu atenção.

— Você pegou um broche na casa de Lethbridge na outra noite, não pegou?

— Não sei do que está falando! — replicou o Sr. Drelincourt nervosamente. — Um broche? Não sei nada sobre isso, absolutamente nada!

O visconde pressionou o cano da pistola no estômago do Sr. Drelincourt.

— Esta minha pistola tem um gatilho excessivamente leve — disse ele. — Basta um toque para que dispare. Não se mexa. Sei que pegou o broche. O que fez com ele?

O Sr. Drelincourt ficou em silêncio, respirando aceleradamente. Sir Roland recolocou, cuidadosamente, o palito de dentes em seu estojo e o guardou no bolso. Avançou e enfiou seus dedos na parte de trás da gravata do Sr. Drelincourt e a torceu cientificamente.

— Afaste a pistola, Pel. Vou arrancar a confissão dele asfixiando-o.

O Sr. Drelincourt, já com a garganta ferida pelo punho de seu primo, emitiu um grito agudo, estrangulado.

— Sim, eu o peguei! Não sabia como tinha ido parar lá... na verdade, eu não fazia ideia!

— Levou-o para Rule? Responda! — disse rispidamente o visconde.

— Não, não! Juro que não!

O capitão Heron, observando-o atentamente, assentiu com a cabeça.

— Não o asfixie, Pommeroy, acho que ele está falando a verdade.

— Se não o levou para Rule, onde está?

— Não está comigo! — replicou, arquejando, o Sr. Drelincourt, os olhos na pistola do visconde.

— Não espera que acreditemos nisso, espera? — disse Sir Roland, impessoalmente. — Foi para Meering com ele, não foi?

— Sim, fui, mas não cheguei a dá-lo a Rule. Lorde Lethbridge está com ele!

Sir Roland ficou tão surpreso que o soltou.

— Raios me partam se consigo entender isso! — disse ele. — Como diabos ele o conseguiu?

— Ele... ele me alcançou e me tirou o broche à força. Não consegui impedir. Juro que estou falando a verdade!

— Pronto, aí está no que deu toda aquela sua conversa de tia-avó, Pom! — disse o visconde, injuriado.

— Isso é bom — replicou Sir Roland. — Agora, sabemos quem está com o broche. O que facilita as coisas. Basta achar Lethbridge, pegar o broche, e assunto encerrado.

O visconde virou-se para o Sr. Drelincourt.

— Onde está Lethbridge?

— Não sei — respondeu o Sr. Drelincourt, taciturnamente. — Ele disse que ia passar a noite em Maidenhead.

O visconde pensou rápido.

— Maidenhead! Uma questão de 40, 43 quilômetros. Digamos, umas três horas de distância. Vamos pegá-lo. — Pôs a pistola de volta no bolso. — Não há mais nada a fazer aqui. Quanto a você — virou-se para o Sr. Drelincourt, que se encolheu perceptivelmente —, a próxima vez que cruzar meu caminho será a última. Vamos, Pom. Vamos, Edward.

Quando estavam, mais uma vez, na rua, o capitão Heron começou a se sacudir, rindo em silêncio.

— O que diabos há com você? — perguntou o visconde, parando e fazendo uma carranca para ele.

O capitão Heron segurou-se na grade.

— A cara dele! — engasgou com o riso. — Você interrompendo o seu desjejum... oh, Cristo!

— Ha! — disse Sir Roland. — Ele estava no meio do desjejum? Muito engraçado!

De repente, o visconde percebeu o cômico da situação e caiu na gargalhada. O Sr. Drelincourt, espiando por uma abertura entre as cortinas de seu quarto, ficou furioso ao ver os três se dobrando de rir na calçada.

O capitão Heron soltou-se, por fim, da grade.

— Para onde agora? — perguntou sem forças.

— White's — decidiu o visconde. — Não vai ter ninguém lá a esta hora. Temos de refletir bem sobre isso.

— Não sou membro, você sabe — disse o capitão Heron.

— E qual é o problema? Pom também não é. Mas eu sou — replicou o visconde, e seguiu na frente.

Depararam-se com o café do clube deserto e se apoderaram dele. O visconde estendeu-se em uma poltrona e pôs as mãos nos bolsos da calça.

— Digamos que Lethbridge tenha partido de Maidenhead às 10 horas — refletiu ele. — Chegará por volta das 13h. Talvez mais cedo. Seus cavalos são velozes.

Sir Roland sentiu-se inclinado a contestar essa suposição.

— Não às 10h, Pel. Cedo demais.

— O que o prenderia? — perguntou o visconde. — Não tem nada o que fazer em Maidenhead, pelo que sei.

— Tem uma cama, não tem? Você se levanta antes da 9h? Aposto como ele também não. Digamos, às 11h.

— Faz diferença? — perguntou o capitão Heron, ajeitando seu cinturão.

— Diferença? É claro que sim! — replicou o visconde. — Temos de interceptar o sujeito. Ele almoça na estrada, Pom?

— Almoça em Longford, King's Head — disse Sir Roland.

— Ou Colnbrook — disse o visconde. — Preparam-lhe um prato muito bom de carneiro e cogumelos grelhados no George.

— Não, não, Pel — disse Sir Roland, gentilmente. — Está pensando no Pigeons, em Brentford.

O visconde refletiu um pouco e concluiu que o seu amigo tinha razão.

— Bem, então, vamos dizer em Longford. Almoço ao meio-dia. Não vai chegar em Londres antes das 14h.

— Eu não diria isso, Pel — objetou Sir Roland.

— Maldição! Tem de dar um tempo ao sujeito para saborear seu vinho.

— Não em Longford — disse Sir Roland. — Ele não vai saborear seu vinho no King's Head.

— Bem, se é assim, ele não almoçará lá — disse o visconde. — O que é um problema.

O capitão Heron aprumou o corpo.

— Parem de falar sobre o seu almoço! — rogou. — Ele vai comer em algum lugar, e isso é tudo o que nos interessa. Como vai interceptá-lo?

O visconde deixou seu queixo afundar na gravata e refletiu profundamente.

— A não ser que o assalte na estrada, não tem como fazer isso — disse o capitão Heron. — Só lhe resta esperar por ele na sua casa.

O visconde sacudiu-se em sua poltrona.

— É isso, Edward! É uma excelente ideia a sua! Faremos isso.

— O quê? Esperá-lo em Half-Moon Street? Não digo que não seja uma boa ideia, mas...

— Santo Deus, não! — interrompeu o visconde. — Isso não faz sentido. Vamos assaltá-lo.

— Deus meu, esta não foi minha ideia! — disse o capitão Heron, alarmado.

— É claro que foi sua ideia. Pensou nisso, não pensou? E tenho de dizer uma coisa, Edward, nunca esperei isso de você. Sempre o achei tremendamente respeitável.

— E tinha razão — disse o capitão Heron com determinação. — Sou tão respeitável quanto é possível. Não vou participar de nenhum assalto.

— Por que não? Não há mal nenhum. Não vamos machucar o sujeito... não muito.

— Pelham, você perdeu totalmente o juízo? Pense na minha farda!

Sir Roland, que tinha estado, pensativamente, os lábios no cabo de sua bengala, levantou a cabeça.

— Tive uma ideia — disse ele. — Vá para casa e a troque. Não pode assaltar estando fardado. Não seria razoável esperar isso dele, Pel.

— Santo Deus, não acharam que qualquer um de nós faria isso vestido como estamos, acharam? Precisamos de sobretudos e máscaras.

— Eu tenho um rocló — disse Sir Roland, prestimosamente. — Mandei fazê-lo no mês passado, por Grogan. Estava pensando em mostrá-lo para você, Pel. Um belo tom de cinza, botões prateados, mas não estou certo quanto ao forro. Grogan queria seda Carmelita, mas não sei se gosto, não sei mesmo.

— Bem, não pode assaltar uma carruagem em um rocló forrado de seda. Temos de conseguir casacos e cachecóis de lã grosseira.

Sir Roland sacudiu a cabeça.

— Não é possível, Pel. Tem um casaco desse tipo, Heron?

— Não, graças a Deus, não tenho! — replicou o capitão Heron.

— Nem eu — disse o visconde, levantando-se de um pulo. — E por isso temos de ir atrás daquele homem que deixamos na casa de Lethbridge. Vamos! Não temos tempo a perder.

Sir Roland se levantou e disse com reverência:

— Eu nunca teria pensado nisso. É você que tem cabeça, Pel, não há a menor dúvida.

— Pelham, você se dá conta de que possivelmente foi esse bandido que raptou sua irmã? — perguntou o capitão Heron.

— Você acha? Sim, Santo Deus, acho que tem razão. Ele disse que estava esperando por vinte guinéus, não disse? Bem, se Lethbridge pode contratá-lo, nós também podemos — declarou o visconde e se pôs a caminho.

O capitão Heron alcançou-o na rua.

— Pelham, está tudo muito bem, mas não podemos fazer uma coisa idiota dessa! Se formos pegos, estarei arruinado.

— Bem, sempre me intrigou por que quis entrar para o exército — disse o visconde. — Mas se quiser cair fora, Pom e eu agiremos sem você!

Sir Roland, chocado, interferiu:

— Pel, meu caro rapaz, Pel! Pense no que está dizendo! Heron não está dizendo que quer cair fora. Ele apenas disse que, se for pego, estará arruinado. Não podemos pular no pescoço de alguém só porque fez um comentário.

— Se fosse por qualquer outra pessoa que não Horry, eu realmente seria um vira-casaca — disse o capitão Heron. — Por que diabos não espera Lethbridge chegar em casa, Pelham? Se nós três não conseguirmos lhe arrancar o broche sem ser disfarçados de salteadores...

— Porque é a melhor maneira! — disse o visconde. — Seria perfeito para evitar um escândalo. Se ponho uma pistola na cabeça do sujeito e ele me pede satisfações, o que pode acontecer? Seria pior do que tudo! O caso fatalmente chegaria aos ouvidos de Rule, e se acha que ele não suspeitaria do envolvimento de Horry nisso, é porque não o conhece. Dessa maneira, teremos o broche sem nenhum escândalo, sem ele precisar saber de nada. Então, está comigo ou não, Edward?

— Sim, estou com você — disse o capitão Heron. — Há uma certa verdade no que diz, se não der errado!

— Não vai dar errado... a não ser que aquele bandido tenha ido embora da casa de Lethbridge.

— Não pode ter feito isso — disse Sir Roland. — Ele disse que ficaria lá até receber os vinte guinéus. Lethbridge não voltou. Portanto ainda deve estar lá.

Como ficou demonstrado, Sir Roland estava certo. Quando voltaram a Half-Moon Street, o homem corpulento continuava sentado no hall. O porteiro, assim que viu quem era, fez uma tentativa intrépida de bater a porta. Foi frustrada por Sir Roland, que se jogou contra a porta, com grande presença de espírito, e quase sufocou o porteiro ao imprensá-lo entre a porta e a parede. Quando conseguiu se recompor, deu com os três homens de novo dentro da casa e gemeu. Entretanto, assim que explicaram que só tinham ido buscar o grandalhão, sua expressão se iluminou consideravelmente e, até mesmo, permitiu que levassem esse personagem ilustre ao salão para uma conversinha em particular.

O homem mal-encarado, confrontado pela pistola do visconde, levantou as mãos.

— *Num* vá fazer fogo com este berrante, excelência! — disse ele ofegando. — *Num* fiz nada de mal à sua excelência!

— Nadinha mesmo — concordou o visconde. — E tem mais, não vou lhe fazer mal se se comportar direito. Como é o seu nome? Vamos lá, homem, vou ter de lhe chamar de alguma coisa, não vou?

— Pode me chamar de Ned. Ned Hawkins — replicou o grandalhão. — *Num* é o nome de verdade, é o falso, que eu uso. Edward Hawkins, este sou eu, ao seu dispor, senhores.

— Não queremos outro Edward — objetou Sir Roland. — O nome de Heron é Edward, e nós vamos acabar confundindo-os.

— Bem, eu *num* me importo de ser Frederick, se isso for melhor para os senhores — cedeu o Sr. Hawkins.

— Hawkins já serve — replicou o visconde. — Você assalta na estrada, não?

— Eu? — exclamou o Sr. Hawkins, castamente. — Deus me livre se...

— Está bem — interrompeu o visconde. — Arranquei o chapéu da sua cabeça com um tiro em Shooter's Hill, seis meses atrás. Agora, tenho um trabalhinho para você. O que me diz de ganhar vinte guinéus, hein?

O Sr. Hawkins se retraiu.

— Raios me partam se trabalho de novo para um espertalhão, é isso o que digo!

O visconde levantou a pistola.

— Então, vou segurá-lo aqui enquanto meu amigo vai chamar a polícia.

— *Num* vai se atrever! — disse, sorrindo largo, o Sr. Hawkins. — Se me prenderem, levo junto esse milorde almofadinha. Hein? Gostaram disso?

— Muito — disse o visconde. — Ele não é amigo meu. É seu amigo?

O Sr. Hawkins escarrou compreensivelmente. Sir Roland, com seu senso de propriedade ofendido, interpôs:

— Tenho de dizer uma coisa, Pel. Esse sujeito não pode ficar escarrando em uma casa que não é sua. Muito deselegante, meu rapaz. Péssimo!

— Não faça mais isso! — ordenou o visconde. — Do que adianta? Ele trapaceou no pagamento, foi isso?

— É, me passou a perna — resmungou o Sr. Hawkins. — Um espertalhão metido a besta, é o que ele é. Mas quando eu puser as mãos nele...

— Posso ajudá-lo a fazer isso — disse o visconde. — O que me diz de assaltá-lo? Por vinte guinéus?

O Sr. Hawkins olhou desconfiado para um e para outro.

— Qual é o plano? — perguntou ele.

— Ele está com uma coisa que eu quero — disse o visconde concisamente. — Decida-se logo! A cadeia ou vinte guinéus?

O Sr. Hawkins acariciou o queixo com a barba por fazer.

— Quem está nisso? Todos os seus homens? — inquiriu ele.

— Todos nós. Vamos assaltar a carruagem dele.

— O quê? Com essas roupas? — disse o Sr. Hawkins, referindo--se ao casaco debruado de renda dourada do visconde.

— É claro que não, idiota! — respondeu o visconde, com impaciência. — É por isso que precisamos de você. Precisamos de três sobretudos iguais ao seu e de cachecóis.

Um sorriso largo abriu-se na face do Sr. Hawkins.

— Com mil demônios, gosto da sua disposição! — declarou ele. — Aceito! Onde está ele?

— Na estrada de Bath, em direção a Londres.

— Isso quer dizer em Heath — disse o Sr. Hawkins balançando a cabeça. — Para quando?

— A qualquer hora depois de meio-dia. Não posso dizer com precisão.

O Sr. Hawkins distendeu a boca.

— Que eu me dane se gosto disso. Gosto de trabalhar quando a coruja chia, entende?

— Se há uma coisa que não queremos é algo chiando — replicou o visconde com firmeza.

— Por Deus, excelência, nunca ouviu falar de lua?

— A lua! Quando a lua se levantar, nosso homem já estará seguro nesta casa. À luz do dia ou nada.

O Sr. Hawkins deu um suspiro.

— Como quiser, excelência. E quer roupas e cachecóis? Os pangarés serão os de vocês?

— Nossos próprios cavalos, nossas próprias pistolas — concordou o visconde.

— Terá de me conseguir um cavalo, Pelham — interrompeu o capitão Heron.

— Com prazer, meu caro amigo.

— As pistolas *docês*? — disse o Sr. Hawkins. — A gente não costuma usar esse tipo, excelência.

O visconde relanceou os olhos para a sua pistola.

— O que há de errado nela? É uma arma muita boa. Dei cem guinéus pelo par.

O Sr. Hawkins apontou um dedo encardido para o cano de prata.

— Essa prata toda. É isso que tem de errado.

— Oh, está bem — disse o visconde. — Mas gosto das minhas pistolas, sabe? Então, onde podemos encontrar esses casacos e cachecóis?

— Conhece a Half-Way House? — perguntou o Sr. Hawkins. — É lá que vou estar. Tem um covil ali por perto, onde guardo o meu cavalo. Estarei lá, e, quando chegar, raios me partam se não terei as roupas e cachecóis prontos para vocês!

— E como vou saber que estará lá? — disse o visconde.

— Porque quero vinte guinéus — replicou o Sr. Hawkins logicamente. — E porque quero botar as mãos naquele almofadinha. Só por isso.

XX

Uma hora depois, três cavalheiros podiam ser observados cavalgando sobriamente para Knightsbridge. O capitão Heron, montando um cavalo castanho dos estábulos do visconde, havia mudado sua farda escarlate e sua peruca empoada por um traje simples de camurça e um chinó castanho. Tinha conseguido tempo para, antes de se encontrar com o visconde, voltar a Grosvenor Square, onde Horatia estava extremamente apreensiva. Ao saber o que havia acontecido até então, primeiro se mostrou contrariada por ninguém ter matado o detestável Sr. Drelincourt, e foram necessários alguns minutos até o capitão Heron induzi-la a falar de qualquer outra coisa que não das diversas iniquidades desse cavalheiro. Quando sua indignação, de certa maneira, se abrandou, ele lhe expôs o plano do visconde. Foi recebido com sua aprovação instantânea. Era a ideia mais inteligente que ela já ouvira, e era evidente que não podia falhar.

O capitão Heron avisou-a para guardar segredo e saiu, a caminho de Pall Mall.

Não tinha muita esperança de encontrar o Sr. Hawkins na Half-Way House, ou em qualquer outro lugar, mas obviamente não havia por que dizer isso ao visconde otimista. Ao chegar, encontrou seu cunhado de bom humor, de modo que com o aparecimento ou não do Sr. Hawkins, parecia provável que o plano seria levado a cabo.

A cerca de 400 metros antes de se chegar à Half-Way House, um cavaleiro solitário surgiu. Ao se aproximarem, ele olhou por cima do ombro, e o capitão Heron foi obrigado a admitir que havia julgado mal o recente conhecido.

O Sr. Hawkins saudou-o jovialmente.

— Que eu me dane se sua excelência não estava falando a verdade — exclamou ele. Seus olhos examinaram a égua do visconde aprovando-a. — É um belo cavalo, se é — disse balançando a cabeça. — Mas manhosa... manhosa, posso apostar minha vida. Venham comigo ao esconderijo de que falei.

— Conseguiu os casacos? — perguntou o visconde.

— Sim, tudo, excelência.

O covil que o Sr. Hawkins fazia de quartel-general localizava-se a uma pequena distância da estrada principal. Era um antro repulsivo, e pela aparência das pessoas na taberna, devia ser frequentado pelos rufiões da profissão do Sr. Hawkins. Como uma preliminar para a aventura, o visconde pediu quatro copos de conhaque, pelos quais pagou com um guinéu jogado sobre o balcão.

— Não fique jogando guinéus, seu idiota! — disse o capitão Heron em voz baixa. — Vai ficar sem a carteira se não tiver mais cuidado.

— É, o capitão tá certo — disse o Sr. Hawkins, escutando. — Sou um salteador, ah, isso eu sou! Mas nunca fui gatuno nem serei, mas tem uns dois ali de olho em *ocês*. Tem de tudo aqui: arrombadores, punguistas, gatunos comuns. Agora, camaradas, terminem de beber. Deixei os casacos lá em cima das dançarinas.

Sir Roland puxou a manga do capitão.

— Sabe, Heron — sussurrou-lhe confidencialmente —, este conhaque... não é o ideal! Espero que não suba à cabeça do pobre Pel... Ele fica descontrolado quando bebe... completamente descontrolado! Temos de mantê-lo longe de qualquer dançarina!

— Não creio que ele se referisse a "dançarinas" exatamente — tranquilizou-o o capitão Heron. — Acho que é um jargão de seu grupo.

— Oh, sim, é isso — disse Sir Roland, aliviado. — É uma pena que ele não domine nosso idioma completamente. Não entendo bem o que ele diz, sabe?

As "dançarinas" do Sr. Hawkins revelaram-se um lance de uma escada frágil, por onde os conduziu a um quarto malcheiroso. Sir Roland retraiu-se no limiar, levando seu lenço perfumado ao nariz.

— Pel... não, francamente, Pel! — disse ele, a voz fraca.

— Cheira um pouco a cebola — disse o visconde. Pegou um chapéu tricorne bastante surrado que estava em uma cadeira, e, jogando para o lado o seu *chapeau à la Vaque*, achatou-o sobre suas melenas louras, desempoadas. Examinou o efeito no espelho rachado e deu um risinho:

— O que acha, Pom?

Sir Roland sacudiu a cabeça.

— Não é um chapéu, Pel. Não se pode chamar isso de chapéu.

O Sr. Hawkins riu de maneira grosseira.

— É um chapéu raro, este aí. Melhor que os de ocês.

Deu ao visconde um cachecol e lhe mostrou como amarrá-lo para ocultar qualquer vestígio da renda de sua gravata. As botas de cano alto lustrosas do visconde fizeram com que franzisse os lábios.

— Dá para ver a nossa cara nessas botas — disse ele. — Mas agora *num* tem jeito. — Observou Sir Roland tendo dificuldades em vestir um amplo sobretudo de três pelerines e lhe deu um chapéu ainda mais surrado do que o do visconde. Viu as elegantes luvas soltas nos pulsos de Sir Roland como uma afronta.

— Falando francamente, não vai precisar disso — disse ele. — Mas sei lá. Talvez seja melhor manter essas mãos delicadas cobertas. Agora, senhores, segurem as máscaras e só ponham na cara quando eu mandar. Nunca antes de *nóis* chegar a Heath, *num* ia dar certo.

O capitão Heron apertou bem seu cachecol e baixou o chapéu até quase cobrir os olhos.

— Bem, independentemente do que acontecer, Pelham, desafio minha própria esposa a me reconhecer nestas roupas — disse ele. — Gostaria apenas que o sobretudo não fosse tão apertado no peito. Estamos prontos?

O Sr. Hawkins estava puxando um estojo de madeira de debaixo da cama. Abriu-o e mostrou três pistolas grandes.

— Uso duas, mas não consigo mais ao mesmo tempo — disse ele.

O visconde ergueu uma das armas e fez uma careta.

— Canhestra. Você fica com ela, Pom. Eu trouxe as minhas.

— Essas pistolinhas brilhantes de grã-fino? — perguntou o Sr. Hawkins, fazendo uma carranca.

— Santo Deus, não! Pistolas como a sua. É melhor deixar que eu atire, Pom. Não se sabe o que pode acontecer se você disparar essa coisa.

— Esta arma — disse o Sr. Hawkins, ofendido — pertenceu ao Cavalheiro Joe, quando veio ao Nubbing Cheat há um ano. Ah, e ele era bastante conhecido!

— O sujeito que assaltou o Correio Francês há cerca de um ano? — perguntou o visconde. — Foi enforcado, não foi?

— Foi o que eu disse — replicou o Sr. Hawkins.

— Bem, não acho que tivesse bom gosto em matéria de pistolas — disse o visconde, entregando a arma a Sir Roland. — Vamos em frente.

Desceram de novo a escada de madeira e saíram para o pátio, onde dois homens andrajosos movimentavam os cavalos de lá para cá. Tinham sido contratados pelo Sr. Hawkins. O visconde jogou-lhes duas moedas de prata e foi verificar se suas pistolas continuavam seguras em seus coldres na sela. O Sr. Hawkins disse-lhe que não precisava recear nada.

— São homens meus, esses daí — disse ele, montando no lombo de um grande capão castanho.

O visconde balançou-se levemente na sela, relanceando os olhos para o cavalo castanho.

— Onde roubou este cavalo? — perguntou.

O Sr. Hawkins riu largo e pôs um dedo do lado do nariz.

Sir Roland, cujo cavalo, aparentemente formando uma opinião tão desfavorável da arma quanto seu dono, andava de lado, irrequieto, impaciente para partir, colocou-se do lado do visconde e disse:

— Pel, não podemos cavalgar na estrada principal com estas roupas! Maldição! Eu não vou!

— Estrada principal? — disse o Sr. Hawkins. — Deus do céu, a estrada não é para *nóis*, meu camarada! *Ocês* me sigam.

O caminho que o Sr. Hawkins escolheu era desconhecido de seus companheiros e parecia muito tortuoso. Ele contornou todas as aldeias, fez um grande desvio ao redor de Hounslow e os conduziu, por fim, a Heath, pouco depois das 13h. Dez minutos a meio galope e a estrada de Bath ficou à vista.

— A gente se entoca onde ninguém vê — aconselhou o Sr. Hawkins — Tem uma colina, com mato no alto. Sabe como é o vagão do nosso homem?

— Se sei como é o quê? — disse o visconde.

— Seu vagão... sua carruagem é o que quis dizer!

— Bem, eu realmente gostaria que explicasse sempre o que quer dizer — disse o visconde, severamente. — Está em uma carruagem de viagem a quatro cavalos. É tudo o que sei.

— Não conhece seus cavalos? — perguntou o capitão Heron.

— Conheço os dois que usa em seu corricoche, mas isso não vai nos ajudar. Vamos parar a primeira carruagem que passar, e, se não for a dele, pararemos a seguinte.

— Isso mesmo — concordou Sir Roland, olhando, em dúvida, para sua máscara. — Acho que precisamos de um pouco de prática. Ouça, Pel, não gosto nada desta máscara. É grande demais.

— De minha parte — disse o capitão Heron, com uma risada irreprimível —, agradeço a Deus pela minha!

— Bem, se a colocar, ela vai cobrir o meu rosto todo — objetou Sir Roland. — Não vou conseguir respirar.

A essa altura, tinham chegado à pequena colina que o Sr. Hawkins tinha mencionado. Os arbustos que cresciam em seu declive ofereciam excelente proteção e uma visão ampla da estrada, que estava a uma distância de aproximadamente 50 metros. Ao alcançarem o cume, desmontaram e se sentaram para esperar a sua presa.

— Não sei se isso lhe ocorreu, Pelham — disse o capitão Heron, tirando o chapéu e o jogando sobre a relva do seu lado —, mas se detivermos muitas carruagens antes de esbarrarmos com a que queremos, nossas primeiras vítimas provavelmente terão muito tempo para nos denunciar em Hounslow. — Olhou para além do visconde, esparramado na relva, na direção do Sr. Hawkins. — Isso já lhe aconteceu, amigo?

O Sr. Hawkins, que estava mascando uma haste de grama, riu largo.

— Ah, já aconteceu, sim, senhor. Mas nenhuma sentinela trouxa me apanhou.

— Droga, homem, quantas carruagens acha que vai ver? — disse o visconde.

— Bem, esta é a estrada principal para Bath — comentou o capitão Heron.

Sir Roland tirou a máscara, que tinha estado experimentando, e disse:

— A temporada de Bath ainda não começou.

O capitão Heron se estendeu sobre a relva flexível e entrelaçou as mãos acima dos olhos, para protegê-los do sol.

— Você gosta de apostar, Pelham — disse ele, preguiçosamente —, pois vou apostar com você dez guinéus contra um como tem alguma coisa errada com esse seu plano precioso.

— Aceito! — replicou o visconde prontamente. — Mas o plano foi seu, não meu.

— Está vindo alguma coisa! — anunciou Sir Roland, de súbito.

O capitão Heron sentou-se e pegou seu chapéu.

— Não é nenhuma carruagem particular — disse o guia e mentor, sem parar de mascar sua folha. Relanceou os olhos para o sol, para calcular as horas. — Deve de ser a diligência de Oxford.

Em alguns instantes, o veículo ficou à vista, ao dobrar uma curva na estrada. Era uma grande carruagem movendo-se pesadamente, puxada por seis cavalos, empilhada de bagagem. Do lado do cocheiro, estava um guarda armado, e, por todo o teto, os passageiros que só podiam pagar a metade da passagem estavam empoleirados precariamente.

— *Num* toco em diligências, eu não — disse o Sr. Hawkins, observando a carruagem dar guinadas e solavancos na estrada irregular. — Nada que valha a pena.

A diligência prosseguiu com dificuldade, e depois, a perderam de vista. O barulho dos cascos permaneceu parado no ar por muito tempo depois que tinha desaparecido, diminuindo gradativamente até se extinguir de vez.

Um cavaleiro solitário, seguindo para o oeste, passou próximo. O Sr. Hawkins torceu o nariz e sacudiu a cabeça.

— Caça pequena — disse ele com desprezo.

O silêncio, interrompido somente pelo trinado de uma cotovia no alto, tornou a cair sobre Heath. O capitão Heron cochilou tranquilamente; o visconde aspirou rapé. O som de uma carruagem em velocidade rompeu a quietude depois que se passaram mais ou menos vinte minutos. O visconde cutucou o capitão Heron e pegou sua máscara. O Sr. Hawkins esticou o pescoço para um lado, escutando.

— Seis cavalos — proferiu ele. — Estão ouvindo?

O visconde tinha-se levantado e pôs as rédeas de sua égua por cima da sua cabeça. Fez uma pausa.

— Seis?

— É, batedores, acho. Deve de ser o correio. — Estudou seus três companheiros. — Somos quatro... o que ocês dizem, camaradas?

— Santo Deus, não! — replicou o visconde. — Não podemos assaltar o correio!

O Sr. Hawkins deu um suspiro.

— É uma chance rara — disse ele, suplicante. — Ah, o que eu disse? Correio de Bristol, é isso.

A diligência postal tinha feito a curva velozmente, acompanhada de dois batedores. Os cavalos próximos ao corpo da carruagem estavam suando, e os que iam à frente davam mostras de coxeadura.

Uma carroça, a passo de lesma ao longo da estrada branca, foi a única coisa que aliviou a monotonia durante os 15 minutos seguintes. O Sr. Hawkins comentou que conhecia um fulano que vivia bem arrombando casas, mas que ele, pessoalmente, desprezava uma profissão tão degradante.

Sir Roland bocejou.

— Vimos uma diligência, um correio, um homem em um cavalo ruão e uma carroça. Acho isso extremamente enfadonho, Pel. Diversão sem graça! Heron, você pensou em trazer um baralho?

— Não — respondeu o capitão Heron, com a voz sonolenta.

— Nem eu — disse Sir Roland, e voltou a ficar em silêncio.

Então, o Sr. Hawkins pôs a mão na orelha.

— Ah — disse ele gravemente —, agora parece que é! Bota as máscaras, senhores. Uma carruagem se aproxima.

— Não acredito — disse Sir Roland melancolicamente, mas colocou a máscara e montou seu cavalo.

O visconde firmou a sua própria máscara e comprimiu, mais uma vez, o chapéu na cabeça.

— Santo Deus, Pom! Se pudesse se ver agora! — disse ele.

Sir Roland, que estava empenhado em afastar, soprando, a cortina da máscara de sua boca, interrompeu-se para dizer:

— Posso ver você, Pel. É o bastante. Mais do que o bastante.

O Sr. Hawkins montou o capão castanho.

— Agora, calma, meus camaradas. *Nóis* vai descer e ir pra cima deles, tá? *Ocês* precisam tomar cuidado com as armas. Sou um cara pacífico, e não queremos nenhuma morte. — Balançou a cabeça para o visconde. — É bom com sua pistola. *Nóis* dois *vamu* ser os atiradores, e cuidado para só atirar acima das cabeças!

O visconde tirou uma das pistolas do coldre.

— Eu me pergunto como a égua vai reagir — disse ele animadamente. — Calma, Firefly! Calma, garota!

Uma carruagem de viagem a quatro cavalos a trote fez a curva. O Sr. Hawkins pegou a rédea do visconde.

— Calma, calma! — pediu ele. — Dê a eles tempo de passar perto! Ainda não pode deixar eles *vê* a gente! Espere comigo.

A carruagem surgiu.

— Belos cavalos de tiro — comentou Sir Roland. — Bem conduzidos.

— Capitão, cobre os postilhões, entendeu? — ordenou o Sr. Hawkins.

— Se não agirmos logo, não haverá nenhum postilhão a ser coberto! — disse o visconde com irritação. — Vamos logo, homem!

A carruagem estava quase lado a lado com eles. O Sr. Hawkins soltou a rédea do visconde.

— Atacar! — disse ele, e pressionou os tornozelos em seu cavalo.

— Uau! Avançar! — gritou Sir Roland, e desceu ruidosamente a encosta, agitando sua pistola.

— Pom, não vá disparar essa coisa! — gritou o visconde, lado a lado com ele, apontando sua própria arma. Erguendo-se nos estribos, puxou o gatilho e viu um dos postilhões se abaixar rapidamente quando a bala zuniu acima de sua cabeça. A égua refugou violentamente e tentou fugir. Ele manteve sua cabeça na direção e desceu como um raio na estrada. — Parem e entreguem tudo! Calma, garota!

Os postilhões tinham puxado as rédeas e parado os cavalos. O capitão Heron aproximou-se, cobrindo-os com a pistola. Sir Roland, um *expert* em cavalos, tinha deixado sua atenção se desviar para os dois cavalos de tiro e os estava examinando de perto.

O visconde e o Sr. Hawkins tinham-se aproximado da carruagem. A janela foi baixada com um baque, e um cavalheiro idoso, com a cara vermelha, pôs a cabeça e os ombros para fora, e, estendendo o braço, disparou uma pequena pistola contra o visconde.

— Bandidos covardes! Ladrões criminosos! Prossigam, malditos covardes! — gritou com veemência.

O tiro passou raspando pela orelha do visconde. A égua recuou assustada e foi, de novo, contida.

— Ei, veja lá o que faz, senhor! — disse milorde, com indignação. — Quase me acertou na cabeça!

O Sr. Hawkins, no outro lado da carruagem, impeliu sua pistola para o rosto do homem idoso.

— Largue a arma! — mandou ele. — E desça, ouviu? Vamos, saia logo! — Deixou as rédeas caírem no pescoço de seu cavalo e inclinou-se para o lado da sela, abrindo à força a porta da carruagem. — É um coletor valente! Entregue a bolsa! Ah, e essa coisa bonitinha na sua mão!

— Afaste-se, seu idiota! — interrompeu o visconde rapidamente. — Homem errado!

— Cristo! Ele é bom o bastante para mim! — replicou o Sr. Hawkins, arrancando a caixa de rapé da mão do cavalheiro idoso. — Bem bonitinha! Depressa, cadê o dinheiro?

— Vou botar a polícia atrás de você! — vociferou a vítima.

— Miserável! Em plena luz do dia! Tome isto, ladrão! — Assim falando, jogou seu chapéu na pistola do Sr. Hawkins e, voltando para dentro da carruagem, pegou uma comprida bengala de ébano.

— Santo Deus, ele vai ter um ataque apoplético! — disse o visconde, e deu a volta na carruagem, até onde o Sr. Hawkins estava.

— Dê-me esta caixa de rapé — ordenou o visconde. — Edward! Aqui, Edward! Leve este idiota daqui! Pegamos o homem errado.

— Esquivou sua cabeça de um golpe desfechado pela bengala de ébano, jogou a caixa de rapé de volta para dentro da carruagem e refreou o cavalo. — Deixe-os ir, Pom! — gritou ele.

Sir Roland foi para o seu lado.

— Homem errado? Vou lhe dizer uma coisa, Pel: nunca vi cavalos de tiro tão belos. Exatamente o que eu estava procurando. Acha que ele os venderia?

O cavalheiro idoso, ainda empoleirado no degrau da carruagem, sacudiu o punho para eles:

— Cães assassinos! — vociferou ele. — Vão descobrir que sou páreo para vocês, seus marginais! Não gostam da aparência desta minha bengala, hein? Vou quebrar a cabeça do primeiro homem que chegar mais perto! Ladrões e covardes! Salafrários poltrões! Prossigam, seus idiotas molengões desgraçados! Passem por cima deles!

O capitão Heron, incumbido de dispersar o Sr. Hawkins, disse em uma voz que vibrou com uma hilaridade reprimida:

— Pelo amor de Deus, vamos embora! Se ele continuar nesse ritmo, vai romper um vaso sanguíneo.

— Esperem um instante — disse Sir Roland. Tirou seu abominável chapéu de feltro e curvou-se sobre os arreios de seu cavalo.
— Não tenho a honra de saber seu nome, senhor, mas possui uma bela parelha de cavalos de tiro. Eu estava procurando justamente por uma assim.

O cavalheiro idoso deu um grito de raiva.

— Que insolência! Quer roubar meus cavalos, é isso? Postilhão! Ordeno que siga caminho!

— Não, não! Asseguro-lhe que não se trata de nada desse tipo! — protestou Sir Roland.

O capitão Heron arremessou-se na sua direção, pegou suas rédeas e o puxou para longe.

— Vamos embora! — disse ele — Vai nos arruinar, seu maluco!

Sir Roland deixou-se ser conduzido.

— Uma pena — disse ele, sacudindo a cabeça. — Uma grande pena. Nunca vi ninguém com um temperamento tão estranho.

O visconde, que estava tendo uma conversa enérgica com o Sr. Hawkins, virou a cabeça.

— Como diabos ele podia saber que você estava querendo comprar seus cavalos? Além do mais, não temos tempo para comprar cavalos. É melhor voltarmos a nos emboscar. A égua enfrentou o tiroteio muito bem, não foi, querida?

O capitão Heron observou a carruagem prosseguindo estrada acima.

— Ele vai nos denunciar em Hounslow, Pelham, marque bem as minhas palavras.

— Que denuncie — disse o visconde. — Não vai conseguir pôr a polícia no nosso encalço. Ora, não pegamos nada!

— Nada — resmungou o Sr. Hawkins, emburrado. — E aquele cofre-forte todo debaixo do banco! Que raios me partam se trabalho com almofadinhas de novo!

— Pare de repetir isso — disse o visconde. — Vai poder levar o que quiser do homem certo, mas não roubará mais ninguém enquanto estiver comigo!

Cavalgaram encosta acima e desmontaram mais uma vez.

— Se eu ficar arruinado por causa disso, acho que vou exercer o... como chama mesmo isso? O ramo da estrada. Nunca pensei que fosse tão fácil — disse o capitão Heron.

— Sim, mas não gosto das roupas — disse o visconde. — Horrivelmente quentes!

Sir Roland deu um suspiro.

— Belos cavalos! — murmurou com tristeza.

A tarde passava devagar. Outra carroça surgiu, movendo-se pesada e ruidosamente, mais três cavaleiros e uma diligência.

— Não podemos tê-lo perdido, podemos? — disse o visconde, preocupado.

— Tudo o que perdemos foi o nosso almoço — replicou o capitão Heron. Consultou seu relógio. — Já são 15h e janto em South Street às 17h.

— Vai jantar com minha mãe? — disse o visconde. — A comida é um horror, Edward, já vou avisando. Nem eu mesmo consegui aguentar. Uma das razões para eu morar em apartamentos alugados. O que foi, Hawkins? Ouviu alguma coisa?

— Tem uma carruagem subindo a estrada — disse o Sr. Hawkins. — E espero que seja a certa — acrescentou irritado.

Quando ficou visível, um carro elegante, lustroso, sobre um apoio comprido como o pescoço de um cisne, o visconde disse:

— Tem de ser ele! Finalmente, Pom, o pegamos!

A manobra que havia sido tão bem-sucedida com a primeira carruagem repetiu o feito. Os postilhões, alarmados ao se depararem com quatro rufiões os atacando, aceleraram os cavalos. O capitão Heron cobriu-os mais uma vez com sua pistola, e o visconde se precipitou a toda para a carruagem, gritando com a voz mais grosseira que conseguiu assumir:

— Parem e entreguem tudo! Vamos, saiam já!

Havia dois cavalheiros na carruagem. O mais jovem deles fez menção de apontar uma pequena pistola. O outro pôs a mão em seu pulso.

— Não atire, meu rapaz — disse ele, calmamente. — Realmente prefiro que não.

A pistola caiu da mão do visconde. Ele proferiu uma exclamação abafada.

— Homem errado de novo! — disse o Sr. Hawkins, com raiva.

O conde de Rule desceu sem pressa da carruagem. Seu olhar sereno pousou na égua do visconde.

— Santo Deus! — disse ele. — E... ahn... o que quer que eu entregue, Pelham?

XXI

Pouco depois das 16 horas, uma batida furiosa foi escutada na porta da casa do conde de Rule. Horatia, que subia a escada para se trocar, se deteve e empalideceu. Quando o porteiro atendeu, ela se deparou com Sir Roland Pommeroy sem seu chapéu, deu um grito e desceu correndo.

— Me-meu Deus! O que a-aconteceu? — perguntou ela.

Sir Roland, que parecia esbaforido, fez uma reverência formal.

— Peço desculpas pela pressa inconveniente, senhora! Preciso lhe falar a sós!

— Sim, sim, é cla-claro! — disse Horatia e o levou à biblioteca. — A-alguém foi mo-morto? Oh, não, Pelham nã-não? Pe-Pelham não?

— Não, senhora, dou minha palavra! Nada disso. Um acaso infeliz! Pel quis que a informasse imediatamente. Cavalguei para casa a toda pressa, deixei meu cavalo perto da cavalariça e vim vê-la. Nem um momento a perder!

— Bem, o que a-aconteceu? En-encontraram Leth-Lethbridge?

— Lethbridge não, senhora, Rule! — replicou Sir Roland, e, puxando o lenço da manga, pressionou-o com leves batidinhas na testa suada.

— Rule? — exclamou Horatia, demonstrando um profundo desalento.

— Ninguém menos do que ele, senhora. Uma situação muito constrangedora.

— Não assal-assaltaram Rule, a-assaltaram? — disse ela, sem conseguir respirar.

Sir Roland balançou a cabeça, assentindo.

— Muito, muito constrangedor — disse ele.

— E-ele re-reconheceu vocês?

— Lamento profundamente, senhora... Reconheceu a égua de Pel.

Horatia torceu as mãos.

— Oh, não po-podia acontecer nada tã-tão infeliz! O que ele di-disse? O que ele pen-pensou? O que dia-diabos o trou-ouxe para casa tã-tão cedo?

— Rogo que não se aflija tanto, senhora. Pel saiu-se muito bem. Presença de espírito, sabe? Um homem muito inteligente, Pel!

— Ma-mas não en-entendo como pô-pôde se sair be-bem! — disse Horatia.

— Asseguro-lhe, milady, que não poderia ter sido mais simples. Disse-lhe que era uma aposta.

— E ele a-acreditou? — perguntou Horatia, os olhos arregalados.

— Certamente! — replicou Sir Roland. — Dissemos que confundimos sua carruagem com outra. Uma história plausível... Por que não? Mas Pel achou que a senhora devia saber que ele está a caminho.

— Oh, si-sim, é claro! — disse ela. — Mas e Leth-Lethbridge? E o-o meu bro-broche?

Sir Roland pegou de novo seu lenço.

— Não encontramos Lethbridge — replicou ele. — Deve, agora, estar em casa, porque senão... Nenhum sinal dele. Pel e Heron estão esperando com Hawkins. Tenho de levar uma mensagem a Lady

Winwood. Heron, um homem formidável, não? Bem, Heron não vai poder jantar em South Street. Temos de tentar deter Lethbridge, entende? Imploro que não deixe que isso a atormente. Garanto-lhe que o broche será recuperado. Rule não suspeita de nada, de absolutamente nada, senhora!

Horatia estremeceu.

— Não se-sei se vou con-conseguir en-encará-lo! — disse ela.

Sir Roland, constrangidamente ciente de que ela estava à beira das lágrimas, recuou para a porta.

— Não existe o menor motivo para alarme. Mas acho que devo ir. Não seria conveniente ele me encontrar aqui.

— Não — concordou Horatia, desalentada. — Não, a-acho que não.

Depois que Sir Roland fez uma reverência e saiu, ela subiu vagarosamente para o seu quarto, onde sua criada aguardava para vesti-la. Tinha prometido encontrar-se com a cunhada no Drury Lane Theatre depois do jantar, e uma suntuosa toalete de cetim, de uma cor extremamente na moda, que chamavam de suspiro sufocado, estava sobre uma cadeira. A criada, precipitando-se para desatar seu corpete, informou-lhe que Monsieur Frédin (pupilo do famoso membro da academia de cabeleireiros, Monsieur Léonard, de Paris) já tinha chegado, e estava aguardando no gabinete de empoar.

— Oh! — disse Horatia, sem entusiasmo, despindo-se de sua polonesa, permitindo, apaticamente, que sua combinação de cetim fosse puxada pela cabeça. Em seguida, foi vestida com o penhoar para empoar o cabelo e, então, entregue nas mãos de M. Frédin.

Esse artista, sem perceber o desânimo de sua cliente, estava repleto de sugestões entusiásticas para um penteado que fascinasse todos que o vissem. Milady não tinha gostado do Quésaco? Ah, não, sofisticado demais! Milady vai preferir seu cabelo penteado em Torrentes Espumosas... uma moda encantadora! Ou, milady, sendo *petite*, talvez a Borboleta lhe agradasse mais.

— Nã-não faz di-diferença — disse milady.

M. Frédin, retirando os grampos com muita destreza, desfazendo os cachos, desembaraçando um nó, sentiu-se desapontado, mas redobrou seus esforços. Milady, sem dúvida, desejava algo novo, algo *surpreendente*. Portanto, o Porco-Espinho, nem pensar. Mas milady ficaria extasiada com o Cão Maluco. Uma moda das mais distintas. Não ia sugerir o Desportista no Mato; este era para damas que já tinham passado da primeira juventude. Mas o Pássaro Real continuava um favorito, ou, se milady estivesse com o humor reflexivo, o Milksop.

— Oh, fa-faça logo — disse Horatia com impaciência. — Es--estou a-atrasada!

M. Frédin sentiu-se vexado, mas conhecia bem os caprichos das mulheres para protestar. Seus dedos hábeis puseram-se a trabalhar e, em um intervalo de tempo espantosamente breve, Horatia saiu do gabinete, sua cabeça uma massa de melenas toscamente soltas, empoadas *à la Maréchale*, com perfume de violetas.

Sentou-se à penteadeira e pegou o pote de ruge. Rule não deveria vê-la tão pálida. Oh, se não fosse esse repulsivo ruge Serkis que a fazia parecer uma megera! Jogue isso fora já!

Tinha acabado de largar a escovinha para remover o excesso de pó, e pego, da mão da criada, a caixa com os sinais de beleza, quando alguém bateu de leve na porta. Levou um susto e lançou um olhar por cima do ombro. A porta foi aberta e o conde entrou.

— Oh! — disse Horatia, com a voz fraca. Lembrou-se de que deveria demonstrar surpresa e acrescentou: — Deus do céu, mi--milorde, é re-realmente o senhor?

O conde tinha mudado seu traje de viagem por uma roupa a rigor, de veludo marrom-arroxeado, colete florido e calções de cetim. Atravessou o quarto até ficar do seu lado e se curvou para beijar a sua mão.

— Ninguém mais, minha querida. Sou eu, mas não se constranja, talvez eu esteja sendo exagerado.

— Não, é cla-claro que não — replicou Horatia, sem convicção. Sentiu-se uma pouco sem ar. Ao vê-lo, seu coração tinha-se acelerado de maneira estranha. Se a criada não estivesse presente... se ela não tivesse perdido o broche...! Mas a criada, aquela criatura aborrecida, estava lá, fazendo uma mesura, Lethbridge estava com seu broche e, é claro, não podia se jogar nos braços de Rule e debulhar-se em lágrimas em seu peito. Forçou-se a sorrir.

— Não, é cla-claro que não — repetiu ela. — Es-estou extre--extremamente feliz em vê-lo. Mas o que o trou-trouxe de volta tã-tão cedo, senhor?

— Você, Horry — respondeu ele, sorrindo para ela.

Ela enrubesceu e abriu a caixa de sinais. Na sua cabeça, os pensamentos se atropelavam. Devia ter rompido com a Massey. Estava começando a amá-la, finalmente. Se descobrisse sobre Lethbridge e o broche, estaria tudo arruinado. Ela era a mais insincera e desgraçada das criaturas vivas.

— Ah, permita-me mostrar *minha* habilidade — disse milorde, retirando a caixa de sua mão. Escolheu um círculo pequenino de tafetá preto, e, delicadamente, virou a cabeça de Horatia na sua direção. — Qual vai ser? — disse ele. — O Ambíguo? O Galante? Não, nada disso. Vai ser... — Pressionou o sinal no canto de sua boca. — O Beijo, Horry! — disse ele, curvando-se inesperadamente e beijando-a nos lábios.

A mão dela ergueu-se, tocou a face dele, e tornou a baixar. Insincera, vil, infeliz, é o que ela era! Recuou, tentando rir.

— Mi-milorde, não es-estamos sozinhos! E e-eu... eu te-tenho de me ves-vestir, pro-prometi ir com Louisa e Sir Hum-Humphrey a-assistir à peça no Dru-Drury-Lane.

Ele se ergueu.

— Devo enviar uma mensagem à Louisa ou acompanhá-la a essa peça? — perguntou ele.

— Oh... oh, não posso de-desapontá-la, senhor! — disse Horatia rapidamente. Não seria bom ficar sozinha com ele uma noite inteira. A história toda acabaria escapando de sua boca, e então... se ele acreditasse nela, a acharia a mulher mais maçante do mundo.

— Então, iremos juntos — disse milorde. — Vou esperá-la lá embaixo, meu amor.

Vinte minutos depois, estavam de frente um para o outro, à mesa de jantar.

— Acredito — disse milorde, trinchando o pato — que se divertiu razoavelmente na minha ausência, não, minha querida?

Divertir-se razoavelmente? Ó céus!

— Oh, sim, senhor... Ra-razoavelmente — replicou Horatia, cortesmente.

— O baile da Richmond House, você não foi?

Horatia estremeceu involuntariamente.

— Sim... fu-fui.

— Está com frio, Horry?

— Fri-frio? Não, senhor, ab-absolutamente.

— Pensei que tivesse estremecido — disse milorde.

— Nã-não — disse Horatia. — Oh, não! O bai-baile... da Richmond Hou-House. Estava mui-muito bonito, com fogos de ar--artifício, sabe? Mas meus sa-sapatos me apertaram os pé-pés de tal mo-modo que a-acabei sem me di-divertir muito. Eram no-novos, bor-bordados com diamantes, e fiquei tão i-irritada que queria man-mandá-los de volta ao sapateiro. Só que se es-estragaram ao se mo-molharem.

— Estragaram ao se molharem? — repetiu o conde.

O garfo de Horatia tilintou no prato. Era nisso que dava tentar puxar assunto! Sabia que ia acontecer, é claro que cometeria um deslize!

— Oh, sim! — disse ela arquejante. — Es-esqueci de contar! O bai-baile foi estragado pe-pela chu-chuva. Não foi uma pe-pena? Mo-molhei os pés.

— Certamente foi uma pena — concordou Rule. — E o que fez ontem?

— On-ontem? — disse Horatia. — Oh, nã-não fiz nada on-ontem.

Ele riu com os olhos.

— Querida Horry, nunca pensei que, um dia, ouviria esta confissão de você — disse ele.

— Não, e-eu não me sen-sentia bem, por i-isso fi-fiquei em casa.

— Então, suponho que não tenha visto Edward — comentou o conde.

Horatia, que bebia seu clarete, engasgou.

— San-santo Deus! Si-sim! Como pu-pude esquecer? Imagina só, Ru-Rule, Edward es-está na cidade! — Estava ciente de que se afundava cada vez mais no lodaçal e tentou compensar o passo em falso. — Ma-mas como soube que e-ele estava aqui? — perguntou ela.

O conde esperou enquanto o lacaio tirava seu prato e o substituía por outro.

— Eu o vi — replicou ele.

— Oh... oh, o viu? On-onde?

— Em Hounslow Heath — replicou o conde, largando seu copo para checar a tigela de cerejas que estava sendo oferecida. — Não, acho que não... Oh, sim, em Hounslow Heath, Horry. Um encontro inesperado.

— De-deve ter si-sido. Eu me per-pergunto o que ele es-estaria fazendo lá.

— Estava me assaltando — disse o conde calmamente.

— Oh, es-estava? — Horatia engoliu, inadvertidamente, o caroço da cereja, e tossiu. — Que es-estranho!

— Muita imprudência da parte dele — disse o conde.

— Sim... muita. Tal-talvez fizesse i-isso por uma a-aposta — sugeriu Horatia, lembrando-se das palavras de Sir Roland.

— Acho que sim. — Do outro extremo da mesa, os olhos do conde encontraram os dela. — Pelham e seu amigo Pommeroy também faziam parte do grupo. Acho que eu não era a vítima que esperavam.

— Nã-não era o se-senhor? Não, é cla-claro que não! Quer di--dizer... Não está na ho-hora de irmos, se-senhor?

Rule levantou-se.

— Certamente, minha querida. — Ele pegou a capa de tafetá e colocou-a sobre os ombros dela. — Posso arriscar uma sugestão? — perguntou ele gentilmente.

Ela relanceou os olhos, nervosamente, para ele.

— Ora, si-sim, senhor! Qual é?

— Não devia usar rubis com esse tom de cetim, minha querida. A pérola seria mais apropriada.

Houve um silêncio constrangido. A garganta de Horatia fechou--se de repente; seu coração batia violentamente.

— A-agora é tarde de-demais para mudá-los! — conseguiu dizer ela.

— Está bem — disse Rule, e abriu a porta para ela passar.

Durante todo o caminho para Drury Lane, Horatia manteve a conversa fluente. Sobre o que conseguiu falar, não se lembrou depois, mas falou, até a carruagem parar no teatro e ela ficar a salvo de um *tête-à-tête* por três horas.

Na volta para casa, houve, evidentemente, a peça para ser discu-tida, e a atuação, e o novo vestido de Lady Louisa, e tais tópicos não deixaram espaço para outros mais perigosos. Alegando cansaço, Horatia deitou-se cedo e ficou na cama, durante um bom tempo, se perguntando o que Pelham tinha feito e o que ela poderia fazer caso Pelham falhasse.

Acordou na manhã seguinte com as pálpebras pesadas e desanimada. Seu chocolate foi trazido em uma bandeja com suas cartas. Ela bebeu alguns goles e, com a mão livre virou a correspondência, na esperança de ver a letra espalhada do visconde. Mas não havia nenhuma carta dele, somente uma pilha de convites e contas.

Largando a xícara, pôs-se a abrir essas missivas. Sim, exatamente como tinha pensado. Um coquetel, uma festa de carteado — ela não se importava se não viesse a tocar nunca mais em uma carta —, um piquenique em Boxhill — nunca!, e é claro que choveria —, um concerto em Ranelagh — bem, esperava nunca mais ser obrigada a ir a um lugar tão detestável!... Santo Deus, era possível alguém gastar 375 guinéus em uma costureira? E o que era isso? Cinco plumas a cinquenta luíses cada uma! Bem, era algo realmente enervante quando tinham sido compradas para aquele abominável penteado Quésaco, que não lhe assentava nada bem.

Rompeu o selo de outra carta e abriu a única folha de papel simples, somente com a borda dourada. As palavras, claramente escritas com uma letra cursiva com bico de pena fino, saltaram-lhe aos olhos.

> *Se a dama que perdeu um broche circular de pérolas e diamantes em Half-Moon Street na noite do baile em Richmond House for, sozinha, ao Templo Grego, no fim da longa alameda arborizada em Vauxhall Gardens, exatamente à meia-noite do dia 28 de setembro, o broche lhe será devolvido pela pessoa em cuja posse se encontra agora.*

Não havia remetente nem assinatura; a letra, obviamente, estava disfarçada. Horatia olhou fixamente para ela durante um minuto de incredulidade, e então, com um grito abafado, pôs, bruscamente, a bandeja com o chocolate nas mãos da criada, e afastou as cobertas.

— De-depressa, te-tenho de me levantar já! — disse ela. — Tra-traga-me um vestido para sa-sair e um chapéu, e mi-minhas luvas! Oh, des-desça correndo e man-ande alguém dar ordens de pre-preparar o landolé... não, o lan-landolé não! A mi-minha carruagem, e que esteja pron-pronta em meia ho-hora! E le-leve todas e-estas car-cartas embora, e, por fa-favor, se a-apresse!

Pela primeira vez, não perdeu tempo com a toalete, e, meia hora depois, desceu correndo a escada, a sombrinha fechada debaixo do braço, as luvas ainda sendo calçadas. Não havia sinal de Rule, e depois de lançar um olhar cauteloso na direção da porta da biblioteca, passou ligeiro por ela e saiu para a rua, antes que alguém tivesse tempo de observar sua fuga.

O coche estava esperando, e instruindo o cocheiro para se dirigir à casa de lorde Winwood, em Pall Mall, Horatia subiu e se acomodou nas almofadas com um suspiro de alívio, por ter conseguido sair de casa sem esbarrar com Rule.

O visconde comia seu desjejum quando a irmã foi anunciada, e ergueu os olhos franzindo o cenho.

— Santo Cristo, Horry, o que a traz aqui a esta hora da manhã? Não devia ter vindo. Basta Rule saber que você escapou ao raiar do dia para suspeitar que há algo errado.

Horatia colocou a mão trêmula em sua bolsa e tirou uma folha amassada de papel com a borda dourada.

— Fo-foi isso que me trou-trouxe! — disse ela. — Leia!

O visconde pegou a carta e a alisou.

— Está bem, sente-se. Coma alguma coisa... Pronto... O que é isto?

— Pe-Pel, não po-pode ser Leth-Lethbridge? — perguntou ela.

O visconde virou a carta, como se buscasse um esclarecimento em seu verso.

— Sei lá! — replicou ele. — Está me parecendo uma cilada.

— Mas por quê? A-acha que tal-talvez esteja a-arrependido?

— Não, não acho — replicou o visconde francamente. — O meu palpite é que esse sujeito está querendo pôr as mãos em você. No final da alameda arborizada? Sim, conheço esse templo. Terrivelmente ventoso. E é perto de um dos portões. Vou dizer uma coisa, Horry: aposto 25 libras como ele pretende raptá-la.

Horatia apertou as mãos.

— Mas Pe-Pel, tenho de ir! Tenho de ten-tentar re-recuperar o broche!

— Sim, tem — disse o visconde rapidamente. — Vamos nos divertir um pouco! — Devolveu a carta e bebeu um grande gole de *ale*. — Agora, preste atenção, Horry! — ordenou ele. — Iremos todos a Vauxhall hoje à noite. Você, eu e Pom, e Edward, se ele quiser. À meia-noite, você irá a esse templo, e nós dois, ou três, ficaremos escondidos nas moitas que têm ali. Veremos quem entra; não tenha medo. Se for Lethbridge, nós o pegaremos. Se for outro, embora eu ache que pareça coisa de Lethbridge, basta você dar um grito, que nós o ouviremos. Teremos esse maldito broche amanhã, Horry!

Horatia balançou a cabeça, assentindo.

— Sim, é um pla-plano muito in-inteligente, Pe-Pel. E vou di-dizer a Rule que vo-vou sair com você, e e-ele não vai se im--importar nem um pou-pouco. Leth-Lethbridge não veio on-ontem para a ci-cidade?

O visconde lançou um olhar mal-humorado.

— Não pode ter vindo. Edward e aquele sujeito, o tal Hawkins, e eu ficamos até depois das 21h naquela charneca desgraçada e não vimos nem sinal dele. Sabe que paramos a carruagem de Rule?

— Sim, é cla-claro. Sir Ro-Roland me contou, e Ru-Rule tam--também.

— Levei um susto desgraçado quando vi quem era — admitiu o visconde. — É sagaz, o Rule. Tenho de admitir que é inteligente, Horry. Reconheceu a minha égua assim que pôs os olhos nela.

— Ma-mas ele não des-desconfiou, Pe-Pel? Tem cer-certeza de que ele não des-desconfiou? — gritou ela, ansiosamente.

— Cristo, não! Como poderia? — replicou o visconde. Relanceou os olhos para o relógio. — É melhor eu ir procurar Pom. Quanto a você, Horry, vá para casa.

De volta a Grosvenor Square, Horatia tirou o chapéu e as luvas e foi procurar Rule. Encontrou-o na biblioteca, lendo o *Morning Chronicle*. Ele levantou-se ao vê-la entrar e lhe estendeu a mão.

— Então, meu amor? Levantou-se cedo.

Horatia pôs a sua mão na dele.

— Fa-fazia uma ma-manhã tão lin-linda — explicou ela. — Fui dar uma vol-volta no par-parque com mamãe.

— Entendo — disse ele. Levou os dedos dela aos seus lábios. — Hoje não são 28, Horry?

— Sim, si-sim, são — replicou ela.

— Então, me acompanhará ao baile no Almack's? — propôs Rule.

A consternação espalhou-se pelo rosto de Horatia.

— Oh...oh, como se-seria delicioso! — disse ela. — Mas não po-posso! Pro-prometi ir a Vauxhall com Pe-Pel.

— Sempre achei que — observou o conde, pensativamente — a maioria dos compromissos só existiam para serem rompidos.

— Não po-posso romper e-esse — disse Horatia, com tristeza.

— É tão importante assim? Vai me deixar com ciúmes, Horry... de Pelham.

— É muito, mui-muito importante! — disse ela com veemência. — Quer di-dizer... isto é... Bem, Pe-Pel faz que-questão de que eu es-esteja com ele, entende?

O conde brincava com os dedos dela.

— Acha que Pel permitiria que eu fosse mais um em sua ex-pedição? — disse ele.

— Oh, não, te-tenho certeza de que e-ele não gos-gostaria disso nem um pou-pouco! — replicou Horatia estarrecida. — Pe-pelo menos... não é-é isso que que-quero dizer, é cla-claro, mas... mas ele vai a-apresentar algumas pe-pessoas a mim, e sã-são estranhas, entende, e a-acho que o senhor não va-vai gostar de-delas.

— Mas tenho a reputação de ser o mais amistoso dos mortais — disse o conde, queixosamente. Soltou a mão dela e se virou para ajeitar a gravata no espelho. — Não se aflija por minha causa, minha querida. Se eu não gostar desses estranhos, prometo dissimular.

Horatia olhou para ele com completo desalento.

— Eu acho que nã-não vai gostar, Mar-Marcus. Não mes--mesmo.

Ele curvou-se ligeiramente.

— Do seu lado, Horry, eu gostaria de qualquer coisa — disse ele. — E agora, minha querida, se me dá licença, vou tratar dos negócios que o meu pobre Arnold quer que eu decida.

Horatia observou-o sair da sala, sentou-se imediatamente à escrivaninha, do lado da janela, e escreveu rapidamente uma mensagem frenética ao irmão.

Essa missiva, entregue em mãos, alcançou o visconde quando chegava de sua visita a Sir Roland. Ele leu-a, praguejou a meia-voz e se pôs logo a responder.

"*Que o diabo carregue Rule*", escreveu ele. "*Farei Pom dissuadi-lo.*"

Quando esse bilhete foi-lhe entregue, Horatia o leu e ficou em dúvida. A experiência com o tato de Sir Roland não a deixava muito confiante em como ele lidaria com uma situação tão incômoda. Além do mais, ela mesma tinha-se atrevido a dizer tudo o que podia para dissuadir Rule de acompanhá-la a Vauxhall, e Sir Roland dificilmente seria mais bem-sucedido.

O conde ainda estava trancado com o Sr. Gisborne, quando um lacaio entrou para anunciar que Sir Roland Pommeroy desejava lhe falar. Ele ergueu os olhos do papel que estava para assinar, e o Sr. Gisborne, que o observava casualmente, se surpreendeu com o ar divertido em sua expressão. A informação de que Sir Roland estava em sua casa não parecia ser a causa desse brilho de diversão em seus olhos.

— Está bem — disse milorde. — Diga a Sir Roland que já estarei com ele... É uma pena, Arnold, algo sempre nos interrompe, não é? Estou desolado, acredite, mas tenho de ir.

— Desolado, senhor? — disse o Sr. Gisborne, erguendo uma sobrancelha. — Se me permite dizer, pensei que tivesse gostado.

— Mas isso não é porque a interrupção me priva da sua companhia, meu rapaz — disse o conde, largando a pena e se levantando. — Estou me divertindo hoje de manhã.

O Sr. Gisborne se perguntou por quê.

Sir Roland Pommeroy tinha sido introduzido em um dos salões e estava em pé a uma das janelas, quando o conde chegou. Pelo movimento dos lábios, parecia estar ensaiando um discurso.

— Bom dia, Pommeroy — disse o conde, fechando a porta. — É uma surpresa agradável vê-lo.

Sir Roland virou-se e foi em sua direção.

— Bom dia, Rule. Que belo dia! Chegou bem em casa, ontem? Deve ter sido extremamente desagradável eu ter confundido sua carruagem com a... hum... de outra pessoa.

— De jeito nenhum — replicou o conde, com grande civilidade. — Não havia a menor necessidade de se dar o trabalho de vir me ver por causa disso, meu caro amigo.

Sir Roland mexeu na gravata.

— Para dizer a verdade... não vim por causa disso — confessou ele. — Tinha certeza de que entenderia o que aconteceu.

— Precisamente — disse o conde, abrindo sua caixa de rapé. — Entendi.

Sir Roland aceitou e aspirou uma pitada.

— Muito boa mistura. Sempre tenho o meu preparado por meu homem no Haymarket. Sempre uso o mesmo, sabe. Espanhol puro.

314

— Ah, verdade? — disse o conde. — Este foi misturado para mim por Jacobs, na Strand.

Sir Roland percebeu que estava se extraviando em uma discussão que não tinha nada a ver com a sua missão, e a abandonou com firmeza.

— A razão da minha visita é bem diferente. Espero que participe de uma reunião para carteado... em minha casa... hoje à noite.

— Ora, é muita gentileza sua — replicou Rule com uma inflexão de surpresa mínima em sua agradável voz.

Isso não passou despercebido por Sir Roland, que, forçado pelo visconde a "dissuadir" o conde, tinha protestado fracamente: "Que diabos, Pel! Eu mal conheço o homem! Anos mais velho do que eu! Não posso simplesmente convidá-lo a ir à minha casa!" Afrouxou mais uma vez a gravata, e disse:

— Sei que está horrivelmente em cima da hora... sei que vai me perdoar... mas está muito difícil achar um quarto jogador. Na última hora, entende? Jogo de *whisk*.

— Nada — replicou o conde — me daria mais prazer do que poder aceitar seu convite, meu caro Pommeroy. No entanto, infelizmente...

Sir Roland ergueu a mão.

— Não, não diga que não pode! Por favor, não! Não se pode jogar *whisk* somente com três pessoas, milorde. É uma situação constrangedora!

— Tenho certeza de que sim — concordou milorde, com simpatia. — E espero que consiga outra pessoa.

— Oh, já tentei todos! — replicou Sir Roland. — Não consegui o quarto, de jeito nenhum. Rogo que milorde não me falte!

— Lamento muitíssimo — disse o conde, sacudindo a cabeça. — Mas tenho de declinar seu... ahn... convite muito gentil. Prometi ir a uma festa em Vauxhall Gardens com minha mulher.

— Tenho certeza de que milady vai desculpá-lo... está ameaçando chuva... teremos uma noite muito aborrecida! — disse Sir Roland ardorosamente. — Pelo que sei é uma festa de Pel... não vai lhe agradar nem um pouco, senhor. Pessoas muito excêntricas, esses amigos de Pel. Não vai gostar deles, posso lhe garantir.

Os lábios do conde se torceram.

— Fez com que me decidisse, meu caro Pommeroy. Se são assim, acho que deverei estar do lado de milady.

— Oh, não são! — disse Sir Roland rapidamente. — Oh, Deus, não, nada desse tipo! São pessoas muito respeitáveis, mas maçantes, entende? Um grupo que só vai aborrecê-lo. Vai ser muito melhor jogar *whisk* em minha casa.

— Acha mesmo? — O conde pareceu refletir. — É claro que gosto muito de *whisk*.

Sir Roland deu um suspiro de alívio.

— Sabia que podia contar com o senhor! Rogo que jante antes comigo... às 17h.

— Quem são os outros convidados? — perguntou o conde.

— Bem, para dizer a verdade... ainda não sei bem — replicou Sir Roland, confidencialmente. — Certamente encontrarei alguém que aprecie um jogo. Vamos combinar por volta das 17h.

— É tentador — disse o conde. — Mas... não, receio não poder aceitar. Uma outra noite, quem sabe. Aceita um copo de Madeira antes de ir?

Sir Roland, abatido, sacudiu a cabeça.

— Obrigado, não. Tenho de voltar à... quer dizer, tenho de ir ao Boodle's. Preciso encontrar a quarta pessoa, entende? Nenhuma chance de persuadi-lo, milorde?

— Lamento profundamente, mas nenhuma — respondeu Rule. — Tenho... realmente tenho de acompanhar minha mulher.

Sir Roland retornou, tristemente, a Pall Mall, onde encontrou o visconde andando de um lado para o outro, impacientemente.

— Nada, Pel — disse ele. — Fiz tudo o que pude. Nada o convence a mudar de ideia.

— Que o diabo carregue esse homem! — disse o visconde, furiosamente. — O que deu nele? Temos tudo planejado, bem arranjado, e ele tem de estragar tudo cismando de vir à minha festa! Com mil demônios, não o quero na minha festa!

Sir Roland esfregou o queixo, pensativamente, com o cabo de sua bengala.

— O problema, Pel, é que você não vai dar festa nenhuma — disse ele.

O visconde, que se jogara em uma poltrona, disse com irritação:

— E que importância tem isso?

— Tem importância — insistiu Sir Roland. — Rule vai se encontrar com você hoje à noite, e eu lhe disse que ele não gostaria da festa... disse que eram pessoas excêntricas... esperando demovê-lo da ideia, entende? E se você não organizar uma festa... bem, entende o que quero dizer?

— Bem, isso não me surpreende nem um pouco! — disse o visconde com indignação. — Não satisfeito com o fato de eu ter passado o dia todo planejando esse maldito caso, tenho de organizar uma festa só para confirmar a sua história idiota! Não queremos uma festa! Onde vou achar um bando de gente excêntrica? Vamos, me diga!

— A minha intenção foi a melhor possível, Pel — replicou Sir Roland, tentando acalmá-lo. — Falei isso com a melhor das intenções! Deve haver, na cidade, um monte de gente excêntrica, sabe que sim. O clube está cheio delas.

— Mas não são amigos meus! — replicou o visconde. — Não se pode circular pelo clube convidando todos que parecerem excêntricos para virem a Vauxhall. Além disso, o que faríamos com eles, quando chegassem lá?

— Ofereceríamos uma ceia — replicou Sir Roland. — Enquanto comessem, escaparíamos, pegaríamos o broche e voltaríamos. Aposto dez a um como ninguém notaria.

— Não vou fazer isso! — disse o visconde peremptoriamente.

— Temos de pensar numa maneira de manter Rule longe.

Dez minutos depois, o capitão Heron chegou e encontrou os dois mergulhados em profunda reflexão: o visconde com o queixo nas mãos, Sir Roland chupando o cabo de sua bengala. Olhou de um para o outro e disse:

— Vim para saber o que pretendem fazer agora. Não tiveram nenhuma notícia de Lethbridge?

O visconde ergueu a cabeça.

— Meu Deus, já sei! — exclamou ele. — Você vai dissuadir Rule!

— Eu vou o quê? — perguntou o capitão Heron, pego de surpresa.

— Não vejo como — objetou Sir Roland.

— Cristo, Pom, nada mais fácil! Assuntos particulares a discutir. Rule não pode recusar.

O capitão Heron pôs o chapéu e as luvas sobre a mesa.

— Pelham, importa-se de explicar? Do que Rule tem de ser dissuadido?

— Ora, de... você não sabe, não é? Horry recebeu uma carta anônima, de alguém se oferecendo para lhe devolver o broche se ela for encontrá-lo no templo, no fim da longa alameda arborizada em Vauxhall hoje à noite. Para mim, é Lethbridge... tem de ser Lethbridge. Bem, já tenho tudo planejado. Ela, eu, Pom e você vamos a Vauxhall, e enquanto ela entra no templo, nós montamos guarda.

— Parece uma boa ideia — concordou o capitão Heron. — Mas certamente peculiar...

— É claro que é um bom plano! É um plano danado de bom! Mas esse chato do Rule tinha de meter na cabeça vir junto! Assim que eu soube disso, mandei Pom convidá-lo para um carteado em sua casa.

Sir Roland deu um suspiro.

— Pressionei-o o máximo que pude. Não adiantou nada. Insiste em ir a Vauxhall.

— Mas como diabos eu vou impedi-lo de ir? — perguntou o capitão Heron.

— Você é o homem perfeito! — disse o visconde. — Tudo o que tem a fazer é ir agora a Grosvenor Square e dizer a Rule que tem um assunto importante a tratar com ele. Se ele disser para tratarem logo, você responde que não pode. Os negócios o chamam. Só terá tempo à noite. É bastante razoável. Rule sabe que você só ficará na cidade por um ou dois dias. Ele não pode recusar!

— Sim, mas, Pelham, não tenho nada importante a tratar com ele! — protestou o capitão Heron.

— Santo Deus, você é capaz de pensar em algo, não é? — disse o visconde. — Não importa o assunto contanto que o mantenha longe de Vauxhall. Questões de família... dinheiro... qualquer coisa!

— Que eu me dane, se fizer isso! — replicou o capitão Heron. — Depois de tudo o que Rule fez por mim, não posso e não vou lhe dizer que quero falar sobre dinheiro!

— Bem, então não diga isso. Diga apenas que precisa falar com ele à noite. Ele não vai perguntar sobre o quê, não é o seu jeito, e dane-se, Edward, você deve ser capaz de falar sobre alguma coisa quando é preciso!

— É claro que sim — corroborou Sir Roland. — Nada mais simples. Você esteve na guerra na América, não esteve? Bem, fale sobre isso com ele. Fale sobre aquela batalha em que esteve... me esqueci do nome.

— Mas não posso pedir que me dedique um tempo à noite para uma conversa particular e então ficar lhe contando histórias sobre a guerra que ele não quer escutar!

— Eu não diria isso — contemporizou Sir Roland. — Você não sabe se ele não quer escutá-las. Várias pessoas se interessam, e muito, por essa guerra. Eu, pessoalmente, não, mas isso não significa que Rule não se interesse.

— Parece que não entendem — disse o capitão Heron, entediado. — Esperam que eu convença Rule de que tenho um assunto urgente a tratar com ele...

O visconde o interrompeu.

— É você que não está entendendo — disse ele. — Tudo o que queremos é manter Rule afastado de Vauxhall hoje à noite. Se não fizermos isso, vai tudo por água abaixo. Não faz a menor diferença como vai conseguir mantê-lo longe, contanto que o mantenha longe.

O capitão Heron hesitou.

— Sei disso. E faria se pudesse pensar em algo razoável para discutir com ele.

— Vai pensar, não tenha receio — disse o visconde de maneira encorajadora. — Tem a tarde toda pela frente. Agora, vá direto a Grosvenor Square, seja um bom amigo.

— Gostaria de Deus ter protelado minha visita à cidade até a próxima semana! — resmungou o capitão Heron pegando, relutantemente, seu chapéu e luvas.

O conde de Rule estava para almoçar quando a sua segunda visita foi anunciada.

— Capitão Heron? — disse ele. — Oh, faça-o entrar! — Esperou, diante da lareira vazia, até o capitão Heron aparecer. — E então, Heron? — disse ele, estendendo a mão. — Chegou bem na hora de me fazer companhia no almoço.

O Capitão Heron enrubesceu contra a vontade.

— Receio não poder ficar, senhor. Tenho um compromisso em Whitehall agora mesmo. Vim.... sabe que meu tempo é limitado, vim lhe perguntar se seria conveniente... em suma, se posso vir vê-lo mais tarde para... uma conversa de natureza confidencial.

O olhar divertido do conde pousou nele, pensativamente.

— Suponho que tenha de ser hoje à noite? — disse ele.

— Bem, senhor... se fosse possível... Não sei como farei amanhã — disse o capitão Heron, bastante constrangido.

Houve uma breve pausa.

— Então, naturalmente, estarei ao seu dispor — replicou milorde.

XXII

O visconde, resplandecente em veludo castanho-avermelhado, com renda de Dresden pescoço e o cabelo densamente empoado e enrolado sobre suas orelhas, respondeu ao pedido urgente de sua irmã para que jantasse em Grosvenor Square antes de levá-la a Vauxhall. Sua presença a protegeria de um *tête-à-tête*, e, se Rule fizesse mais perguntas constrangedoras, ele, pensava Horatia, estaria mais capacitado a respondê-las do que ela.

O conde, entretanto, comportou-se com grande consideração e conversou afavelmente sobre os tópicos mais comuns. O único momento desagradável foi quando prometeu encontrá-los em Vauxhall, se o capitão Heron não o detivesse por tempo demais.

— Mas não precisamos nos preocupar com isso — disse o visconde, ao se sentar do lado de Horatia na carruagem. — Edward prometeu deter Rule até meia-noite, e à essa hora já teremos posto as mãos, finalmente, nesse seu broche sem valor.

— Não é se-sem valor! É u-uma joia de fa-família! — disse Horatia.

— Pode ser joia de família — replicou o visconde —, mas está causando mais problemas do que vale qualquer joia de família, e passei a odiar até mesmo a menção dele.

A carruagem levou-os à margem do rio, onde o visconde alugou um barco para o resto do caminho. Tinham três horas para esperar até a meia-noite, e nenhum dos dois estava com disposição para dançar. Sir Roland Pommeroy encontrou-os na entrada dos jardins e foi muito formal, ajudando Horatia a desembarcar, alertando-a para não molhar o sapato de seda na plataforma molhada, oferecendo seu braço de maneira pomposa. Enquanto a escoltava em direção ao centro dos jardins, disse-lhe para não ficar nervosa.

— Asseguro-lhe de que seu irmão Pel e eu estaremos vigiando — disse ele.

— Não es-estou nervosa — replicou Horatia. — Que-quero muito ver lor-lorde Lethbridge, po-pois quero mui-muito lhe dizer tu-tudo o que pen-penso a seu respeito! — Seus olhos escuros se inflamaram. — Se não fo-fosse o escândalo — declarou ela —, gos--gostaria que e-ele me raptasse. Fa-faria com que se a-arrependesse do a-atrevimento!

Um olhar de relance à sua carranca feroz quase convenceu Sir Roland de que ela realmente faria isso.

Ao chegarem ao pavilhão, descobriram que, além de dança e outras diversões oferecidas, estava sendo apresentado um oratório na sala de concerto. Como nem o visconde nem sua irmã estavam com vontade de dançar, Sir Roland sugeriu que o escutassem por um certo tempo. Ele próprio não era um aficionado de música, mas a única distração que poderia atrair o visconde ou Horatia era o jogo, e ele, sensatamente, dissuadiu-os de entrar na sala de carteado, com a justificativa de que, uma vez que se sentassem para o faraó ou o *loo*, se esqueceriam por completo do verdadeiro objetivo da expedição.

Horatia acatou a sugestão prontamente: as diversões eram todas iguais até o broche estar em sua posse de novo. O visconde disse que achava que não poderia ser mais tedioso do que caminhar por jardins ou se sentar em uma das tendas sem nada a fazer a não ser

observar outras pessoas passarem. Os três de acordo, dirigiram-
-se à sala de concerto e lá entraram. Um programa que receberam
na porta anunciava que o oratório era *Susanna*, de Handel, uma
circunstância que quase fez o visconde dar meia-volta imediatamente. Se soubesse que era uma peça desse Handel, nada o teria
convencido a ficar a uma distância que pudesse escutá-la, muito
menos pagar meio guinéu pela entrada. Uma vez tinha sido obrigado por sua mãe a acompanhá-la a uma apresentação de *Judas
Macabeus*. É claro que ele não tinha tido a menor ideia de como
seria ou nem mesmo o dever filial o teria arrastado àquilo, mas
agora ele sabia, e que se danasse se aguentaria uma segunda vez.

Uma senhora de porte nobre, com um imenso chapéu de aba
estreita, que estava sentada no fim da fila, disse "Silêncio!", com
uma entonação tão severa que o visconde se encolheu humilde-
mente na cadeira e sussurrou para Sir Roland:

— Temos de dar um jeito de sair daqui, Pom! — No entanto,
até mesmo a sua audácia esmoreceu diante da provação de ter
de passar de novo, se espremendo, por todos aqueles joelhos de
devotos da música, e depois de relancear, desesperado, os olhos
para a direita e a esquerda, resignou-se a cochilar. O desconforto
da cadeira e o barulho dos artistas tornaram seu sono impossível,
e sentou-se mais ereto, cada vez mais indignado, até, finalmente,
o oratório terminar.

— Be-bem, a-acho que, talvez, eu tam-também não gos-goste
muito de Handel — comentou Horatia, ao saírem da sala. — Se
bem que a-agora que pen-penso nisso, a-acho que mamãe disse
que *Su-Susanna* não era um o-oratório muito bom. Teve par-partes
bonitas, nã-não?

— Nunca ouvi tanta barulheira em toda a minha vida! — disse
o visconde. — Vamos comer alguma coisa.

Ganso e Borgonha partilhados em uma das tendas contribuíram
para restaurar sua equanimidade, e tinha acabado de dizer a Hora-

tia que podiam muito bem ficar onde estavam, confortavelmente, até a meia-noite, quando Sir Roland, que tinha estado estudando as pessoas através de seu monóculo, disse de súbito.

— Não é a Srta. Winwood, Pel?

O visconde quase engasgou com o vinho.

— Santo Deus, onde?

Horatia largou sua taça de ratafia.

— Cha-Charlotte? — perguntou sobressaltada.

— Logo ali... de vestido azul... fitas rosas — disse Sir Roland, apontando.

— Não es-estou vendo di-direito, mas pa-parece ela — disse Horatia, de maneira pessimista. — Ela é bem capaz de u-usar a--azul, que nã-não lhe cai na-nada bem.

A essa altura, o visconde tinha reconhecido sua irmã mais velha e soltou um resmungo:

— Sim, é Charlotte, com certeza. Meu Deus, ela está com Theresa Maulfrey!

Horatia pegou sua capa e bolsinha e se retraiu para o fundo da tenda.

— Se The-Theresa nos vir, vi-virá falar conos-nosco, e nun--nunca mais nos li-livraremos de-dela! — disse, aflita. — Pe-Pel, vamos em-embora!

O visconde consultou o relógio.

— Onze horas. O que diabos vamos fazer agora?

— Vamos te-ter de caminhar pelos jar-jardins — decidiu Horatia. — Para fu-fugirmos delas, en-entende?

Aparentemente, os convidados da Sra. Maulfrey também foram tomados pela vontade de caminhar pelos jardins. Não menos de cinco vezes, os dois grupos quase se esbarraram e o visconde teve de desviar rapidamente sua irmã para um caminho diferente, até que, finalmente, os conspiradores encontraram um banco isolado na alameda dos Amantes, e o visconde sentou-se, completamente exausto, declarando que a sua irmã podia, no futuro, perder todas as joias da coleção Drelincourt que ele não mexeria um dedo para ajudá-la a recuperá-las.

Sir Roland, sempre galante, protestou.

— Pel, meu rapaz, Pel! — disse repreendendo-o. — Milady, asseguro-lhe... de que terei prazer em ajudá-la!

— Não pode dizer que é um prazer se esquivar por moitas de arbustos e becos por quase uma hora! — objetou o visconde. Acho bom conseguirmos pôr as mãos em Lethbridge, ou não terá valido a pena.

— O que va-vai fazer com e-ele? — perguntou Horatia, curiosa.

— Não é da sua conta! — replicou o visconde sinistramente, e trocou um olhar com Sir Roland. — Que horas são, Pom?

Sir Roland consultou seu relógio.

— Faltam dez minutos, Pel.

— Então é melhor irmos andando — disse o visconde, se levantando.

Sir Roland pôs uma mão no seu braço.

— Acaba de me ocorrer uma coisa — disse ele. — E se encontrarmos mais gente no templo?

— Não à meia-noite — replicou o visconde, depois de refletir sobre a possibilidade. — Está todo mundo ceando. Lethbridge deve ter pensado nisso. Está pronta, Horry? Não está com medo?

— É cla-claro que nã-não estou com me-medo! — replicou Horatia, com escárnio.

— Então, não se esqueça do que tem de fazer — disse o visconde. — Vamos deixá-la no fim da alameda. Não vamos acompanhá-la no resto do caminho. O sujeito pode estar vigiando. Tudo o que tem de fazer é...

— Nã-não me fa-fale tudo de novo, Pe-Pel! — implorou Horatia.

— Você e Sir Ro-Roland irão por ou-outro caminho e se escon-conderão, e eu de-devo descer lentame-mente a a-alameda. E não es-estou nem um pou-pouco com medo, a não ser de es-esbarrar com Char-Charlotte.

Vários caminhos isolados levavam ao templo no final da longa alameda, e na medida em que era convenientemente cercada de arbustos floridos, o visconde e Sir Roland não tiveram dificuldades em se ocultar à margem. Sir Roland, na verdade, teve a infelicidade de se arranhar nos espinhos de uma determinada roseira, mas como, no momento, não tinha ninguém perto o bastante para ouvir, não teve importância.

Nesse meio-tempo, Horatia seguia a alameda com os olhos atentos a qualquer sinal de sua irmã. O visconde tinha acertado ao supor que quase todo mundo estaria ceando. Horatia encontrou poucas pessoas no caminho. Um ou dois casais passeavam pela longa alameda; perto do seu final, um grupo de moças lançava olhares amorosos, de maneira muito pouco educada, a todo cavalheiro que passava. Mas ao se aproximar do extremo superior, a alameda foi-se tornando cada vez mais deserta. Deparou-se, no começo, com um ou dois olhares de rapazes, pois Horatia mostrava--se claramente desacompanhada, mas a sua carranca alarmada a protegeu, e um cavalheiro folgazão, em veludo marrom-arroxeado, que tinha dado um passo em sua direção, recuou rapidamente.

A alameda estava iluminada por lanternas coloridas, mas uma bela lua as tornava quase supérfluas, embora bonitas. No fim da alameda, Horatia pôde ver o templo, incongruentemente engrinaldado de lanternas. Perguntou-se onde seus leais amigos estavam emboscados e o que o capitão Heron estaria falando em Grosvenor Square.

Alguns degraus baixos levavam ao templo. Sentindo-se um pouco apreensiva, apesar de suas palavras corajosas, Horatia fez uma pausa ao pé da escada e relanceou, nervosamente, os olhos em volta. Achou ter ouvido o som de passos.

Estava certa. Alguém estava se aproximando, vindo de um dos caminhos que levavam ao templo.

Ela apertou mais a capa ao redor dos ombros, hesitou por um momento, e então, firmou bem os lábios, subiu depressa os degraus e entrou no templo.

Os passos se aproximaram e ela os ouviu subindo os degraus da entrada, e, resolutamente, encarou a arcada com seus pilares, segura de que Pelham estava perto.

Estava preparada para Lethbridge, ou para uma forma mascarada, ou mesmo para um rufião contratado, mas nenhuma dessas aparições sinistras mostrou-se a seu olhar bestificado. Era o conde de Rule que estava no limiar.

— Ru-Rule! — balbuciou ela. — Oh, Cris-Cristo! O que quer que e-eu... quer dizer, que sus-susto me deu! Es-estava esperando Pe-Pelham, não es-esperava vê-lo!

O conde atravessou o piso de mármore até ficar do seu lado.

— Como vê, consegui... ahn... escapar de Edward — disse ele.

Lá fora, Sir Roland Pommeroy sussurrou estupefato:

— Pel... Pel, caro amigo... viu?

— Se vi? — sussurrou o visconde. — É claro que vi! E agora, o que vamos fazer? Que o diabo leve o tolo do Heron!

Dentro, Horatia disse com um risinho um pouco falso:

— Que... que bo-bom que a-afinal tenha con-conseguido vir! Já-já ceou?

— Não — replicou milorde. — Não vim cear, sabe? Vim procurá-la.

Horatia forçou um sorriso.

— Fo-foi muita gen-gentileza sua, senhor. Mas... mas de-devia comer al-alguma coisa. Por fa-favor vá e re-reserva uma tenda. E e-eu vou es-esperar Pel e levá-á-lo para vê-lo.

O conde olhou para ela de uma maneira singular.

— Minha querida, está muito ansiosa por se ver livre de mim, não está?

Rapidamente, os olhos de Horatia se ergueram, de súbito rasos de lágrimas.

— Nã-não, não es-estou! Só que... oh, não po-posso explicar! — disse ela, miseravelmente.

— Horry — disse milorde, pegando suas mãos —, pensei que confiasse em mim.

— Con-confio... oh, confio! — disse Horatia, chorando. — Só que te-tenho sido uma pé-péssima esposa e não ti-tinha a intenção de me me-meter em en-encrenca enquanto o se-senhor estava fo-fora. Em-embora não fo-fosse mi-minha cul-culpa, isso nun-nunca teria a-acontecido se e-eu não ti-tivesse lhe desobedecido deixando Leth-Lethbridge ser me-eu a-amigo, e mesmo que a-acredite em mi-mim, o que nã-não vejo como, por-porque é uma história i--inacreditável, nunca vai me per-perdoar por ter pro-provocado outro escândalo ho-horrível!

O conde manteve suas mãos nas dela.

— Mas, Horry, o que fiz para que me ache um monstro tão terrível?

— Não é um mons-monstro te-terrível! — replicou ela com veemência. — Mas sei que va-vai desejar nun-nunca ter-se casado comi-migo depois de sa-saber em que me me-meti!

— Teria de ser algo realmente medonho para me fazer desejar isso — disse milorde.

— Be-bem, é — replicou Horatia francamente. — E é uma tra-trapalhada tão da-danada que nem sei como ex-explicar! — Lançou um olhar apreensivo em direção à arcada. — A-acho que deve estar se per-perguntando por que es-estou neste lu-lugar sozinha. Be-bem...

— Absolutamente — disse Rule. — Eu sei porque você está aqui.

Ela olhou para ele sem entender.

— Ma-mas não tem como sa-saber!

— Mas sei — disse Rule, delicadamente. — Veio me encontrar.

— Não, nã-não vi-vim! — replicou Horatia. — Na ver-verdade não consigo ne-nem imaginar como sou-soube que eu estava a-aqui!

Seu olhar divertido se iluminou.

— Não consegue, Horry?

— Nã-não, a menos que... — Suas sobrancelhas se juntaram.

— Oh, cer-certamente Edward não me tra-trairia, trairia? — exclamou ela.

— Certamente não — replicou milorde. — Edward fez todo o esforço possível, aliás digno de louvor, para me manter em casa. Na verdade, acho que se não tivesse lhe confiado minha intenção, ele teria me trancado na minha própria casa. — Pôs a mão no bolso e a tirou de novo. — Eu vim, Horry, para cumprir um trato com uma dama e lhe devolver... isto.

O broche estava na palma de sua mão. Horatia emitiu um grito abafado.

— Ma-Marcus! — Seus olhos surpresos voltaram-se para os dele e se depararam com ele sorrindo para ela. — En-então foi... Mas como? On-onde o en-encontrou?

— Estava com lorde Lethbridge — replicou Rule.

— En-então... então, já sa-sabe? Sa-sabia o tem-tempo todo? Mas como? Que-quem lhe con-contou?

— Crosby me contou — replicou o conde. — Receio ter sido muito rude com ele, mas achei que não valeria a pena que percebesse como me senti em dívida com meu primo.

— Crosby! — disse Horatia, seus olhos inflamados de ira. — Bem, não me im-importa que seja seu pri-primo, Rule. E-eu o a-acho o ver-verme mais de-detestável do mun-mundo! E es-espero que o senhor o tenha es-estrangulado!

— Estrangulei — disse o conde.

— Fi-fico feliz em ou-ouvir isso — disse Horatia, animadamente. — Mas se foi e-ele que con-contou, então não de-deve a-ainda

331

conhecer a ver-verdade, por-porque, para começo de con-conversa, ele não estava pre-presente e não sabe na-nada do que a-aconteceu, tam-também porque se-sei que deve ter in-inventado alguma his--história horrível só para colo-colocá-lo contra mi-mim!

— Essa seria uma tarefa além da capacidade de Crosby — disse o conde, prendendo o broche em sua renda. — Soube da história verdadeira por Lethbridge. Mas não é preciso a palavra de nenhum homem, Horry, para me convencer de que você só seria induzida a entrar na casa de Lethbridge, naquela noite, se obrigada.

— Oh, Ru-Rule! — Horatia estremeceu, duas grandes lágrimas correram por sua face.

As mãos do conde se estenderam para tocá-la, mas passos lá fora fizeram com que se virasse. O visconde entrou, seu discurso pronto nos lábios.

— Perdoe-me por tê-la feito esperar, Horry, mas Lady Louisa... Mas que sorte! — Fingiu, muito bem, um susto. — Rule! Nunca pensei em vê-lo aqui esta noite! Que acaso feliz!

O conde deu um suspiro.

— Continue, Pelham. Tenho certeza de que tem uma mensagem urgente para mim que me levará ao outro extremo dos jardins.

— Oh, não, não tão longe assim! — garantiu-lhe o visconde. — Só até as tendas. Para se encontrar com Lady Louisa. Ela o está procurando por toda parte, Marcus. Quer falar a sós com você.

— O que mais admiro em você, Pelham, é a sua criatividade — disse milorde.

— Pel, não tem mais im-importância! — disse Horatia, secando os olhos. — Ma-Marcus sabia de tu-tudo o tempo todo, e e-era ele que estava com o bro-broche e me es-escreveu a-aquela carta, e não tem mais na-nada com que se pre-preocupar!

O visconde olhou surpreso para o broche, depois para Rule, abriu a boca, fechou-a de novo e resmungou violentamente:

— Está querendo me dizer — perguntou ele — que Pom e eu ficamos movendo céus e terras para conseguir esse maldito broche de volta quando, o tempo todo, você estava com ele no bolso? Não, maldição, isso é demais!

— Ouça, quando me atacaram em Hounslow Heath, me vi incapaz de resistir à tentação... uma tentação mais forte do que eu, acredite Pelham, de... ahn... de lhe pregar uma pequena peça — desculpou-se milorde. — Vai ter de tentar me perdoar, meu rapaz.

— Perdoá-lo? — disse o visconde com indignação. — Dá-se conta de que não tive um momento sequer de paz desde que esse broche foi perdido? Tivemos até mesmo de meter um salteador nessa história, para não mencionar a pobre velha tia-avó de Pom!

— Mesmo? — disse Rule, interessado. — Tive o prazer de conhecer o salteador, é claro, mas não sabia que a tia-avó de Pommeroy também estava envolvida.

— Não está. Está morta — disse o visconde concisamente. Ocorreu-lhe um pensamento. — Onde está Lethbridge? — perguntou ele.

— Lethbridge — respondeu o conde — está em Maidenhead. Mas não creio que precise se preocupar com ele.

— Não preciso? — disse o visconde. — Bem, tenho um forte pressentimento de que estarei seguindo para Maidenhead amanhã de manhã.

— É claro, meu rapaz, como quiser — disse Rule amavelmente —, mas talvez eu deva avisá-lo de que não encontrará milorde em condições de recebê-lo.

O visconde fez uma cara de quem entendeu.

— Ah, foi assim? Bem, isso é ótimo. Pom vai ficar feliz em saber. Vou chamá-lo.

— Por favor, não se dê esse trabalho! — rogou milorde. — Não quero parecer indelicado, Pelham, mas me sinto forçado a lhe dizer que os acho... digamos, um tanto *de trop*?

O visconde olhou do conde para Horatia.

— Entendo — disse ele. — Querem ficar a sós. Bem, então, acho que vou lá para fora. — Balançou a cabeça para Rule. — Se aceita um conselho, Marcus, fique de olho nessa pirralha — disse ele com gravidade, e saiu.

Deixada a sós com o marido, Horatia olhou-o furtivamente. Ele estava olhando gravemente para ela. Ela falou, a gagueira se acentuando:

— Rule, vou re-realmente tentar se-ser o ti-tipo de esposa que que-queria e não pro-provocar mais ne-nenhum escândalo nem me me-meter em tra-trapalhadas.

— Você é o tipo de esposa que eu queria — respondeu ele.

— So-sou? — hesitou Horatia, erguendo os olhos para ele.

Aproximou-se dela.

— Horry — disse ele —, uma vez, você me disse que eu era velho, mas, apesar disso, nos casamos. Poderia me dizer agora, querida, se... eu era velho demais?

— Você não é ve-velho, de jeito ne-nenhum — replicou Horatia, seu rosto se franzindo. — Tem a i-idade certa para... pa-para um marido, só que e-eu era jo-jovem e i-idiota, e pen-pensei... pen-pensei...

Ele levou a mão dela a seus lábios.

— Eu sei, Horry — disse ele. — Quando me casei com você, havia outra mulher em minha vida. Ela não está mais, querida, e nunca teve lugar no meu coração.

— Oh, Mar-Marcus, ponha-me no seu coração! — disse Horatia com um soluço.

— Você está nele — respondeu o conde, e a abraçou e beijou, nada gentilmente, mas com violência, tirando-lhe todo o ar.

— Oh! — arquejou Horatia. — Oh, nun-nunca pensei que pu--pudesse beijar dessa ma-maneira!

— Mas posso, está vendo? — disse milorde. — E... lamento se não gostou, Horry... mas vou beijá-la de novo.

— Mas gos-gostei, mui-muito! — disse Horatia. — Gos-gostei muito!

Este livro foi composto na tipologia Palatino Lt
Std, em corpo 11/16, e impresso em
papel off-white no Sistema Cameron da
Divisão Gráfica da Distribuidora Record.